see you AROUND the world

統籌・選書・主編

麥田出版 cité

福婁拜的鸚鵡

Flaubert's Parrot

朱利安・拔恩斯
Julian Barnes

楊南倩、李佳純／譯

目　　錄

我吸引野獸和瘋子

／古斯塔夫．福婁拜

致阿弗列德．勒．波提凡（Alfred Le Poittevin）

日內瓦，1845年5月26日，週一晚上九點

兩天前我在一座囚禁夏蘭（Chillon）當地囚犯的土牢柱子上，看到拜倫（George G. Byron）的名字。那個景象讓我雀躍無比。有關拜倫讓我想到的事，比有關囚犯的還多，我完全沒想到暴政或是奴役。我一直想到的是一個蒼白的人，走來走去，把他的名字寫在石頭上，然後離開。

一個人要不是很勇敢，要不就是笨，才會把名字寫在那上面。那塊石頭已經滿是刮痕和污漬。在所有模糊的名字裡，我認出雨果（Victor M. Hugo）和喬治．桑（George Sand）。這讓我對他們有不好的感覺：我以為他們的品味應該不只如此。而且，我還看到用鉛筆寫的一行字：「維達女士，本名寶琳．賈西亞」（Mme Viardot née Pauline Garcia），這讓我笑了出來。維達女士，本名寶琳．賈西亞，希望大家知道她夢想得到被這些大師美化過的悲劇，我

覺得真是可笑。這「喚起我歡鬧的心情」，按照議會的說法。

拜倫的名字有一邊被畫掉了，而且已經變成黑色，彷彿是用墨汁染過色。這樣一來，在灰色的柱子上的確很明顯，一進到那裡就可以看見。在名字下面，石頭缺了一小塊，好像一隻大手把它壓成那樣。我在這五個字母前沉思了良久。

今天晚上，才剛剛的事，我點上雪茄，走到一個連到湖岸的小島，就在旅館對面。那個島叫作「盧梭島」（Île Jean-Jacques），因為島上有普拉第耶（Pradier）製作的雕像。這座島是個受人歡迎的海濱人行道，晚上有音樂表演。我走到雕像的底座時，銅管樂隊開始溫柔地演奏。視線非常不好，有人面對著湖坐在高高的樹下的長凳上，樹頂幾乎沒有動靜，只有微微的搖晃。老盧梭，在他的台座上動也不動，聆聽著這一切。我開始顫抖；伸縮喇叭和笛子的聲音進到我的腸子深處。行板結束以後是一首比較開心的曲子，有很多喇叭聲。我想到劇場，管弦樂隊，包廂裡濃妝豔抹的女人，名氣的誘惑，還有《懺悔錄》（*Confessions*）裡的一段文字……音樂持續了好久。交響曲一首接著一首，我延宕回旅館的時間；最後我終於走了。日內瓦湖的兩端，兩個天才的影子比山還要高：拜倫和盧梭，兩個「狡猾的傢伙，他們會是很好的律師」。

你說你越來越喜愛大自然。我自己對大自然的熱情則是無法控制。有時候我以無比的溫柔看著動物，甚至是樹木，讓我覺得自己和它們關係密切。光是看見就給我極大的感官刺激——當我可以看得清楚的時候。幾天前，我碰見三個弱智的女人向我要救濟品。醜陋和矮呆病讓她們看起來可怖又令人作嘔；她們沒法說話，也幾乎無法走路。看到我的時候，她們做手勢說她們愛我；她們對我笑，把手舉到臉上對我做飛吻。我父親在主教橋市（Pont-l'Eveque）有一座農場，那裡的看管人有一個弱智的女兒；她第一次看到我的時候，也展現出奇怪的依戀。我吸引瘋子和野獸。是因為他們感覺到我了解他們，感覺我進入了他們的世界嗎？

*　　*　　*

上禮拜四我們經過新朗關隘（Simplon）。那是我目前見過自然界裡最美麗的東西。你知道美麗的事物是無法形容的。我非常想念你；我希望你在這裡陪著我，否則我便希望自己身處於這些高大松樹的靈魂之間，這一片白雪，就在斷崖的邊緣。我一直把自己拿來和這片無限相較。

*　*　*

這真是件奇異的事，我竟然漸漸遠離女人。她們讓我很滿足，一個被愛得夠多的人一定如此。或許是我愛得太多了。自慰或許是個原因：我的意思是，道德上的自慰。一切都從我的體內溢出；一切又都回來，重新進入我的體內。這美妙的惡臭曾經在我體內沸騰，現在猛烈地溢出，造成了我的無能。我已經兩年沒有性交；再過幾天，我就已經一年沒有從事淫蕩的行為。女人在我面前甚至不能激起我的好奇心，好讓我想剝開罩紗，一探未知的新境地。我一定是非常墮落，因為看到妓院竟然沒有激起我進入的欲望。我贊同你和一名妓女一起旅行的計畫。那一定會非常諷刺，值得你這麼一個偉人來實行。

致路易絲．柯蕊（Louise Colet）

都維勒，週日，14號，四點鐘〔1853年8月14日〕

昨天我花了好幾個小時看那些女士入浴。真是了不起的一幕！多麼醜陋的一幕！從前男女可以在這裡共浴。現在他們被標誌、鐵絲網，還有一個著制服的監察員分開（真是個殘酷又可悲的物體，他的身材真是怪異！）。所以，昨天，我站在陽光下，鼻梁上夾著我的眼鏡，從容地打量這些出浴美女。人類一定是變得低能無比，才會如此失去鑑賞優雅的能力。那些女人用袋子把自己包裝起來真是可鄙，還有那些油布帽！那幾張臉！她們走路的方式！那些腳！又紅，又瘦，上面都是雞眼和趾內側腫脹，因為穿鞋而變形，不是長得像梭子，就是寬得像洗衣婦的洗衣板。還有患淋巴結結核的小鬼在尖叫和哭鬧。更有甚者，老祖母在打毛線，看起來受人敬重的老紳士戴著金邊眼鏡，一邊看報，偶爾抬起頭看著遠方的地平線，臉上有贊許的表情。所有的一切讓我整個下午只想逃離歐洲，去住在南桑威赤群島（Sandwich Islands），或是巴西的森林裡。在那裡，至少海灘沒有讓這麼難看的腳給污染，這麼醜陋的人類。

　　前天，我在杜克（Torques）附近的森林裡，泉水旁一處優雅地方，看到熄滅了的雪茄煙頭和吃剩的肉醬。必定有人前來野餐！十一年前我在《十一月》（*Novembre*）裡面就已經寫到了！當時純粹是想像，但當天卻親身體驗。你所創造的都會成真：你可以很篤定。詩是種像幾何學一樣精確的實體。歸納法和演繹法一樣正確；除此之外，某些論點達成以後，有關靈魂的事我們不會再犯什麼錯誤。不消說，我可憐的包法利，正在全法國二十個村莊裡面受罪、哭泣。

前幾天我看到令我感動的東西——和我自身沒有關聯。在此地我們是個聯盟，在拉塞城堡（Château de Lassay）（為了杜白禮夫人在六個星期內建成，從前她在這邊的海岸游泳）。現在剩下的只有一個階梯——路易十五式的大階梯，幾扇空了的窗戶，一面牆，除了風，還是風。城堡位在一片高原上，從海面就可以看得到。旁邊有一間農舍。我們進去要了點牛奶，因為莉莉安（Liline）渴了。小花園裡蜀葵長得很好，跟屋頂一樣高，還有四季豆，和一大鍋髒水。旁邊有一隻豬發出呼嚕聲……更遠一點，在牆的後面，小馬自由的漫步，一邊吃草，發出嘶聲，長長的鬃毛在海風中飄揚。屋裡，農舍的牆壁掛了一張皇帝的照片，還有一張是拿破崙三世（Napoleon Ⅲ）。當我看到牆角火爐邊坐著一個幾乎不能動彈的枯瘦老人，臉上的鬍渣有兩個禮拜的長度，我本來可能會開個玩笑。但在他的扶手椅上方的牆上，竟掛有兩個金色肩章！可憐的老傢伙那麼虛弱，連吸兩口鼻煙都有問題。沒人注意到他。他坐在那兒反芻，呻吟著，正吃著一碗白豆。桶邊的金屬外緣反射的陽光，讓他猛眨眼。貓在地上就著一個陶器製成的碟子舐著牛奶。就這樣了。我想到在老年時那種永恆的半眠狀態（它比永眠先到來，而且就好像從生命轉向未知的過渡階段），那個老人大概幻想著俄羅斯的雪地，或是埃及的沙漠。他那雙呆滯的雙眼還看到什麼景象？他穿的外套——有那麼多塊補釘，那麼乾淨！給我們食物的女人（我猜是他的女兒）是個五十歲的女士，穿著短裙，頭上綁了棉布頭巾，手腕像路易十五廣場（Place Louis XV）的欄杆。她在房裡忙進忙出，穿著藍色絲襪和厚重的裙子；而拿破崙三世在這裡非常光彩奪目，他所騎著的黃色馬兒前腳騰空，他手上拿了三角帽，向一群殘廢的退伍軍人致敬，他們的木腿排得非常整齊。我最後一次到拉塞城堡是和阿弗列德一道去的。我還記得我們的對話，我們朗誦過的詩，做過的計畫。

大自然真是一點也不在乎我們！樹木、草和海浪看起來是多麼無動於衷！〔到勒哈佛（Le Havre）的汽船不停地在敲鐘，我得走了。〕這麼一個喧囂的工業！這個機器這麼吵！說到工業，你有沒有想過工業帶來多少的各種愚蠢的職業？這麼多年來，又孳生了多少愚蠢的事情？這個數據一定很嚇人！對於曼徹斯特的人我們還能期待什麼，那裡的人一輩子都在做別針！要做一個別針，還必須動用其他五至六種工業！當工作被分門別類，人類機器就在機器旁站定位置。想像花一輩子的時間在鐵路局賣車票，或是在印刷工廠貼標籤，諸如此類。是的，人類越來越粗野。勒孔特（Leconte）

是對的：他的公式我永不會忘記。中世紀的「夢想家」和現代的「行動家」是不同種的人。

人類恨我們：我們沒有達成他們的目的；而且我們恨極了，因為他們傷害我們。讓我們「以藝術之名」相愛吧，就像神祕主義者「以上帝之名」相愛。讓其他的一切都相形見絀。讓生命的廚房用蠟燭（每一根都很不好聞）消失在大太陽裡。當所有的共同關係都破裂的時候，當社會成了一個龐大的盜匪集團（這是政治用語），當肉體的價值和心靈的價值有天地之別，兩者遠遠地向對方叫囂，像狼一樣，我們也該像世界上其他的人，以利己主義來包裝自己（不過是較為高尚的一種），然後住到我們的洞穴裡去。每一天我都覺得自己和我的同胞距離越來越遠；而我感到很欣慰，因為有這個距離，讓我更能知道自己對什麼事抱著同情之心。（譯／李佳純）

WILLIAMS

Flaubert's

1　福婁拜的鸚鵡

2　年表

3　找到就是你的

4　福婁拜動物寓言集

5　對對碰！

6　艾瑪‧包法利的雙眸

7　橫渡海峽

Parrot

——給 Pat

當你在寫一個朋友的傳記時，你下手就得像正在報復他那樣。

——福婁拜，致恩尼斯・費鐸（Ernest Feydeau）的信，1872年

短箋

感謝詹姆斯・芬頓（James Fenton）和蠑螈出版社（Salamander Press）允許我在185頁重印〈德意志安魂曲〉（A German Requiem）的部分內容。書中出現的翻譯由傑佛瑞・布萊茲懷特（Geoffrey Braithwaite）所提供；法蘭西斯・史帝格慕勒（Francis Steegmuller）無懈可擊的範例給了他指引。

J.B.

福婁拜的鸚鵡

Flaubert's Parrot

六個北非人在福婁拜雕像底下玩滾球（boule）❶。球清脆的撞擊聲蓋過塞車的隆隆聲。從指尖以其最終的、譏諷的撫摸，一隻棕色的手送出了銀色的球。球落地後彎曲彈跳，捲起一陣灰塵。頓時煞住的投手像是尊風格化的雕像：膝蓋不怎麼彎曲，右手狂喜地敞開。我還注意到他捲上去的白襯衫，露出手臂、手腕後面的斑點。和我料想的有所差距，既非手錶，也不是刺青，而是一個彩色的移印圖案：一張在沙漠裡備受人群景仰的政治聖者的臉。

讓我從雕像開始說起：那座高高在上、不太有風格的雕像，留給人們的印象是，會流著銅製的眼淚、領帶沒有綁好、穿著方形背心、還有鬆垮垮的褲子、臉上滿是落腮鬍、神經兮兮又冷淡疏遠的模樣。福婁拜完全不給予回應的眼色，他從靠近大教堂的卡姆廣場（place des Carmes）向南瞭望，彷彿整座城市的其他部分他全不看在眼裡，而事實上它也以忽視他的存在來回報他。雕像的頭部相當高：只有鴿子才看得到這位作家完整的禿頭。

這座雕像並不是最早的那一座。1941年德軍把第一座福婁拜像連同欄杆門把一併帶走。說不定他已經被做成帽蓋徽章了。往後約十年左右，台座上空無一物。然後有位熱中於雕像的盧昂（Rouen）❷市長，他找到原本的石膏鑄模——由一名叫作里奧博特．柏恩史坦姆（Leopold Bernstamm）❸的俄國人所製作——市政廳也同意改頭換面的工程。而夏提雍（Châtillon-sous-Bagneux）

的鑄造商則主張要用合金製造，才能夠防止侵蝕，最後由盧昂市出錢買下這座93%的銅和7%的錫的金屬像。其他兩個城鎮，都維勒（Trouville）和巴亨廷（Barentin）也加入贊助工程，並且得到石頭雕像作爲獎賞，但當然啦，不是耐用的那一種。在都維勒，福婁拜的大腿亟須重新補綴一番，一部分的鬍子也脫落了，而結構鋼骨像樹枝一樣從他上唇的水泥穿戳而出。

也許我們該相信鑄造商的擔保；也許第二座雕像眞的會永垂不朽。但我始終沒多大信心。跟福婁拜有關的東西沒一件永垂不朽。他在一百多年前謝世，留下來的不外乎是紙張。讓著作、論述、想法、語句、諷喻、有結構的散文都變得鏗鏘有聲❹，或許這就是他想要的；只有仰慕者會感性地爲他打抱不平。作家位於克羅瓦塞（Croisset）的家，在他死後沒多久拆除，改建成用壞掉的麥子提煉酒精的工廠❺。要拆除他的雕像也不用費多少吹灰之力：假如一個愛雕像的市長可以再放上去，某個拜讀過沙特（Sartre）❻部分著作的黨工，也可能會激動地想把福婁拜雕像拆除。

我之所以從雕像下手，是因爲這是全部計畫的起點。爲什麼寫作會驅使我們追著作家跑？爲什麼我們不肯放作家本人一馬？光讀他的書難道還不夠？福婁拜是少數相信作品文本的客觀性重於自身定位的作家，偏偏我們要忤逆他的好意。作家的形象、臉龐、簽名、銅含量93%的雕像和納達爾（Nadar）老照片❼；甚至衣服的碎片，或一束頭髮都好。到底是什麼原因讓我們對這些遺物充滿激動？難道我們不相信作品已足夠代表一切？難道我們認爲生活的渣滓涵蓋其他輔助性的事實？當羅勃・路易士・史蒂文生（Robert Louis Stevenson）❽謝世以後，那位有商業頭腦的英國奶媽立刻販售這名作家的頭髮，她宣稱是在四十年前剪下來的，分量足夠讓信眾、搜尋者，以及追求者買下來填充沙發。

我在盧昂總共待了五天，把克羅瓦塞❾留在最後一天才去，可能是本性使然，我老習慣將最好的東西留待壓軸。同樣的衝動有時是否也操控著作家呢？延宕，拖期，最精彩的是不是還沒來呢？如果是的話，那些未完成的書將是多麼可望而不可即呀！我想到《布法與貝丘雪》（*Bouvard et Pécuchet*）❿裡的那一對書記官，福婁拜透過他們去探索窮究這個世界的封閉與壓抑，以及全人類的蠻鬥與失落。而沙特則在《家庭白癡》（*L'Idiot de la famille*）⓫裡去探求整個福婁拜的世界：他要對抗這位封閉而壓抑的大師，這位大師級的布爾喬亞，這個超級難對付的傢伙，這個敵人，這名智者。中風結束了第一個計畫⓬，而瞎眼則縮小了第二個計畫⓭。

我曾想過要寫書。我有很多點子；我甚至還記下備忘錄。但我是一個醫生，結了婚而且有小孩。連福婁拜都清楚得很：人一次只能做好一件事。當醫生才是我在行的事。我太太……死了。孩子們老早翅膀長硬了；他們寫信是因爲罪惡感使然。必然地，他們也有自己的人生。「生命啊！生命啊！昂然勃起吧！」有天我讀到福婁拜的這句話，覺得自己也宛如一座大腿經過填補的雕像。

關於那些尚未寫出來的書呢？這並不是我之所以憤慨的原

1

因。因爲世界上已經有太多書了。另外，我記得在《情感教育》（*L'Education sentimentale*）⓮結尾，腓德列克和友伴戴斯羅耶回溯他們的一生，他們最終也最鍾愛的記憶，是多年前他們到妓院的全盤經過，那時他們還是小鬼頭呢。他們仔細盤算，特地爲此燙頭髮，甚至還偷摘花準備獻給女孩。但是當他們到了妓院，腓德列克反而喪失了勇氣，兩個人落荒而逃。這就是他們一生當中最美好的一天。享樂最確實的形式，福婁拜指稱，不就是滿心期待的享樂嗎？誰需要闖入願望實現那一切終底荒蕪的小閣樓呢？

我在盧昂四處徘徊的頭一天，試著以我1944年初晤盧昂的光景拼湊它的模樣。當然，當時大部分的區域都慘遭砲火炸毀；時隔四十年，他們還在修復大教堂。但我沒辦法從黯淡的回憶中找回多少記憶的顏色。第二天，我駕車到西邊的卡恩（Caen）和北邊的海灘去。你順著一連串受天候摧殘的路標走——由公共建設運輸部門（Ministère des Travaux Publics et des Transports）所設立的——沿著卸貨專用的海濱外圍公路[1]：這裡就是觀光客參觀軍事搶灘的路徑。在阿荷芒許（Arromanches）東邊延伸的是英國和加拿大所登陸的——黃金海灘（Gold）、朱諾海灘（Juno）、史沃德海灘（Sword），這幾個字眼對想像力沒什麼效用，遠不及歐馬哈海灘（Omaha）和猶他海灘（Utah）更起眼。當然啦，要不是那些軍事行動讓這些字眼勾起人們記憶的話，這些字眼根本

1 原文爲：This way for the Circuit des Plages de Débarquement，法文部分的意思是：卸貨專區。

引不起注意⓯。

在葛哈葉海邊（Graye-sur-Mer）、庫索勒海邊（Courseulles-sur-Mer）、菲赫海邊（Ver-sur-Mer）、阿斯涅勒（Asnelles）、阿荷芒許，沿著小徑走，你會突然碰到皇家機師廣場（Place des Royal Engineers）或是邱吉爾廣場（Place W. Churchill），腐鏽的坦克車仍然在海岸邊站哨，大量像船艦煙囪的紀念碑用英文與法文宣告：「此處紀念歐洲於1944年6月6日爲英勇的聯合空軍所自由解放」。在阿荷芒許，我花了一法朗觀看全景望遠鏡（Très Puissant 15/60 Longue Durée）[2]，追尋遠到墨比瑞港（Mulberry Harbour）⓰外海的海象蹤跡。在那裡呈點，線，線，線的是水泥彈藥箱，中間是不疾不徐平靜流淌的水流。戰時的殘留痕跡在廣場的圓卵石道路上已經覆蓋一層厚厚的絨毛了。

我在可以看到海灣全景的海事紀念廳（Hôtel de la Marine）用午餐。離我一個朋友葬身的地點很近——那些年頭猝然認識的朋友——雖然我內心未起波瀾。大英帝國第二軍隊，第五十裝甲分隊。那些日子的回憶來自於隱藏深處，而非情緒；那甚至算不上是充滿情緒的回憶。用完午餐之後，我到紀念館觀看有關登陸戰的影片，然後開十哩路的車程到達拜佑（Bayeux）⓱，見證九世紀前另外一場跨海峽的征服，瑪帝勒德皇后（Queen Matilda）的刺繡掛毯像是橫軸播放的電影，底片的邊框一格緊銜著一格。兩次事件似乎同等詭譎：一次是太久遠而難以置信，一個是太熟

2 Très Puissant 15/60 Longue Durée，法文意爲「高倍數15/60的長鏡頭」。

悉而難以置信。我們該如何掌握過去？我們眞的有可能掌握過去嗎？當我還是醫學院學生的時候，有些頑皮鬼會在期末舞會上，將塗滿油的小豬放進大廳裡。牠的腳站不攏，打滾滑跤，不斷尖叫。想要捉住牠的人跌趴在地上，使得整個過程看起來相當荒唐滑稽。而過去往往表現的就跟這隻小豬差不多。

在盧昂的第三天，我步行至市立醫院（Hôtel-Dieu）[18]，打算拜訪福婁拜的父親擔任外科主任的醫院，作家就是在此地度過他的童年。沿著**古斯塔夫·福婁拜大道**走，會經過一家**福婁拜印刷行**，還有一家叫作**福婁拜**（Le Flaubert）的小吃店，可以確認方向是正確無誤的。有輛大型白色標緻（Peugeot）[19] 五門車停在醫院附近，上面印有藍色星星，電話號碼旁邊還有**福婁拜號救護車**（AMBULANCE FLAUBERT）的字樣。難道作家也是提供治療的人？未必。我記得喬治·桑（George Sand）[20] 曾經嚴厲指責過這位年輕的同僚，「你製造不安，」她寫道，「而我生產安慰。」[3] 所以標緻汽車上應該改成**喬治桑號救護車**（AMBULANCE GEORGE SAND）。

在市立醫院裡，我被一名消瘦、忐忑不安的男管理員（gardien）[4] 允許進入，他身上所穿的白色外袍讓我迷惑。他既不

---

3 在小說原文中，兩句話完全押韻，“desolation”和“consolation”，爲求對仗，所以故意翻成「不安」和「安慰」。喬治·桑的原信件是：「我們寫什麼呢？你，不用說，你老寫些令人傷心的東西，我哪，則寫些令人寬心的東西。」

4 法文的名詞有陰陽性之別，英文卻沒有，故作者刻意在此使用法文，以標明男性管理員（gardien）與女性管理員（gardienne）的不同。

是醫生，也不是藥劑師（pharmacien）[5]或是一個板球裁判。而白色外袍往往帶有防腐消毒和正確研判的意味。爲什麼一個博物館管理員要穿成這樣——莫非要確保古斯塔夫的童年不被病毒感染？他解釋這座博物館不僅紀念福婁拜，也是紀念醫學史，然後他匆匆忙忙地打發我進去，以充滿噪音的工作效率把我們身後的大門鎖上。他帶我參觀古斯塔夫出生的房間，觀賞他的古龍水瓶、煙草罐，還有第一篇在雜誌刊登的文章。各種景象的流動足以顯示他如何從春風少年郎變成悲慘的禿頭老怪。是梅毒害了他，有些人這樣推斷。是十九世紀正常的衰老現象，也有人這樣說。或者僅僅是因爲他的身體具有合乎禮儀的意識：當他內在的心智已經過於老成，肉體只好跟著配合老化。我一直記得他有一頭漂亮的秀髮。但難以清楚記起來：當時的照片讓每個人看起來都黑壓壓的。

其他房間裡面有著十八、十九世紀醫療器具的展示：尖利的重金屬遺物和驚人口徑的灌腸幫浦，連我都不免感到震驚。醫學必定曾經是如此刺激、不顧死活、暴力的行業；如今就只是藥丸和官僚。或者是過去似乎遠比現在更帶有地方色彩？我讀過古斯塔夫哥哥阿西爾的醫學論述：「施行絞勒性疝氣手術的注意事項」。可能是兄弟血緣性使然，阿西爾的論述後來轉變成了古斯塔夫式的比喻，「我覺得，對抗這個時代的愚蠢，恨的洪流令我

5 藥劑師（pharmacien），爲法文，在這裡，拔恩斯特別使用這個法文字，是因爲隨後他在小說裡將不斷提及《包法利夫人》裡的一個藥劑師角色。

窒息。就像得到絞勒性疝氣病一樣，屎糞會從我口中溢湧而出。但是我要收藏它、修理它、堅固它；我想要調配出能夠把整個十九世紀黏住的漿糊物，就像他們能夠用牛糞畫出印度廟宇那樣。」

這兩個博物館的連結初始看來很怪。但當我想起雷摩特（Lemot）那幅出名的諷刺畫，在畫中福婁拜在肢解艾瑪·包法利之時，就明白了。畫裡的小說家用大叉子從女主角身上戳出滴著血的心臟來高舉誇耀。像是外科醫生展示得獎成果一般，艾瑪的雙腳癱陳在畫面的左下方，他凌虐艾瑪的暴行顯而易見。作家與屠夫無異，作家是多愁善感的畜生㉑。

然後我看到那隻鸚鵡。牠就坐立於小小的斗室當中，毛色鮮綠，眼睛神氣活現，腦袋仰著怪異角度。「*Psittacus*品種，」在樹幹後方有塊說明牌：「此尊爲G·福婁拜從盧昂博物館借出的鸚鵡，在作家創作《簡單的心》（*Un cœur simple*）㉒期間陪側在書桌旁，牠在書中被稱爲露露，由故事當中的女主角菲莉絲黛所豢養。」經由福婁拜信件的影印本可確認此事：鸚鵡的確在書桌旁陪伴了三星期之久，看著牠，福婁拜逐漸被激怒了。

露露被保存得很完好，羽毛還是栩栩如生，眼神仍然像一百年前一樣惹人惱怒。我仔細瞧了這隻禽鳥，驚訝的是我竟然能與作家本人心生靈犀，雖然他曾經倨傲地拒絕後代子孫對他的私人物品產生任何興趣。他的雕像被翻修過；他的家被拆掉；他的書有自己的生命——讀者對書的回應和對作家的回應是兩回事。可是在這裡，這隻按照不可思議的方式被保存下來的綠色鸚鵡，竟讓我感覺到幾乎認識作者本人。我深受感動而且心情雀躍。

在回旅館的路上，我買了學生譯注版的《簡單的心》。也許你知道這個故事。有位貧窮、沒受過教育的女僕菲莉絲黛，近半世紀服侍著同一個女主人，無怨無悔地也爲其他人犧牲奉獻。依次地，加入她粗暴的未婚夫、女主人的孩子、女主人的姪子，還有一名手臂生癌的老人。這些人都從她身邊被帶走：要不是死了，就是離開，或簡單地就把她忘了。在這種情況下，毫不意外地，唯有宗教的安撫才能彌補人生的不如意。

菲莉絲黛最後的情感連結就在露露，那隻鸚鵡身上。牠也在適當時機死去，菲莉絲黛將牠做成標本。她將牠視爲最鍾愛的聖物，留在身邊陪伴著她，她甚至祈禱時會在牠面前跪下。在菲莉絲黛簡單的腦袋裡，教義產生了混淆：她認爲，如果聖靈有時會化身成白鴿㉓，那麼被塑造成鸚鵡不是更好。在她堅定的邏輯裡：鸚鵡和聖靈都會說話，而白鴿則不會。在故事的結尾，菲莉絲黛也死了。「一抿微笑出現在她的唇邊。心跳的節奏漸漸緩慢了下來，一回比一回微弱，宛如一道噴泉逐漸枯竭，宛如一陣回音逐漸消散；在嚥下最後一口氣的時候，她想，就在天堂爲她打開大門的當兒，她看見一隻巨大的鸚鵡在她頭上盤旋翱翔。」

福婁拜在語調上的掌控是多麼精彩絕倫。想想能將一隻名字可笑、製作得很差的鳥標本與三位一體的聖靈結合成故事的結尾，沒有挖苦、沒有多愁善感，或是褻瀆的意味，在寫作技巧上是何等艱難。更進一步想想，能從無知老女人的觀點出發，語調上卻不詆譭其單純性格，也毫不羞澀。然而當時《簡單的心》的寫作目的卻另有所指：鸚鵡是「福婁拜式怪誕」（Flaubertian grotesque）掌握最精美的例子。

如果想要（以及要是我們想跟福婁拜作對的話），我們可以爲這隻鳥添加額外的詮釋。例如，在早熟的小說家和熟齡的菲莉絲黛的生命之間其實有所對應。評論家奉送上偵查結果：兩人都過著獨居生活；兩人都活在失落當中；兩人都領受傷慟，卻堅忍不拔。那些喜愛進一步窮究的人會提出連意外的發生都有所對應，菲莉絲黛在路上被一輛從翁弗勒（Honfleur）來的郵車撞到，古斯塔夫也在布堡阿夏特（Bourg-Achard）的路邊被撞，因而導致神經癲癇症第一次發作。我不知道，一個隱藏的指涉要如何在消失前被確立？

當然啦，基本的方法是，菲莉絲黛與福婁拜完全相反：她幾乎口齒不清。但是這時候，你一定會拿出露露來爭辯。鸚鵡，這隻會說話的鳥，這個能發出人類聲音的奇珍異獸，菲莉絲黛不會無緣無故就將鸚鵡與賦予說話能力的聖靈相搞混。

菲莉絲黛＋露露＝福婁拜嗎？這不見得，但是你可以宣稱作者存在於兩者之中。菲莉絲黛承載了他的個性，露露則承載了他的聲音。你可以說鸚鵡無需強大腦力所再現的清楚發聲法，指的是**純粹的話語**（Pure Word）。要是你是法蘭西學院派，你會說牠是言語記號的象徵（*un symbole du Logos*）。身爲一個英國人，我急於將想法回歸於實際的事物之上：就是在市立醫院裡面那個體態優美的聰明生物。我想像露露正坐在福婁拜書桌旁，牠正像遊樂場裡哈哈鏡的嘲弄倒影盯望著作家。持續三週的模仿嘲弄，難怪會惹惱人。其實作家本身豈不是更像一隻頭腦複雜的鸚鵡？

我們也許該注意到小說家與鸚鵡家族成員的四次主要相遇。1830年代，在都維勒的年假期間，福婁拜一家會固定去探訪退休的老船長皮耶・巴貝（Pierre Barbey）；他的管家（ménage），據說包括一隻神奇的鸚鵡。在1845年，古斯塔夫去安提布（Antibes）旅遊，途經義大利，福婁拜與一隻生病的長尾鸚鵡不期而遇，情形被記載在日記中；這隻鳥習慣棲息在主人輕型貨車的擋泥板，用餐時間會被帶進屋內，被安置在壁爐架上。日記家點出，在人與寵物之間明顯存有「古怪的愛」。在1851 年從近東返回，行經威尼斯的時候，福婁拜親耳聽到，大運河畔養在金籠子裡的鸚鵡模仿船夫說：「搖啊搖！往前行。」（Fà eh; capo die.）1853年，在都維勒，他寄宿在一個藥劑師家裡，他發現自己經常被鸚鵡的尖叫聲惱怒，牠高聲喊著：「賈可，你吃過午飯了嗎？」（As-tu déjeuné, Jako?）「老公，我的心肝小寶貝。」（Cocu, mon petit coco.）牠還會吹嘘著：「我有上等的煙草喔。」（J'ai du bon tabac.）除了上述這四隻以外，不曉得還有沒有其他引發他寫露露靈感的鸚鵡？不知道在1853到1876年之間，除了盧昂博物館的鸚鵡標本之外，他還有沒有見過其他活生生的鸚鵡？就把這些鳥事留給專家去操心吧。

我坐在旅館的床上；聽到隔壁房間傳來的電話聲模仿著其他電話的號哭聲。我想著那隻大約半英里遠身在斗室中的鸚鵡。一隻厚顏無恥的鳥，引誘情感，甚而神聖。眞不知道福婁拜在完成《簡單的心》之後如何處置牠。他是否將牠收進櫥櫃裡，然後忘記牠那惱人的存在，直到找毛毯時才想起？而在四年之後，他突然中風發作，死於沙發上之際，又發生什麼事？那不是迎向聖靈的時刻，而是向**話語**（the Word）告別的時候，他有沒有想像過，巨大的鸚鵡正在上方翱翔？

「我對於自己的諷喻癖實在感到煩擾，眞的很煩。我被類推比較死咬不放，就像一個被一群跳蚤所糾纏的人，除了抓跳蚤以外，其他什麼事都做不來。」福婁拜動輒出口成章，但他也看出話語的先天不足。還記得在《包法利夫人》[24]中那悲哀的定義：「人的語言像是碎裂的瓦鍋，我們在其上敲出曲調使熊跳舞，而事實上我們只想感動星辰。」你可以自行選擇看待小說家的方式：他究竟是執拗的、精巧的風格家，抑或是他眞的悲哀地認為語言不敷使用。沙特派可能會傾向第二個選擇：對他們來說，鸚鵡只能重複從別人那聽來的二手話語，正是小說家對於自身失敗的一種告解；鸚鵡（亦是作家）被迫承認語言是經過接收的、模仿的、遲鈍的東西。沙特自己也批評福婁拜的消極，他的理念（或是共謀的理念）“on est parlé”——有人說出來了。

這是否突然宣告了隱藏指涉的有聲死亡？當你懷疑自己對一個故事想得太多的時候，正是你覺得自己最無助，最疏離，也許也是最愚蠢的時候。說露露是**話語**的象徵難道是評論家的錯？讀者的錯——或者更糟糕的是——錯把那隻在市立醫院的鸚鵡當成是作家聲音的象徵？那是我的錯。也許我和菲莉絲黛都一樣，只有「簡單的心」。

不管你將《簡單的心》稱之為寓言還是文本，它在我腦裡迴盪不去。容我引用大衛・霍克尼（David Hockney）[25]雖仁慈但不夠詳細的說法，在自傳裡他說：「這故事眞的感動我，我覺得這是一個可以深入和發展的主題」，所以在1974年霍克尼先生製作了兩幅蝕刻版畫：分別是幽默版本的菲莉絲黛眼中的外國（偷東西的猴子跳過女人的肩膀），以及菲莉絲黛與露露共枕的平靜場景。也許他還會在適當時機裡多製作幾幅。

在盧昂的最後一天，我開車去了克羅瓦塞。諾曼地的雨一直下個不停，時而溫柔時而急驟。那個位於塞納河邊，有著綠色山巒做背景的偏遠小村莊，現在已被大船塢所淹沒。充滿回音的打樁機；懸在你頭上方的高架台，連整條河都變得商業化了。透過大貨車嘎嘎作響的窗戶望出去，又是一家不能免俗的福婁拜酒吧。

古斯塔夫曾經記載過，近東有個習俗是將死者的房子拆除，他也認同這種作法；所以對於屋舍被毀一事，他的難過可能比那些前來追尋的讀者還少一些。而先前那家從壞麥提煉酒精的工廠已經結束營業了；取而代之的，是現在樹立在原址的、感覺更適當的一家巨大的製紙場。福婁拜居所唯一殘留下來的，是一間離馬路百呎外的單層小屋：這間夏日度假小屋是作者打算在退休之後，爲了更離群索居的隱居生活所預備的。現在看來有些破舊和用途不明，不過至少還算有東西在那裡。在外面的陽台上，有從迦太基挖出來的殘餘凹陷圓柱體，現在則被選來紀念《薩朗波》（*Salammbô*）[26]的作者。我推開小屋的門；有隻狼犬吠了起來，而一位白頭髮的女管理員（gardienne）走了過來。她並沒有穿白色外袍，而是剪裁合身的藍色制服。當我說著那口歪七扭八的法文時，突然聯想到，在《薩朗波》裡，迦太基每種職業的人都有個圖騰：像翻譯家的胸前是鸚鵡刺青。今天下午在玩鐵球的北非人，他的手腕上有個毛澤東的轉印貼紙。

小屋裡面還保有一個房間，四方形帳篷狀的天花板，我記得菲莉絲黛的房間是這樣描寫的：「房間裡面同時充滿禮拜堂和雜貨市場的氣味。」這裡也有相當幽默的組合——瑣碎的小玩意和神聖的遺物並陳——又是另外一則福婁拜式詭態。陳列的物品被隨便放置，爲了要看見小櫥櫃裡的東西，我必須不時彎腰屈膝：以虔敬的姿勢，還有那股在舊貨店裡找寶藏的探險心。

菲莉絲黛從她所收集的小玩意裡找到安慰，每件物品之間沒什麼關聯，只是因爲物主的偏好。福婁拜也如法炮製，藉此保留往日種種馥郁的回憶。在他母親死後的數年之後，他有時會拿出她的圍巾和帽子，拿著這些物品坐下來作一點夢。克羅瓦塞小屋的參觀者能做的也差不多這樣：望著亂排放的展覽品，任由心走，睹物思人。畫像、照片、一尊半身泥偶；煙斗、一個煙草罐、一把拆信刀；一個咧著嘴的蟾蜍墨水瓶；站在書桌上從不會激怒他的佛陀金尊；一束頭髮，更金一點，看起來比在照片上的還自然。

有兩件陳列在旁邊壁櫃的展覽品，很容易就被忽略掉的：一個是福婁拜臨終之前喝水的小杯子；還有一條縐縐的手絹，也許用它來擦額頭是他生命的最後一個動作。此等平凡的小物件，是用來阻止哭嚎和通俗劇，讓我覺得自己好像親身參與了朋友的死亡。我覺得自己相當汗顏：三天前我站在同袍被殺的海灘卻無動於衷。也許和這些已經死掉的人做朋友的優點是：你對他們的感覺永遠不會冷淡。

然後我看到了牠。蜷伏在上方櫥櫃的另外一隻鸚鵡。也是亮綠色的。根據兩位女管理員的說法，以及木柄座上標籤的說明，這隻鸚鵡就是福婁拜從盧昂自然博物館借出來寫《簡單的心》的那隻鸚鵡。我要求將第二隻露露㉗拿下來看一下的作法被獲許可，我小心翼翼地將它從小屋的角落取下，小心翼翼地拆除玻璃罩。

你怎麼去比較兩隻鸚鵡，一隻已經被記憶和譬喻美化了的鸚鵡，另一隻則是聒噪的侵入者？我當下的判斷是，第二隻看起來比第一隻少了點權威感，主要的原因是牠比較具備溫和的氣質。頭挺得比較直，看起來比市立醫院的那一隻少惹人生氣。然後我發覺整件事情的謬誤：福婁拜竟然沒有辦法去選到一隻像樣的鸚鵡；即便是第二隻，連續看上幾星期，也會令人神經緊張㉘。

我向女管理員詢問眞確度的問題。她當然支持她的鸚鵡，很有自信地反駁關於市立醫院方面的聲明。我懷疑是否有人知道答案。不知道這事情除了我之外，還有其他人會關心，而我草率地相信第一隻的認證。還有作家的聲音——是什麼讓你認爲它可以輕易地被引用？這就是第二隻鸚鵡提出的非難。當我站著凝視比較不權威的露露，窗外的陽光正好照進來，使得牠的羽毛看起來更接近黃色。我將鸚鵡歸位並且想著：我現在已經比福婁拜活過的年數更老了。這似乎是相當冒昧的事；既悲哀又過分。

行將就木的時刻是否曾經是恰當的？這不是問福婁拜，也不是問沒有讀過《簡單的心》的喬治．桑，「我爲了她而開始寫這本書，爲的就是要取悅她。她在我寫這本書的時候去世，像是伴隨著我們的夢而去。」[29]是否最好不要有夢，有工作，以及工作未完成的悲傷？也許該像腓德列克和戴斯羅耶一樣，寧願有未實現的慰藉：計畫去妓院，享受期待的樂趣，然後多年後，懷念的不是行動，而是之前的期待？那是不是會更美好，痛苦會更少？

回家以後，複製鸚鵡的事情持續在我腦中縈繞：兩隻當中的一隻可愛又理直氣壯，另一隻則魯莽無禮，咄咄逼人。爲了能夠獲得眞正的確認，我寫信到許多家學院去詢問，也寫信給法國大使館，還有米其林指南（Michelin Guides）[30]的編輯，甚至還寫給霍克尼先生。我告訴他我的盧昂之行，順便問問他是否曾經到過盧昂；不知道他在畫安睡中的菲莉絲黛時是否有對其中這隻或那隻加以想像，或者他也曾經向博物館借一隻鸚鵡來做模特兒，我向他警告這種品種的鳥類即便在作者死後，仍極有可能具備單性生殖的危險。

眞希望能盡快得到答覆。

2

年表

Chronology

I

1821　古斯塔夫・福婁拜誕生，他是盧昂市立醫院外科主任阿西爾—克雷歐凡・福婁拜（Achille-Cléophas Flaubert）與安—賈斯汀—卡洛琳・福婁拜（Anne-Justine-Caroline Flaubert）〔原姓福洛利奧（Fleuriot）〕的次子。屬於成功專業人士的中產階級家庭，在盧昂近郊擁有數幢物產，讓他能在一個安穩的、有教養的、富有希望的、而且具有正常企圖心的環境裡成長。

1825　下女茱莉（Julie）進入福婁拜家，她是古斯塔夫的私人看護，一直服侍到五十五年後作家過世爲止。少數的主僕問題將困擾他一輩子。

c.1830　遇見恩尼斯・夏瓦耶（Ernest Chevalier）❶，成爲他的第一個密友。之後幾段強烈而忠誠豐沛的友誼將是福婁拜一生裡頭重要的支撐力：特別是與阿弗列德・勒・波提凡（Alfred le Poittevin）❷、馬西姆・杜康（Maxime Du Camp）、路易・布依雷（Louis Bouilhet）❸，還有喬治・桑的友誼。古斯塔夫那風趣揶揄又親切的態度，讓他很容易交到朋友。

1831-2　進入盧昂中學就讀，是一個出色的學生，歷史和文學爲其強項，我們所能見到的他的第一個作品是在1831年一篇關於高乃依（Corneille）的文章，他在青春期寫了許多作品，包括戲劇與小說。

1836　在都維勒邂逅伊莉莎·施雷辛格（Elisa Schlesinger），一個德國音樂出版商的妻子，隨即墜入愛河。熱情持續到他青少年時期結束。她對他的態度極爲親切友好；在往後的四十年兩人仍然保持聯絡。追憶起這段沒有回報的感情，福婁拜慶幸道：「幸福就像梅毒，若是太快得到它，將終身爲其所苦。」

c.1836　古斯塔夫性啓蒙的對象是母親的女僕，這也是他活躍而且色彩繽紛的性生活的起始點，往後從妓院到文藝沙龍，從開羅浴室男孩到巴黎女詩人，他都躍躍欲試。他年輕的時候，對女人非常有吸引力，據他自己估算，性經驗的次數相當驚人；即使到了晚年，他溫文儒雅的性格、才情與名聲，讓他身邊不乏伴侶。

1837　他的作品在盧昂《蜂雀》（*Le Colibri*）雜誌上首次發表。

1840　通過他的大學入學檢定（*baccalauréat*）。隨父執朱勒·

克羅格（Jules Cloquet）博士旅行庇里牛斯山。雖然一般咸認福婁拜是個不喜歡變化的隱士，他其實遊歷了許多國家：包括義大利和瑞士（1845）、不列塔尼（1847）、埃及、巴勒斯坦、敘利亞、土耳其、希臘和義大利（1849-1851）、英國（1851、1865、1866、1871）、阿爾及利亞、突尼西亞（1858）、德國（1865）、比利時（1871）和瑞士（1874），比起他的分身路易・布依雷——一向嚮往中國卻連英國都沒去過——福婁拜則顯然經歷過人。

1843　在巴黎念法律，期間認識維克多・雨果（Victor Hugo）❹。

1844　神經癲癇症初次發作，不得不結束巴黎學業，放棄法律一途，在克羅瓦塞的家庭新居休養。放棄法律對他來說毫無惋惜之感，他因此得到寫作生活所需要的孤獨和穩定，因此就長遠發展來評估，此病發作是有益的。

1846　遇到路易絲・柯蕊（Louise Colet），他的「繆斯」，展開他最為出名的一段情史：持續很長的時間，相當激情，分分合合了兩次（1846-1848, 1851-1854）。雖然性情明顯不合，以及對美學態度的差異，古斯塔夫和路易絲兩人在一起的時間卻比眾人預期的還要久得多。我們該為戀情告終而惋惜嗎？因為再也讀不到其他古斯塔夫熱情

Dessin d'après nature d'Édouard Duveau
(*Les Amis des Monuments rouennais*, 1900, p. 32.)
On remarquera le buste d'Hippocrate dans une niche de la façade.

洋溢的情書了。

1851-7 《包法利夫人》著作發表鬧上法庭，獲無罪開釋，又是宗醜聞的勝利（succès de scandale），之前有拉馬汀（Lamartine）、聖勃夫（Sainte-Beuve）和波特萊爾（Baudelaire）❺。在1846年，他懷疑自己有無能力寫作出版，他曾宣布：「如果哪天要我公開露面的話，我必定全身武裝，」現在他的護胸甲閃亮，他的槍茅到處拔弓。克羅瓦塞鄰村坎特盧（Canteleu）的牧師，禁止他的教區居民朗讀這本小說。1857年，文學上的勝利帶給他社會階級的勝利，此後福婁拜經常出沒巴黎，他與龔固爾（Goncourts）❻、黑穠（Renan）、戈蒂埃（Gautier）❼、波特萊爾、聖勃夫等人結交。1862年在馬涅（Magny）家舉辦的一系列文學晚餐：從該年度12月以後，福婁拜就是固定常客。

1862 《薩朗波》出版，獲致空前的成功（succès fou），聖勃夫寫信給馬修·阿諾（Matthew Arnold）說道：「《薩朗波》是我們最偉大的事件！」這本小說不僅成爲巴黎化裝舞會的主題，甚至成爲糕點（petit four）的新品牌。

1863 開始經常性地參加瑪蒂爾德（Mathilde）公主的藝文沙龍，她是拿破崙一世（Napoleon I）的姪女。他從克羅瓦塞的樸拙之人逐漸化身爲社交高手。他自己則在星期天下午宴客。同年展開與喬治・桑的通信，認識了屠格涅夫（Turgenev）❽，他與俄國小說家的交遊拓展了他在歐洲的名聲。

1864　在孔皮耶涅（Compiegne）❾被引薦給拿破崙三世（Emperor Napoleon III），是古斯塔夫社交生涯的顚峰，他獻山茶花給皇后。

1866　創立了國家騎士勳章（chevalier de la Légion d'honneur）。

1869　出版《情感教育》：福婁拜總宣稱它是心目中的傑作（un chef-d'œuvre）。儘管傳說他寫作不順（他自己認爲的），對福婁拜來說其實寫得相當順手。儘管如此，他還是抱怨連連，牢騷措辭如行雲流水般在信件當中頻頻出現。他花了將近四分之一的世紀來完成這一本艱澀的巨著，每五到七年必須做廣泛的研究。對於字句、篇章、韻腳多番斟酌，卻沒有經歷靈感枯竭的困境。

1874　出版《聖安東尼的誘惑》（*La Tentation de saint Antoine*），撇開該書的怪誕風格不論，商業成績算是成功的。

1877　《三故事》（*Trois Contes*）出版。銷量與評論均佳：福婁拜首度得到《費加洛報》（*Le Figaro*）的好評；在三年內印行了五版。福婁拜開始執筆撰寫《布法與貝丘雪》。在其晚年，下一個世代推崇他為法國小說家中的佼佼者。他既受推崇也受尊重。他的星期天聚會也成為文壇盛事；亨利·詹姆士（Henry James）⓾也找「大師」會面。1879年，古斯塔夫的友人為他舉行年度慶祝餐會（Saint Polycarpe）。1880年《梅登的晚餐會》（*Les Soirées de Médan*）的五個作者，包括左拉（Zola）⓫及莫泊桑（Maupassant）⓬將題有他名字的副本獻給他：這份贈品被視為是從自然主義（Naturalism）到寫實主義（Realism）的象徵性致答禮。

1880　極被推崇喜愛的古斯塔夫·福婁拜勤奮工作到最後一刻，死於克羅瓦塞。

II

1817　阿西爾—克雷歐凡・福婁拜與安—賈斯汀—卡洛琳的第二個小孩，卡洛琳・福婁拜（Caroline Flaubert）早夭，僅僅二十個月大。

1819　第三個小孩艾密勒・克雷歐凡・福婁拜（Emile-Cléophas Flaubert）也夭折，僅八個月大。

1821　第五個小孩古斯塔夫・福婁拜出生。

1822　第四個小孩，當時三歲五個月的朱勒・阿佛列德・福婁拜（Jules Alfred Flaubert）過世。古斯塔夫在兩個死亡間隔裡出生（entre deux morts），他是個性格纖細的孩子，但沒人期待他能長命百歲。福婁拜醫師爲家人在紀念墓園買了塊地，甚至已經爲小古斯塔夫鑿了個小墓穴。令人驚訝的是，他活下來了。他是個反應遲緩的小孩，喜歡成天坐著吸吮手指，臉上「幾乎是愚蠢的」表情。沙特稱他爲「家裡的白癡」。

1836　對伊莉莎・施雷辛格無望的、偏執的激情起點，他的心被灼燒，使得他此生無法再愛另外一個女人。回顧過往，他這麼寫著：「我們每個人心中都有一個高貴的房間，我已把自己的磚封起來。」

1839　因粗暴和不守規矩遭到盧昂中學退學的處分。

1843　巴黎法律學院宣布第一年的測驗成績，考試委員們用紅球和黑球來宣告，古斯塔夫得到兩個紅球以及兩個黑球，因此沒及格過關。

1844　神經癲癇症第一次嚴重發作，陸陸續續還有其他次。「每一次發病，」古斯塔夫後來寫道，「就像神經系統出血……就像將靈魂從身體中奪走，是種凌遲。」他受放血治療、吃藥、打針、遵照特殊的餐飲調配法、禁止抽菸喝酒；如果他不想立即到墓園報到的話，還是要維持這種嚴格監禁及母親託管的生活，就某方面而言，古斯塔夫已經從塵世提早退休了。路易絲・柯蕊就曾經取笑過他：「這麼說，你就像是被緊緊看管的小女生嘍！」一直到福婁拜過世的前八年，他一直生活在福婁拜夫人令人窒息的看管下，她監管他所有的旅行計畫。數十年下來，她終於比他先衰老：當他幾乎不再是她的擔憂時，她反而成為他的負擔。

1846　古斯塔夫的父親病逝，隨之不久，他親愛的妹妹卡洛琳也離世（只活了二十一歲），他成爲外甥女的父親代理人。終其一身，他飽受至親離去的打擊，還有另外一種朋友死去的方式：他的好友阿弗列德・勒・波提凡在六月結婚。他覺得那是一年裡他第三次失去至親，他抱怨道：「你在做的事很變態。」同年在寫給杜康的信裡，他說：「水之於魚就像眼淚之於我的心。」那麼他遇到路易絲・柯蕊算是慰藉吧？一個好賣弄學問、個性頑強；一個奢華無度、占有欲強，根本是錯誤的結合。在她成爲他情婦的六天後，他們之間的相處模式就已然建立，他向她抗議：「請節制你的哭泣！」他說：「這很折磨我，不然你要怎樣？叫我放下巴黎的一切，想都別想！」這段不可能發展下去的關係拖了八年；路易絲莫名其妙地沒辦法了解，爲何古斯塔夫可以再也不見她的面卻仍然愛她。「如果我是個女人的話，」交往六年後，他在寫給她的信上這樣寫著：「我不會將自己綁在一個愛人身上。一夜情，可以；但是親密關係，免談！」

1848　阿弗列德・勒・波提凡過世，得年三十二。「我想我從未愛過任何人——無論是男人還是女人——像我愛他一樣。」二十五年後他寫道：「我沒有一天不想到他。」

1849　古斯塔夫朗讀他的第一部長篇成人作品，《聖安東尼的誘惑》，給他的兩個密友布依雷和杜康聽；整整花了四天，每天八個小時才讀完。在令人困窘的諮詢之後，聽眾建議他還是拿把火把書燒了吧。

1850 在埃及，古斯塔夫染上梅毒，他的毛髮脫落；他變得很肥胖。福婁拜夫人隔年在羅馬與他相遇，差點認不出自己的兒子來，發現他已經變成非常粗鄙的傢伙。他的中年從此開始。「最嚇人的是你出生於開始腐敗之前。」再過幾年，他的牙齒掉得只剩一顆；他的唾液將因爲水銀治療的關係，永遠呈現黑色。

1851-7 《包法利夫人》。寫作過程痛苦不堪——「寫這本書，我就像手指綁著鉛球在彈琴一樣」——之後的判決也相當可怕，在隨後的那幾年，福婁拜怨恨強行加諸在這本大師之作上的名聲，讓別人視他爲「一書作者」(one-book author)。他告訴杜康，如果他夠幸運可以在證券所發達的話，他會不計代價買下所有已發行的《包法利夫人》一書：「放把火把它們全燒個精光，從此再也不聞不問。」

1862 伊麗莎·施雷辛格住進精神療養院；被診斷出深受「急性憂鬱症」之苦。在《薩朗波》出版之後，福婁拜和有錢的朋友勤於走動。但他在處理金錢方面非常幼稚：他的母親必須賣掉房子來幫他還債。在1857年，他偷偷將自己的財務交給外甥女的丈夫厄尼斯・康姆維爾（Ernest Commanville）處理。接下來的十三年，由於他的奢侈無度、不善理財，還有壞運氣，福婁拜失去他所有的錢財。

1869　路易・布依雷逝世，他曾經稱他為「幫我消化生活的蘇打水」。「失去我的布依雷，這個比我自己還能看透我想法的人，就等於失掉了我的助產士。」聖勃夫也過世。「又走一個了！這個小團體正在縮減！以後還能跟誰討論文學呢？」出版《情感教育》；評論和銷售下滑。一百五十本書送給朋友和熟人，事後僅有三十人表示感謝。

1870　朱勒・龔固爾過世：1862年創立馬涅聚會的七人當中只剩三人尚在人世。在普法戰爭期間，德軍占領克羅瓦塞。恥於當法國人，福婁拜停止佩帶榮譽院士的勳章（Légion d'honneur），他還詢問屠格涅夫如何才能申請俄國公民權。

1872　福婁拜夫人過世：「在我可憐老母親活著的最後兩週裡，我終於體認到她才是我最愛的人。她的過世如同將我的內臟拔除。」戈蒂埃也過世，「隨著他的逝世，我最後一個親密的朋友也走了。這份名單已經除名了。」

1874　福婁拜首度發表劇作《參選人》(*Le Candidat*)。是個徹底的失敗;演員含淚從舞台上退席,四場演出後被取消。出版《聖安東尼的誘惑》。他寫道:「從《費加洛報》到《兩個世界》(*Revue des deux mondes*),所有的評論把本書罵得體無完膚⋯⋯眞不明白這些評論哪來那麼多的嫌惡——嫌惡我,我這個人——根本是蓄意抹黑⋯⋯這種濫用評論的墮落的確深深打擊到我。」

1875　厄尼斯・康姆維爾的財務破產也拖垮了福婁拜。福婁拜賣掉他在圖維勒(Deauville)的地;他必須向外甥女請求不要把他趕出克羅瓦塞。他的外甥女和康姆維爾爲他取了「消耗者」的綽號。從1879年起,他開始接受朋友爲他安排的國家扶助津貼。

1876　路易絲・柯蕊過世。喬治・桑過世。福婁拜:「我的心已經變成一座巨大的墳場。」在他生命臨終的最後幾年,只有枯燥和孤獨相隨。他曾向外甥女透露他非常後悔自己沒有結婚。

1880　窮困,孤獨,枯竭,古斯塔夫・福婁拜辭世。左拉在他的訃聞裡發表聲明,表示盧昂有五分之四的市民不熟悉福婁拜，剩下的五分之一則不喜歡他。他手頭上還有《布法與貝丘雪》尚未完成。有些人說是寫作的苦勞害死了他；在他開始動手之前屠格涅夫就告訴過他，最好還是寫成短篇。葬禮結束之後，詩人方斯華・寇波（François Coppée）[13]、泰德奧・德・班維爾（Théodore de Banville）在盧昂舉辦追思晚餐，以此紀念已故的作家。他們在餐桌坐下以後，發現在場的人有十三個，而迷信的班維爾堅持一定要再去找到另外一個人，而戈蒂埃的女婿艾密勒・貝吉哈（Émile Bergerat）正被軍隊派去掃街。幾番推辭後，他和一位二等兵過來參加。這名軍人從沒聽過福婁拜的大名，但他很想跟詩人寇波見面。

III

1842　我和我的書，在同一間公寓裡：就像酸黃瓜浸在醋裡。

1846　當我還很年輕的時候，對於生命完全有種預感。它就像從通風口跑出來烹煮食物的噁心油煙味：你不用吃就知道那個食物會讓你想吐。

1846　我對待你的方式就像我對待我最愛的人：我展示給他們看袋子底下的東西，裡面揚起刺激的灰塵則讓他們窒息。

1846　我的生活集中在另一個（福婁拜夫人）身上，只要那個生命存在，就會一直這樣下去。像是風中飄搖的海草，我只藉著一根強韌的纖維附著在石頭上，如果折斷了，這個無用的植物將飄向何方？

1846　你想要修剪那棵樹。但是偏偏樹枝不聽使喚，上面長滿了葉子，朝著空氣和陽光的方向生長。你想將我變成一個迷人的樹籬，沿著牆生長，結出美味的果實，讓小孩子不用踩梯子就能把果實摘走。

1846　別將我歸類成那些爲性而愛或洩欲後便作嘔的普通傢伙。不：在我身上，一旦激起的感受不會快速減退。我心裡的城堡一建造出來，馬上就長出青苔；不過要過很長時間，城堡才會變成廢墟，而且不會全部變成廢墟。

1846　我像雪茄一樣：人們要從後面吸吮我，才能將我點燃。

1846　在那些出海的人裡面有一些探險家發現了新世界，他們增加了地上的大陸和天上的星，他們是豐功偉業的偉人，永遠的華麗；也有些製造槍口下的恐怖，他們掠奪，增加了財富而越長越胖；有的是爲了探求其他國家的金子和絲綢；也有的在捕捉鮭魚給美食家之際，也會將鱈魚分給窮人。我是奇怪又有耐心的珍珠漁夫，潛入最深的水域，卻兩手空空、臉色發青地浮出水面。致命的吸引力引我潛到思想的深淵裡，在最深奧最隱祕處，永遠都深深吸引著強者。當其他人選擇旅行或是飛行，我將傾盡終生來凝視藝術的海洋，以摘採那些無人要的綠色和黃色貝殼來自娛。我把它們留下來，並用它們來裝飾我小屋的牆壁 。

1846　我只不過是隻文學蜥蜴，喜歡在**美**的容光之下曬太陽。就這麼簡單。

1846　我的內裡有種激進的、私密的、苦澀而不止歇的厭煩，阻止我去享樂，讓我的靈魂透不過氣來。這種東西會以各種形式顯現出來，就像溺水狗腫脹的身體仍會浮出水面，即使牠們的脖子已經綁上了石頭。

1847　人如同食物。布爾喬亞就像是水煮牛肉：燒得軟軟的，不鮮嫩多汁，也沒有味道（很容易飽，鄉下人吃得很多）。其他人就像白肉、淡水魚、泥濘河床裡的細長鰻魚、生蠔（根據不同鹽度劃分）、小牛腦，以及加糖的麥片粥。那我呢？我就像流質的、臭臭的乳酪通心粉，吃過很多次才能吃出味道。最終你還是會愛上它，但你的腸胃已經多次適應不良了。

1847　有些人有顆柔軟的心和剛強的心智。我則恰恰相反：有個柔軟的心智和剛強的心；我像椰子將汁液藏在好幾層木頭下，你需要斧頭才能劈開，而打開之後常常會發現到什麼呢？某種酸奶。

1847　你希望在我這裡找到一把火焰，燃燒、發光、照明一切；散發宜人的光度，最好還可以去除牆壁上的濕霉氣，讓空氣清新，重新點亮生命。哎呀！偏偏我只是微弱的夜光，紅色的芯蕊還浸在劣質的油裡，不只有水，還有灰塵。

1851　對我而言，友情就和駱駝一樣：一旦開始，就停不下來。

1852　等你老了以後，心就像棵樹一樣會掉葉子。你不能阻擋風的吹拂，每天扯掉幾片葉子；暴風來時就折斷幾根樹枝。不過春天時，大自然會再度綠意盎然，但心上的東西卻再也長不回來。

1852　生命眞是糟透了的東西，不是嗎？像一碗漂滿毛髮的湯，雖然如此，你還是得吃。

1852　我取笑一切，甚至是我最愛的。沒有什麼人事物我不歡欣鼓舞耍寶的，就像熨斗將衣物一燙如新。

1852　我以狂熱和扭曲的愛，深愛著我的工作，就像苦行僧喜歡搔著他的肚皮的粗毛布衫。

1852　我們諾曼地人的血管裡都流著蘋果酒：那是一種帶苦的發酵飲料，有時還會讓瓶塞爆開。

1853　要我立刻搬到巴黎這件事，我們必須緩一緩，或者現在解決掉。對我來說，現在是不可能的……我夠了解我自己，那將會浪費掉整個冬天，或是整本書。布依雷會說：他在哪裡都可以寫；就算有持續的干擾，他還是工作了那麼多年……但我像是裝牛奶的器皿：如果你想要乳脂成形，你最好不要輕舉妄動。

1853　你的能力迷惑了我。在十天內你就寫了六個故事！我沒辦法明白……我像是老舊的溝渠：通道裡塞滿太多垃圾，導致我的思緒緩慢，在筆尖只能一滴一滴的流出。

1854　我將我的生命分類，將一切東西放在適當的格子裡；像一部老旅行車，裡面都是抽屜和隔間，全都用繩子綁好，再用三條大皮帶固定住。

1854　你要求愛情，你責怪我沒有送花給你？的確，我沒有送花。如果這就是你所要的，你倒不如去找些乳臭未乾的男孩，那些有著良好禮節及正確思想的男孩。我像是老虎，生殖器上長有矗立的毛髮，會刮傷雌虎。

1857　書的製造過程和生孩子不一樣：比較像是建造金字塔。需要長期謹慎考慮的計畫，然後巨大的石磚一塊塊疊上去，這是吃力、汗流浹背、消耗時間的工作。而且徒勞無功！它就那樣豎立在沙漠裡！但巨大高聳。豺狼在基座撒尿，布爾喬亞攀爬到頂端等等的。還要繼續類推下去。

1857　有句拉丁句子大概是說，「用你的牙齒從糞便中拾起錢幣。」這是運用修辭方法來描繪所謂的小氣鬼。我就像這些人：爲求黃金我不擇手段。

1867　眞的，有很多事情激怒了我。哪天我停止憤怒的時候，那就是我倒下的時候，就像支撐架被拿走的洋娃娃。

1872　我的心保持原封不動，我的感覺有時靈敏，有時卻很遲鈍，像把太常磨利的舊刀子，上面有刻痕，很容易斷掉。

1872　精神層面從未像現在如此不值。對於偉大事物的憎恨從未如此明顯——鄙視美，詛咒文學。我一直都試著活在象牙塔裡，可是那些屎糞之流一直撞擊著外牆，威脅著要損壞它。

1873　我仍然繼續造句，彷彿一個布爾喬亞之流在閣樓以車床持續製造餐巾環。這讓我有事可做，並且提供給我私人的娛樂。

1875　我並非罔顧你的意見，只是我無法「讓自己堅強」……我的感受在顫抖——我的神經和我的腦袋都病了，而且病得非常嚴重；我可以感覺得到。所以我再次埋怨之前，我不想讓你憂傷。我會如你所說的裝備成「岩石」，可是有時堅硬的花崗岩也會變成層層的黏土。

1875 我像是一簇被連根拔起的死海草，隨波逐流。

1880 書何時才會完成？這眞是個好問題。如果書要在明年冬天問世，那麼從現在開始，任何一分鐘都不能浪費，但是我也會疲憊啊，那些時刻讓我覺得自己像一塊正在融化掉的老卡蒙貝（Camembert）乳酪⓮。

3

找到就是你的

Finders Keepers

你可以用一種或兩種方式來定義「網」，端視你的觀點爲何。正常情況下，你可以說它是一種捕魚用的鏤空器具。但你也可以倒過來看，在無損邏輯的情況下，將之定義成和一個戲謔的詞彙編纂者的說法一樣：一些用線連結在一起的洞。

同樣的情形也適合在傳記上。捕魚的網一裝滿，傳記家就拖網，分類，篩選，包貨，切片，然後販賣。想想他沒抓到的：可還多著呢。傳記在架上，那麼厚，那麼値得中產階級來閱讀，既誇耀也嚴肅：出一先令可以得到全部的事實，花十鎊的話就會得到種種假設，但想想那些沒有被寫入的——那些隨著臨終床上被作傳者的最後一口氣一起消逝的——事情；他看著傳記家前來，準備開他一個玩笑，即使是最狡詐的傳記作家，也無法對抗吧？

我第一次遇到艾德・溫特頓（Ed Winterton）的時候，他在歐羅芭旅館用他的手緊緊按著我的手；其實這只是我的一個小玩笑罷了，雖然實際情況與之相距不遠。嚴格說來，我們是在外省的書展上遇到的，我正好比他早那麼一點兒取得他所想要的屠格涅夫的《文學回憶錄》（*Literary Reminiscences*）。這個連結使得我們立刻向對方致歉，兩人同樣覺得難爲情。當我們彼此知道，藏書癖是造成我們雙手交疊唯一的感情因素時，艾德低聲說：

「讓我們私下談談。」

就著一壺不甚高明的茶，我們對彼此透露經由何途徑而走到此書。我提到福婁拜，他則宣稱他的興趣是戈斯（Gosse）[1]和上個世紀末的英國文學界。我很少碰到美國學者，非常訝異於竟然會有這麼一個傢伙對布倫明司柏雷（Bloomsbury）❷厭煩，而寧願離開他年輕有野心的同僚所參與的現代文藝運動。還有，艾德・溫特頓喜歡將自己包裝成失敗者的模樣。他約莫四十來歲，禿頭，皮膚光滑微微泛紅，戴著方形無框的眼鏡：銀行家模樣的學者，既愼重小心又講究修養。他買的是英國衣服，穿起來卻不像英國人。他還是那種在倫敦總是穿雨衣的老美，因爲他們知道在這個城市裡即使大晴天也會下雨。他甚至在歐羅芭旅館的大廳裡都還穿著雨衣。

他的那副輸家模樣，並不會太極端，而像是他坦然接受自己實在不是成功的材料，因此他的義務僅僅是確認自己失敗的方式正確、而且可以被接受。當討論到他那本不可能完成，更遑論是出版的戈斯傳記時，他停下來，並且降低他的聲調：

「我有時在想戈斯先生是不是也會同意我所做的事情。」

「你的意思是……」我不太熟悉戈斯，但是我睜大的眼睛，彷彿看到裸體的洗衣女、混血的私生子，或是被分屍的屍體。

「喔，沒，沒什麼事。只是想到我來書寫他，他會不會覺得我……在污衊他。」

爲了避免碰觸到占有的倫理問題，我將屠格涅夫的書讓給了他。我看不出倫理學和擁有二手書有什麼關係；但艾德看得出來。他承諾，如果他取得另外一本回憶錄，一定會通知我，然後我們簡短地爭論由我付他茶錢的種種對與錯。

我從沒期待會再聽到他的消息，更不用說一年後他來信裡所挑起的話題。「你對茱麗葉·賀伯（Juliet Herbert）❸有興趣嗎？根據資料研判，似乎有段奇情。我8月會到倫敦，但願你能前來。致上。艾德（溫特頓）。」

作爲一個未婚妻，打開盒子看到紫色絲絨襯裡上的戒指時，會是怎樣的心情？我從沒問過我太太，現在已經太遲了。或者，當福婁拜在偉大的金字塔頂上等待破曉，而後終於看到紫絨般的夜空露出金光裂縫時，當下的感受又如何？當我讀到信上的兩個單字，不是茱麗葉·賀伯的姓名，而是另外兩個字眼——「奇情」和「資料」時，我的心瞬時感到震驚、畏懼，還有瘋狂的喜悅。在狂喜之餘，在辛苦的工作之後，還會有什麼？對一位值得尊敬的人士懷有下流的想法？

茱麗葉·賀伯就像是用線綁在一起的大洞。她在1850年中成爲福婁拜外甥女卡洛琳的家庭教師，之後在克羅瓦塞停留了幾年，然後返回倫敦。福婁拜寫信給她，她也會回信給他；他們偶爾會相互拜訪。除此之外我們所知無幾，也沒有任何一封往返的信件留下來。我們對她的家庭狀況很陌生，甚至連她的長相都不清楚。沒有任何關於她的描述留下來，在福婁拜死後，當其他在他生命中的重要女人都被紀念時，卻沒有一個朋友想到過要提起她。

傳記者不承認茱麗葉·賀伯這個人。部分原因是證據短缺，表示她在福婁拜的生命裡頂多只扮演很小的角色；有些則抱持相反的論斷，認爲這個撩人的家庭教師一定是作家的情婦之一，可能還是不爲人知的熾烈熱情，搞不好她眞的就是他的未婚妻。激

3

動的傳記家描述著此一假說。那我們是否也可以推論，福婁拜是以茱麗葉・賀伯的名字將他的狗命名爲朱利歐（Julio）？有人如此認爲，但我認爲這樣過於偏頗。如果眞是這樣的話，那麼古斯塔夫在信件中稱他的外甥女爲「露露」，之後將這個名字套用於菲莉絲黛的鸚鵡身上，又代表了什麼？爲什麼喬治・桑養了一隻公羊叫作古斯塔夫？

唯一公然提到茱麗葉・賀伯的一次是在福婁拜寫給布依雷的信上，在他到過克羅瓦塞作客後不久：

> 我看你既然對女家教這麼感興趣，我也變得興致高昂。在餐桌上，我的眼睛老是落在她優美的胸線上，一餐至少有五、六次，我相信她也注意到了，她的表情就像是突然被日光照到。若是將女人的胸線與碉堡的斜堤相提並論，該是何等美好的比擬！攻城之際，連邱比特也要亂了陣腳（用我們風流男子的口吻來說）。說來，我的砲口已經對準了方向。

我們可以驟下結論嗎？老實說，這是福婁拜寫信給男性友人時一貫誇耀吹噓的事。我發現連自己都很難被說服：眞正的渴慕不會這麼簡單地暗喻出來的。但是傳記家們都想要對研究對象的性生活神祕地添油加醋；不管是對於傳記家或是福婁拜，你都必須自己下判斷。

艾德是否眞的發現一些關於茱麗葉・賀伯的證據？我承認自己開始有想占爲己有的衝動。我想像自己在很有分量的文學刊物上公布這個新發現，也許就登在《TLS》❹雜誌上吧。「茱麗葉・賀伯：謎團已解——傑佛瑞・布萊茲懷特作」，附上一張讀不出字的手稿照片。但我也開始擔心，艾德會不會在校園裡脫口說出他的發現，老老實實的把他的寶藏拱手讓給某個非常有企圖心、留有太空人髮型的法國研究學者？

但這些都是無足輕重，而且我希望，不怎麼特別的感受。我比較是因爲知道古斯塔夫與茱麗葉的關係而興奮（否則艾德信中的「奇情」一詞指的是什麼？）。藉由這些資料，更進一步了解福婁拜究竟是何許人，也是很刺激的事。例如，我們是否能找得出來這位作家在倫敦的行徑？

許多人對此深感興趣。在十九世紀，英法之間的文化交流講求實用主義。法國作家不會純爲和他們的英國同件討論美學渡海而來；他們要不是爲了逃避迫害，就是來找工作。雨果和左拉被放逐而來；魏爾倫（Verlaine）❺和馬拉美（Mallarmé）❻則應聘爲校長。長期貧困卻瘋狂地實際的維利耶・德・利爾—亞當（Villiers de l'Isle-Adam）❼，到英國找尋一名女性繼承人。一名巴黎的婚姻介紹員幫他打點毛皮外套、有鬧鐘的手錶和一套新假牙，等作家拿到女繼承人的嫁妝之後才收費。但是狀況多多的維利耶不善於求愛，所以被女繼承人拒絕，介紹員收回皮衣和手錶，撇下有著全口牙齒卻身無分文的求婚者在倫敦流浪。

那麼福婁拜呢？我們對他四趟英倫之行可說是所知無幾。我們只知道1851年舉行的世界博覽會，確實得到他意外的認同——「非常棒的事物，雖然廣爲各方讚譽」——但他的首趟旅程僅僅只有七頁筆記：其中兩頁關於大英博物館，其他五頁關於水晶宮的中國和印度特展區。那麼他對我們的第一印象是什麼？他一定有告訴茱麗葉。我們是否符合他在《套語辭典》（*Dictionnaire des idées reçues*）❽裡的記載（**英國男人**：都很富有。**英國女人**：她們竟能生出可愛的小孩）？

在他成爲聲名狼藉的《包法利夫人》作者之後的旅行又如何？他是否尋找英國作家交流？他來探訪英國妓院嗎？還是他愜意地到茱麗葉家作客，晚餐時盯著她瞧，然後攻陷她的城堡？或者他們純粹只是朋友（我有點希望是如此）？他的英文是不是像信上一樣容易出錯？他只談論莎士比亞（Shakespear）嗎？他是否大肆抱怨濃霧？

當我和艾德在餐廳相見時，他看起來比之前更失敗。他和我說預算又被刪減、現實世界太過殘酷，還有他的出版遙遙無期。因此我推論，而不是從他親耳聽來的，他大概被解雇了。他用反諷法來解釋慘遭解雇這件事：一切肇因於他太獻身於他的工作，他不願意受到壓力而做出任何對戈斯不公正的評介。資深學者認爲他刪減了許多。其實，他不會這麼做。他對於寫作和作家過於崇敬，不至於這麼做。「我是說，我們應該對他們有所回饋吧？」他下了這麼個結論。

也許當下我所展露的同情心不夠。然而人怎麼抗拒時來運轉的機會？總算我的好運來了。我快速地點了晚餐，根本沒有留心到底吃了些什麼；可是艾德仔細地端詳菜單，好像是魏爾倫數月來第一次有人請他吃飯。聽艾德哀悼自己，看他慢條斯理的吃光整條銀魚，已經將我的耐心耗盡得差不多了，但是讓我興奮的期待依舊沒有減損半分。

「對了，」我說，在我們開始吃主菜時，「茱麗葉・賀伯。」

「喔！」他說：「是的。」我看得出來他需要一點督促，「說起來真是一個奇怪的故事。」

「應該是這樣沒錯。」

「是的，」艾德看來有些難受，幾乎可以說是尷尬。「六個月前，我來找一位戈斯先生的後裔，我本來不期望能發現什麼。我只是想到，就我所知還沒有人和這位女士談過，所以這是我的職責……去與她會面。也許有些我還沒記錄的家族傳說傳到了她這邊。」

「然後？」

「然後？根本沒有。她並不能提供任何幫助。不過那天是個好日子。肯特。」他看起來又不太舒服了，他好像需要剛剛服務生粗魯地從他身上剝下來的雨衣。「嗯！我了解你的意思，傳到她手上的就是那些信件。不過先讓我搞清楚，要是有錯你儘管糾正我。茱麗葉・賀伯是在1909年左右過世的？對，她有個姪親，是姪女。對。這個女人找到這些信件，將它們拿給戈斯先生詢問信件的價值。戈斯先生以為她想要錢，所以他故意說這些信很有趣但不值錢，然後這位姪女將信件給了他，並且說，既然它們不值錢，不如你就拿去。他照做了。」

「你怎麼會知道？」

「因為裡頭附了一封信，上面有戈斯先生的筆跡。」

「所以呢？」

「所以信到了這位女士手中。肯特。她問了我一樣的問題，這些信值多少錢？我很後悔當時我的作爲不太道德。我說戈斯檢閱的時候還值一點錢，但現在已經不值錢了。我說這些信很有趣，不過不值錢，因爲有一半是用法文寫的。然後我花了五十五鎊向她買下。」

「我的老天。」難怪他看起來那麼奸詐。

「這眞是糟糕，不是嗎？我眞是不能原諒我自己，雖然戈斯先生好像也以謊話把這些信騙到手。此事關乎倫理，你不覺得嗎？而實情是，我因爲丟掉工作而沮喪，拿到這些信以後再賣掉它們，我就可以繼續寫書。」

「總共有多少封信？」

「約莫是七十五封，雙方各寫了三十幾封。我們就是這樣估價的，英文信每封一英鎊，法文信每封五十便士。」

「老天爺。」我心裡打量這些信的價錢，也許超過千倍他所付的，甚至更多。

「是的。」

「繼續說說信的事情。」

「嗯，」他停了下來，給我一個幾乎是無賴的表情，假如他不是這樣一個軟弱、好賣弄學問的傢伙。或者他可能只是在分享我的興奮。「直說無妨，你想知道什麼？」

「你讀過那些信？」

「當然。」

「然後……」我不知道該怎麼說。艾德肯定非常得意。「那他們究竟有沒有一段情？有吧，是不是？」

「絕對有。」

「何時開始的？在她抵達克羅瓦塞之後不久？」

「沒錯，就在那之後沒多久。」

是的，這解釋了給布依雷的信：福婁拜故意揶揄挑逗他的朋友，假裝他們有平等的機會去追求女教師，結果卻是……

「她在那裡的時候就一直交往下去嗎？」

「是的。」

「然後他到了英國呢？」

「是的，那時候也在一起。」

「她是他的未婚妻嗎？」

「這倒很難說，我猜差點就是了。兩人的通信當中有所指涉，不過多半都是開玩笑的。說到英國女教師綁住這位法國名作家，要是他再次因爲違反公眾道德入獄，她會有何反應，諸如此類的。」

「好啊，我們是不是能找出她的樣子？」

「她的樣子？喔，你的意思是說，能不能看得到？」

「是的，難道……」他察覺出我的期盼，「沒有一張相片嗎？」

「一張相片？根本有好多張，在雀兒喜（Chelsea）的某個攝影棚拍的，印在厚的相紙上。他一定是要求她寄照片給他。這有關係嗎？」

「實在太不可思議了。那麼她長得如何？」

「在給人印象不深的臉裡面算是長得不錯了，深色的頭髮，個性的顎骨，端正的鼻子，我並沒有看得太過仔細，她不是我喜歡的型。」

「他們相處融洽嗎？」我幾乎不知道自己還要問些什麼問題。《福婁拜的英國未婚妻》，我心想著，傑佛瑞．布萊茲懷特著。

「似乎不錯，他們應該很甜蜜，信末他還用了相當大量的英文親密語彙。」

「所以他可以用這個語言適切地表達情感。」

「是啊，在信件裡面，有許多長段落都是用英文寫的。」

「他喜歡倫敦嗎？」

「喜歡啊，爲什麼不呢？這裡可是他未婚妻的家。」

親愛的老古斯塔夫，我喃喃自語，我覺得更接近他一點。一個世紀又多幾天之前，就在這個城市裡，我的同胞攫獲了他的心。「他有沒有抱怨這裡的霧？」

「當然有，他是這樣寫著：你如何能在這樣的霧裡生活？當紳士發現女士從濃霧走出來到他的面前，已經來不及摘帽行禮，大自然是如此地爲難禮儀，眞不曉得這個種族的人是怎樣不蒙羞而亡的。」

沒錯，那是他的語調——優雅的，促狹的，帶著一點點油腔滑調。「那麼關於世界博覽會，他有沒有仔細提到？我想他應該會很喜歡才是。」

「有，當然有。那比他們初次相遇更早幾年的事情，他以抒情的姿態表示，說不定當時在人群裡曾和她擦肩而過，那該會是有點可怕、卻也很燦爛。他好像看遍了所有的展覽，彷彿那些是數量龐大的素材。」

「嗯。」嗯，對啊。「我想他沒有光顧妓院吧？」

艾德不太高興地看著我。「他寫信給他女朋友，不是嗎？應該不會吹噓這方面的事情吧。」

「不，當然不。」我覺得純潔，也覺得興奮。我的信件，我的信件，溫特頓有意讓我將信件出版，是不是這樣的？

「那麼我什麼時候可以看一看？你把它們帶來了吧？」

「沒有。」

「怎麼會呢？」無疑地，將東西藏在安全之處是合理的事。旅行是有風險的，除非……除非有些事情我還不了解，又或者是……他想要錢？我突然發覺自己對於艾德・溫特頓其實所知無幾，除了他是我那本屠格涅夫《文學回憶錄》的持有者。「你連一封都沒有帶？」

「沒有，我把它們全燒了。」

「你做了什麼？」

「是的，我燒了信，所以我說是個奇怪的故事。」

「現在聽起來比較像犯罪故事。」

「我知道你會明白的，」他這樣說讓我很驚訝；然後他笑得很開心。「我是說，你比其他人都能理解。一開始，我本來打算不跟任何人說的，然後我想到你。我想到至少要告訴同業裡的某一個人，以作爲紀錄。」

「繼續說。」這個人根本是個瘋子，至少這點是可以確認的。難怪他會被踢出大學，他們早就該這麼做了。

「這個嘛，你知道的，這些信件非常有趣。有些非常長，多數則是對於其他作家和公眾生活的看法，甚至比他一般的信更加開放，也許是因爲它們是要被寄到國外去的，所以對他來說反而有種自由。」究竟這個罪犯，這個騙子，這個失敗者，這個兇手，這個禿頭的縱火狂，知不知道他對我做了什麼？他一定知道。「而她的信也寫得很好。把她的一生都說出來了，也透露福婁拜的一生，並且以懷舊口吻描述了許多在克羅瓦塞的居家生活，她想必觀察入微，注意到一些我不認爲別人會注意到的事情。」

「繼續說。」我向服務生猛招手，我不確定自己還能待得下去，我想告訴溫特頓，我有多麼高興英國人把白宮燒成了灰燼。

「你一定很想知道爲什麼我要毀掉這些信。我可以看得出來你有點急躁。在他們兩個最後的通信裡，他說在他死後，她寫的信將會回到她的手上，請她把兩邊的聯繫都燒掉。」

「他有沒有給予任何理由？」

「沒有。」

如果這個瘋子說的是實話，這也未免有點奇怪。不過古斯塔夫真的將許多杜康寄給他的信燒毀。也許是家族自尊一時作祟，他不想讓世人知道他差點娶了一個英國女教師。也或許是他不想讓我們知道，他矢志獻身於孤獨和藝術的計畫差點失敗。不過大家還是會知道，我終究會說出去的。

「所以你知道，我根本沒有其他選擇。我的意思是，如果你是個作家，你必須誠實的去接近它們，不是嗎？儘管別人也許不會這麼做，但是你必須遵照他們所言。」他簡直是個自命不凡、自命清高的渾球，披上倫理的外衣裝束，就像妓女臉上化的妝，他的表情混合有之前的狡猾以及現在的自滿。「在他的最後一封信上還有指示，除了很奇怪的請賀伯小姐將信燒毀之外，還說，如果日後有人向你問起信件的內容或者我的生活是怎樣的，請對他們說謊；但因爲我不能要求你（尤其是你）對人說謊，那麼就請你告訴他們，他們所想要聽到的東西吧。」

我覺得自己像是維利耶・德・利爾一亞當：有人借給我幾天的毛皮外套，還有手錶，突然又不客氣地向我取回。幸虧服務生在這節骨眼上過來。但是溫特頓也不是個傻子，他坐得離桌子遠遠的，玩弄他的指甲。「最可惜的是，」他說，趁我把信用卡抽回的時候，「我就無法找到戈斯計畫的資助了。不過我相信你會同意，這是個有趣的道德試煉。」

我想當時我所做的批評意見[1]，對於戈斯先生而言，不管是作爲作家的身分或是身爲性生物，都很不公平；但我又怎麼能夠倖免呢？

---

1 這個所謂的批評意見，雖然原文沒有直接「說出來」，但上下文可以猜的出是 “fuck Gosse! ” 而拔恩斯開了另一個諧音雙關語的玩笑，Gosse，作家戈斯；goose，母鵝，另有傻瓜之意。

福婁拜動物寓言集

The Flaubert Bestiary

我吸引瘋子和野獸。

——1845年5月26日致阿弗列德·勒·波提凡的信

熊

古斯塔夫是熊，他的妹妹卡洛琳則是老鼠——「你親愛的小老鼠」、「你忠實的小老鼠」，她在信末總是這樣的簽名式；他總也喚她是「小老鼠」、「噢，老鼠，乖老鼠，老老鼠」、「老老鼠啊，淘氣的老老鼠，乖老鼠，乖老鼠，我可憐的老老鼠」——而福婁拜則是隻熊。當他才二十歲的時候，即被公認是「一個怪異的傢伙，一隻熊，一個不正常的年輕人」；早在他癲癇症尚未發作而後遷居克羅瓦塞之前，他這個形象就確立了：「我是熊，想要待在自己的洞穴裡面，披著我的熊皮；我要安靜的生活，遠離那些中產階級的人和生活。」在他發病以後，這頭野獸更加確定：「我獨居，像熊一樣。」（然而他所謂的「獨居」一詞，最好加上以下的注解：「除了雙親、妹妹、傭人、狗、卡洛琳的山羊，還有勒·波提凡的慣常探訪之外，我『獨居』。」）

等到身體恢復健康以後，他又被允許去旅行；1850年12月從君士坦丁堡（Constantinople）寫給母親的信上看來，他又擴張這個熊的形象，熊性不只存在於他的性格當中，同時也解釋了他所採取的文學態度：

當你在過生活的時候，便不能好好觀察：要不是深受折磨，就是享樂太過。在我的想法裡，藝術家是悖離自然的怪物，輕忽這句話的冥頑者將招致不幸……因此（這也是我的結論），我注定要過熊的生活，孤獨卻不寂寞，有群知己以及熊毛毯的陪伴。

不用多說，那群知己指的不是來家裡的訪客，而是他從自己的書架上挑出來的書。而他提到的熊毛毯，在他心中一直有重要的地位：他在近東兩次寫信回家，一次是在君士坦丁堡（1850年4月），一次是在貝寧索維夫（Benisouëf，1850年6月），要求母親妥善照顧他的熊毯。外甥女卡洛琳也記得是福婁拜書房裡的重點裝飾。在下午一點鐘的時候，她會被帶到書房裡讀書，爲了避免強烈日光，會將百葉扇全部拉上，黑暗的房間內滿是煙草及香灰的味道。「我會猛地跳到熊皮上，這是我鍾愛的東西，我會對著它的頭猛親。」

有句馬其頓（Macedonian）諺語說：一旦你抓到了熊，它會爲你跳舞。古斯塔夫不會跳舞，福婁**熊**（Flau**bear**）可不屬於任何人〔這要如何寫成法文？也許可以是古**熊**塔夫（G**ours**tave）[1]〕。

熊：通常名爲馬丁，典故出自一名老軍人，他看見手錶掉到熊洞裡面，爬進洞內找錶，結果被吃掉了。——《套語辭典》

1 熊的英文是“bear”，法文則是“ours”，此處用雙關語來調侃福婁拜的名字。

古斯塔夫也化身其他動物。年輕時候他是種種野獸的化身：急著想與恩尼斯・夏瓦耶見面時，他是「獅子，老虎——印度虎，美洲蟒」(1841)；少數時刻他感到精力充沛，他是「公牛、人面獅身、麻鷺、大象、鯨魚」(1841)。後來，他每次只是一種動物；他是殼中的牡蠣（1845）；殼裡的蝸牛（1851）；拱身防衛的刺蝟（1853，1857）；沐浴在美學朝陽下的文學蜥蜴（1846）；隱藏在叢林深處尖聲鳴叫的鶯（同為1846），牠的叫聲只有自己聽得見。他變成溫馴而神經質的母牛（1867）；感覺像匹疲倦不堪的驢子（1867）；他也可以是塞納河中戲水的海豚（1870）。他像騾般勤奮做工（1852）；他的人生足以宰掉三頭犀牛（1872）；他像「十五隻公牛」(1878)；他曾經建議過路易絲・柯蕊在辦公室像鼴鼠一樣躲起來（1853）；對路易絲而言，他像是「在美國大草原上的野水牛」(1846)。然而對喬治・桑來說，他簡直是「溫馴的小羊兒」(1866)——這他還加以否認（1869）——他們倆像喜鵲一樣喋喋不休（1866）；十年後，在她的喪禮上，他哭得像隻小牛（1876）。他獨自在自己的書房完成了特別為她寫的鸚鵡的故事；他「像隻大猩猩」把故事吼了出來（1876）。

偶爾，他的自我形象也是犀牛或是駱駝，但最主要的、最祕密的、最基本的，他還是一頭熊：一頭頑固的熊（1852），因為老糊塗而日漸粗魯的熊（1853），一頭齷齪的熊（1854），甚至是一個熊標本（1869）；一直到他過世那年，他仍然是「在山洞裡大聲咆哮的熊」(1880)。在福婁拜最後的完整作品《赫魯狄亞絲》(*Hérodias*)❶，被囚禁的先知伊歐卡南被要求停止對腐敗時政的

猛烈斥責，他回答他會「像熊一般地」持續咆哮[2]。

語言像是碎裂的瓦鍋，我們在其上敲曲調使熊跳舞，而事實上我們只想感動星辰。——《包法利夫人》

在古熊塔夫時期還有其他的熊出沒：阿爾卑斯山的棕熊，莎瓦（Savoy）地區的赤面熊。當時在高級商店可買到醃過的熊火腿，大仲馬（Alexandre Dumas）[3]曾於1832年在曼希尼（Marigny）的郵政旅館（Hôtel de la Poste）吃過熊排；而後在1870年於《飲膳大事典》（*Grand Dictionnaire de cuisine*）中記載道：「如今全歐洲的人已懂得食用熊肉。」另外他也從普魯士皇室的廚子那裡取得俄羅斯風味熊掌食譜。買去皮的熊掌，清洗乾淨，加鹽醃製三天，然後加入培根及蔬菜在砂鍋內燉煮七小時到八小時，瀝掉湯汁，擦乾後撒上胡椒，抹上豬油，均勻沾上麵包屑，再火烤半小時，即可佐以辣椒醬和兩匙的紅莓醬上桌。

不知道福婁熊是否吃過他的同類，鑑於1850年他曾在大馬士革吃過駱駝，推論下來，他如果吃過熊應該會留下評論的。

究竟福婁熊是哪一種熊？讀者可從書簡集裡追查他的蹤跡。1841年的時候，他還是個品種不明的熊；接著在1843年他還是品種不明，但多了一個熊穴；然後在1845年1月至1845年5月，他誇耀自己擁有三層毛皮；在1845年6月，他甚至想買一幅熊圖以放在房裡，標明「自畫像」，宣稱此舉是爲了表明個人的價值觀及社交態度。截至目前爲止，我們（可能包括他自己）僅能猜測想像一隻深色的動物，有可能是美國棕熊，有可能是俄羅斯黑熊，也有可能是莎瓦地區的赤面熊。但在1845年，古斯塔夫確認自己是頭「白熊」。

爲何是白熊？是否與其歐洲白人的身分相關？還是與他書房地上的白色熊毛毯有關（在1846年8月，他寫給路易絲・柯蕊的信中首次提到，最喜歡在大白天裡，將整個人攤在毛毯上。也許他選擇這個動物，才能讓他躺在那塊毛毯上，玩文字遊戲，掩飾身分）？從他對於顏色的選擇上，是否已可窺見他日後更加遠離人性，逐漸傾向極端熊性的過程？棕熊、黑熊、赤面熊的居住地都與人類或人類居住的城市不遠，甚至能與人爲友；有顏色的熊大都可被馴服。但白色北極熊呢？牠是不會爲了討人歡心而跳舞，牠不吃野莓，更不會爲了蜂蜜被陷阱所擒拿。

還有其他的熊。羅馬人從英國進口熊以做競技比賽之用；還有，西伯利亞東部的卡姆契坎（Kamchatkan）人用熊的內臟來製作防曬霜，而熊的肩胛骨則被削尖成鋤草刀。而白熊，學名是*thalassarctos maritimus*，是熊族中的貴族。是遠方的捕魚高手，能伏擊躍出水面的海豹。屬於海洋的熊類。牠們可隨破冰遠距遷徙。在上個世紀的某個冬天，有十二隻北極熊南下遠至冰島。想像一下牠們乘風破浪，坐在會融化的寶座，最終著陸的英姿。北極探險家威廉・史寇斯比（William Scoresby）發現，熊肝其實是有毒的——這是這四足走獸類當中唯一有毒的部分。另外，對動物園管理員而言，根本沒有方法能夠測出北極熊是否懷孕。這些奇特的事實，對福婁拜來說可能不算奇特。

> 當西伯利亞的亞庫（Yakut）人遇到熊，他們會脫帽向熊鞠躬，稱呼牠主人、長輩，或是祖父，並承諾絕不攻擊牠或說牠的壞話。但是如果熊作勢要猛撲過來，他們才會開槍自保，一旦熊被殺死了，則將其剁塊拿來烹烤，在享用烤熊大餐的同時，還會不斷重複著：「記住，是俄國人吃了你，不是我們。」——歐萊尼耶（A.-F. Aulagnier）的《飲食辭典》（*Dictionnaire des Aliments et Boissons*）

還會不會有另外的原因讓他想當熊？「熊」這個字在法文和英文裡有很類似的比喻：粗暴野蠻的傢伙。在法文裡「熊」是監牢的俚俗說法。熊性來了（Avoir ses ours）意思是「月經來了」（推測可能是因爲女人在經期時，言行舉止活像是被惹怒的熊）。根據語源學家的考證，早在世紀初就有這樣的用法〔福婁拜不會使用這種說法，他比較喜歡用紅袍英軍前來侵襲❹來比喻，或者用其他更幽默的雋語。但有一次他非常擔心柯蕊的乖戾，終於放膽說出「帕默斯頓勳爵（Lord Palmerston）❺來了」〕。被打得很慘的熊（un ours mal léché），是說一個人既粗野又乖僻。還有一句十九世紀的俚語很適合福婁拜，一隻熊（un ours）指稱一個劇本投出去以後多次被拒絕，但最終還是被接受。

無疑地，福婁熊當然知道在拉封丹（La Fontaine）❻寓言有篇〈熊與喜歡園藝的人〉（the Bear and the Man Who Delighted in

Gardens）。從前從前有隻熊，一隻醜陋而畸形的熊，牠從世間隱遁獨居在森林裡。不多時牠變得悶悶不樂又發狂，「果然，理性鮮少伴隨著隱士。」於是牠決定外出，途中遇到了同樣過孤寂生活的園藝家，這名園藝家也想找個伴。熊就搬入園藝家的茅舍。園藝家之所以變成寂寞的隱士，是因爲他無法忍受愚笨的傢伙。因爲熊每天說的話不超過三句，他得以不受打擾繼續工作下去。熊也會外出狩獵，然後將獵物帶回家與之分享。當園藝家睡覺時，熊就坐在旁邊專心揮走園藝家臉上的蒼蠅。某天有隻蒼蠅停在園丁的鼻子上，令熊非常生氣，牠決定搬塊大石頭一舉砸死蒼蠅，很不幸地，卻把園丁也打死了。

或許路易絲．柯蕊也曉得這個故事。

駱駝

如果古斯塔夫不選擇當熊的話，那麼他一定會是頭駱駝。1852年1月，在他寫給路易絲的信上，解釋了自身的頑固性格：他就是如此，他無法改變，他受地心引力的影響，就像「北極熊會棲息在極區，就像駱駝能在沙上行走」。爲什麼是駱駝？或許這又是一個福婁拜詭態風格的好例子：他沒辦法不讓正經和滑稽同時出現。他在開羅寫道：「最精彩的事情之一就是駱駝。這種奇怪的動物行走時步履像火雞般蹣跚，搖頭彎頸的樣子又形似天鵝，讓我百看不厭。我費盡氣力想學牠們的叫聲——我眞希望帶一隻回家，不過牠們不好繁衍——那是一種咯咯伴隨很大的漱口的聲響。」

這種動物有個性格特徵是福婁拜所熟悉的，「於我的生理及心理層面，其實都像個單峰駱駝，不會輕易採取行動，一旦開始活動起來，又很難停下，無論處於動還是靜的狀態，維持穩定才是我最需要的事情。」他在1853年所做的比擬，一旦開始，果然是很難停止：一直到1868年，他與喬治・桑的通信裡還在老調重彈。

Chameau，駱駝，在俚語裡也是「年老的交際花」之意。我想福婁拜會喜歡這個聯想。

羊

福婁拜喜歡園遊會：雜技演員、女巨無霸、畸形怪人，還有會跳舞的熊。在馬賽，他去過一個在碼頭周圍的帳棚，主打秀是「女羊人」，那些女羊人在場上跑動，參觀的水手拉扯她們身上的羊毛，看看她們是不是真的羊人。說來實在不是高檔的表演，福婁拜形容「沒有比這更愚蠢齷齪的了」。1847年他與杜康至不列塔尼徒步旅行，在聖那薩爾（St Nazaire）西北邊的軍事防禦小鎮格宏德（Guérande）看到喜歡的園遊會。有個操東北法皮卡迪（Picardy）口音的狡猾鄉巴佬經營的攤位表演「年輕怪譚」（a young phenomenon），裡面一隻羊有五隻腳，還有喇叭形狀的尾巴。福婁拜對此秀和老闆都十分激賞，他邀請老闆一起共進晚餐，保證此秀必定大賣，甚至建議他寫信給菲力浦・路易親王

（King Louis Philippe）呈報這件奇事。當晚福婁拜就已經和老闆稱兄道弟[2]，全然無視於杜康的激烈反對。

福婁拜爲之神魂顚倒，「年輕怪譚」一詞後來變成福婁拜的玩笑語，當他和杜康徒步旅行時，他會開玩笑的向他的朋友嚴肅介紹樹木和草叢：「容許我推薦年輕怪譚出場？」在布列斯特（Brest）又遇到皮卡迪佬和他的怪物，暢快共餐而且喝醉了，更進一步地讚頌他的動物眞是神奇。他很容易被輕浮的癖好所操縱，杜康只有等他熱度退去。

隔年在巴黎，杜康臥病在家，無法出房門。某天下午四點鐘，他聽到外面有陣騷動，然後門被粗暴地打開，古斯塔夫跟五腳羊以及穿著藍襯衫的江湖藝人闖進家裡，某個在傷兵院（Invalides）或是香榭里舍（Champs-Elysées）舉行的園遊會把他趕了出來，福婁拜迫不及待要與朋友分享這個新發現。杜康語帶諷刺地說，羊是「沒辦法好好控制自己」的，古斯塔夫也不行——他吵著討酒喝，帶著羊在房間裡面四處走動，宣揚牠的功績：「年輕怪譚今年三歲，畢業於國家醫學院，有好幾個國王都曾前來見牠。」一刻鐘過去之後，生病的杜康再也無法忍受，「我下令將他們趕出去，包括羊和羊的主人，然後清理我的房間。」

但那隻羊也在福婁拜的記憶裡留下糞便。在他逝世的前一年，還提醒杜康當年他與年輕怪譚的意外到訪，他還是像那天一

2 這裡用的是法文字：*tu*，意思是「你」，是對熟絡者的使用法。

樣開懷大笑。

猴子，驢子，鴕鳥，第二隻驢子，和馬西姆，杜康

一個星期前，我看到街上有隻猴子跳到驢子身上想幫牠手淫——驢子又叫又踢的，猴子的主人在旁大吼，然後猴子自己也尖叫——身旁有兩三個小孩不住地笑，我也覺得這眞是非常好玩的情景，但其他人卻不太搭理。後來我將此事描述給領事館的祕書貝里尼（Bellin）先生聽，他告訴我曾經看過一隻鴕鳥試圖強暴驢子。馬西自己有天在荒廢地區的廢墟裡手淫，說從沒跟自己這麼爽過。——給路易・布依雷的信，寫於開羅，1850年1月15日。

鸚鵡

就字源學來探究的話，鸚鵡是從人類演變而來。法文裡面，鸚鵡（perroquet）這字是*Pierrot*的暱稱；英文的鸚鵡（parrot）來自*Pierre*；西班牙文的鸚鵡（perico）是從*Pedro*[3]來的。對希臘人來說，鸚鵡的說話能力是人與動物的區別，這成爲哲學上的辯論。阿利安人（Aelian）說：「婆羅門教推崇鸚鵡，勝過所有其他

3 Pierrot, Pierre, Pedro都是人名。例如法國導演高達（Jean-Luc Godard, 1930-）拍過電影《狂人比埃洛》（*Pierrot le fou*, 1965），或是拍《慾望的法則》、《悄悄告訴她》的西班牙導演阿莫多瓦，他就叫做皮德羅（Pedro Almodovar, 1951-）。

鳥類，而且他們說明這非常合理，鸚鵡與生俱來模仿人類聲音的能力。」亞里斯多德（Aristotle）❼和畢林尼（Pliny）❽記注著此等鳥類在醉酒後特別淫蕩。更適切的說法來自布封（Buffon）❾，他的評論是癲癇即將發作。福婁拜知道他兄弟的這個弱點，在他為《簡單的心》一書所作的關於鸚鵡的研究筆記裡，他列出鸚鵡會罹患的疾病包括有——痛風、癲癇、鵝口瘡和喉癌。

概括來說，原先只有一隻鸚鵡露露，牠是菲莉絲黛的鸚鵡。後來是兩隻標本鸚鵡在競爭，一隻在市立醫院，一隻在克羅瓦塞。然後又有三隻活生生的鸚鵡，兩隻在都維勒，一隻在威尼斯；在安提布出現另外一隻生病的鸚鵡。我們追溯露露的可能來源時，我認為，要排除古斯塔夫在亞力山卓（Alexandria）到開羅船上所遇見那「嚇人的」英國母親：她那淑女帽上的綠色面紗，讓她看起來像是「生病的鸚鵡」。

卡洛琳在她的《回憶日記》（*Souvenirs intimes*）裡寫道：「菲莉絲黛與鸚鵡都確實存在過」，並指引我們，第一隻在都維勒的鸚鵡，巴貝船長，應該算是露露的祖先。但這並不能解釋最重要的問題：如何以及何時，這隻1830年簡單的（也可以說是壯麗的）活鳥是怎樣轉變成1870年那隻複雜又超驗的鸚鵡？我們也許永遠找不到答案，但對於針對轉折點的起始我們可以提出建議。

《布法與貝丘雪》未完成的第二部分，本該由「紙張」（La Copie）所構成，這個龐大的檔案裡包括奇事、蠢事，以及具自責意味的引用句，由兩位書記員為了自我教育的目的而嚴肅地抄錄，當然福婁拜會以嘲諷的意圖來寫作。在他為了這個檔案而做的上千張剪報裡，有個故事是從1863年6月20日的《國家意見報》（*L'Opinion nationale*）剪下來的：

「在亞隆（Arlon）附近的吉胡維爾（Gérouville），住著一個神奇鸚鵡的主人，鸚鵡是他唯一的摯愛。主人在年輕時飽受不幸的激情所摧殘，此遭遇導致他日後厭惡人類，現在和他的鸚鵡單獨生活在一起。他教鸚鵡念出他失戀情人的名字，每天牠會重複念上百來次，這是鸚鵡唯一的才能，不過在牠的主人——淒慘的亨利・K先生——的眼中，卻是至高無上的才華。每次當他聽到這聖潔的名字被鸚鵡以奇怪的聲音念出來，亨利感到欣喜若狂，對他來說，聲音像是從墓園中傳出，很神祕而且超自然。

「寂寞激發亨利・K先生的想像力，在他心中，鸚鵡逐漸變得極為重要，鸚鵡成為聖鳥：他對牠抱持著最崇高的敬意，花上數小時全神貫注凝視著牠，鸚鵡也會以主子般果敢的眼神回望，喃喃念著神祕的字語，然後亨利的靈魂像盈滿失去的快樂。某日，人們發現，亨利・K先生——似乎比平日更消沉，眼中有著奇怪發狂的光，原來他的鸚鵡已經死掉了。

「後來，亨利・K先生——回到完全獨居生活。他與外在世界毫無連結，他變得越來越閉鎖。有時候他數天都不走出房門，他會隨便吃別人帶來的食物，不管來的人是誰。他漸漸開始相信自己變成一隻鸚鵡，他會學死去的鸚鵡說出他最愛的名字，他會學鸚鵡走路，在物體上棲息，伸開雙臂彷彿在拍擊翅膀。

「有時他會發脾氣，亂摔家具，然後他的家人決定將他送去豈爾（Gheel）的療養院（Maison de santé）。某天夜裡，在前往療養院的路上他逃跑，隔天早晨被人發現他在樹上棲息。要說服他下來是很困難的事，直到某人想到在樹下放一個巨大的鳥籠。這個命運淒慘的偏執狂，一看到這個就爬下樹來，然後又被抓起來。他現在住在豈爾的療養院中。」

我們知道，福婁拜深深爲這篇報導所影響，他在「在他心中，鸚鵡逐漸變得極爲重要」這行字寫下如後的注解：「換個動物，換成狗來取代鸚鵡。」無疑地，這是福婁拜日後創作的簡短計畫，不過最終寫出來的是菲莉絲黛和露露的故事，鸚鵡仍然保留，換的是主人。

在《簡單的心》之前，鸚鵡只在福婁拜的作品和信件中輕快掠過。在給路易絲的信裡，他解釋外國風土對他的吸引力，他寫著：「當我們還是孩童的時候，我們都想要生長在有鸚鵡及糖棗的國度。」（1846年12月11日）在安慰悲傷失意的路易絲的信上，他提醒她，我們都是籠中鳥，翅膀越大，所承受的來自生活的壓迫越大，「我們多少是老鷹或金絲雀，鸚鵡或兀鷹」（1853年3月27日）。向路易絲否認他是自負的，他分辨驕傲與虛榮的不同，「驕傲是住在洞穴裡，漫步在沙漠裡的野獸；而虛榮不同，是從這個樹枝跳到另外樹枝上，只會啾啾叫的鸚鵡。」（1852年12月9日）向路易絲描述《包法利夫人》會呈現在筆風上的冒險，他解釋道：「就當我以爲我可以掌控的時候，好幾次我重重的摔下來。然而，我覺得絕不可在死前還沒有解決確定風

格這件事，我的腦中會聽到喧嘩不止的鸚鵡叫聲和蟬鳴。」（1852年4月19日）

而在《薩朗波》裡面，之前我也提過，迦太基的翻譯官在胸前有鸚鵡的刺青（恰當性勝過於權威性？）；在同一部小說裡面，有些野蠻人的「手上有遮陽帽或肩膀上有鸚鵡」，而《薩朗波》陽台上的裝置品裡面有一張小小象牙床，上面有鸚鵡羽毛填充的褥墊——「這是隻先知的鳥，作爲向神的貢祭」。

在《包法利夫人》和《布法與貝丘雪》裡面沒有鸚鵡；在《套語辭典》裡面沒有鸚鵡這個詞條；僅僅在《聖安東尼的誘惑》有幾次簡短的提到。在《慈悲修士聖朱利安傳奇》當中，在第一次狩獵行動中，有幾種動物是殺不得的——棲木上的松雞被斬斷了腿，低飛的鶴被獵人以鞭子打下來——然而卻沒有提到或是傷害鸚鵡。第二次出獵，當朱利安屠殺的能力消失，動物難以捕捉，對牠們做錯事的追捕者提出威嚇，鸚鵡在這裡出現了。而樹林裡透出閃爍的光，起先讓朱利安以爲是天邊低垂的星星，後來才知道是野貓、松鼠、貓頭鷹、鸚鵡和猴子的目光。

我們不要忘記還有缺了席的鸚鵡。在《情感教育》裡，腓德列克在巴黎某個於1848年被暴動摧毀的區域徬徨遊蹀。沿途是被卸除的柵欄，他看見地上黑色的水池，那一定是血。房子的窗簾則像是用一根釘子釘住的破布。混亂之中，精緻的東西僥倖留了下來，腓德列克透過窗子望進去，他看到一個鐘，一些畫，還有鸚鵡的棲息木。

各人回顧過往的方式其實並沒有太大差異，失落失序的我們惶恐地找尋著殘留下來的指標；我們看著街道名，卻不確定自己在哪裡。到處是殘骸，以及不停止爭鬥的人們。然後我們會見到一個房子，也許是作家的房子，前面的牆上有塊匾額寫著：「古斯塔夫・福婁拜，法國作家，1821-1880，——曾經在此居住一小段日子。」然後那些字體不可思議的縮小了，像是測視力的圖表。然後我們走近，靠窗戶近一點看。沒錯，雖然經歷過殺戮，還是有些精緻的東西會留下來。鐘聲仍然滴答，牆上的畫提醒我們藝術曾經被重視過，鸚鵡的棲息木吸引住我們的目光，於是我們尋找鸚鵡。鸚鵡究竟哪去了？我們彷彿還可以聽到牠的聲音，但卻只看得到一個木柄座。因爲鸚鵡已經飛走了。

狗

1. 浪漫的狗

這是一隻大型紐芬蘭犬（Newfoundland）[10]，屬於伊麗莎・施雷辛格所有，如果我們相信杜康的說法，牠被叫作尼祿（Nero），如果我們相信龔固爾，那麼牠的名字則是泰波（Thabor）。古斯塔夫是在都維勒遇到伊麗莎・施雷辛格：那時他只有十四歲半，她則二十六歲。她很美麗，老公多金，她戴著大草帽，細棉布洋裝下可以瞥見她標致的肩膀。尼祿，又或者是泰波，跟著她到處去，而福婁拜只能隔著一定的距離觀望。有次，在沙丘之上，她將衣服敞開，哺乳她的小嬰孩。他感到失落無望，飽受折磨，並且落魄失魂。事後他宣稱1836年短暫的夏天仍然灼燒他的心頭

（我們當然可以不相信他的話，龔固爾是怎麼說的？「他雖然天性誠實，對於自己所說所爲所愛所憎卻從來沒有完全眞誠過」)。誰會是他第一個傾訴這個激情的對象？學校的朋友？他的母親？還是伊麗莎・施雷辛格本人？都不是：他先向尼祿（或者是泰波）吐露。他會帶著紐芬蘭犬在都維勒沙灘上散步，然後在柔軟而祕密的沙丘上蹲下來抱著狗，然後他會親牠，因爲他知道牠的女主人不久前才親吻過（實際的親吻部位尙且有待爭議：有人說是鼻子，另外的說法則是腦袋瓜）；接著，他在尼祿（或泰波）鬆垂的耳朵旁呢喃，當成自己是對在棉布裙和大草帽之間的耳朵傾訴，然後熱淚盈眶。

對施雷辛格夫人的回憶，還有她的出現，終身縈繞著福婁拜。不過狗後來怎麼了，倒沒有被記載下來。

2. 務實的狗

就我記憶所及，沒有足夠資料記錄在克羅瓦塞是否養有寵物。牠們只是短暫出現，有的時候有名字，有的時候沒有，我們很難得知寵物何時出現以及怎麼來的，什麼時候還有怎樣死的，能夠蒐集到的資料如下：

1840年，古斯塔夫的妹妹卡洛琳養過一隻叫作蘇菲特（Souvit）的山羊。

1840年，家裡養了一隻叫作尼歐（Néo）的黑色紐芬蘭母狗（這個名字可能影響到杜康對於伊麗莎・施雷辛格的紐芬蘭犬的記憶）。

1853年，古斯塔夫單獨在克羅瓦塞用晚餐，身邊有一隻沒有名字的狗。

1854年，古斯塔夫和叫作達克諾（Dakno）的狗一起用餐，可能就是上面提到的那一隻。

1856-7年，他的外甥女卡洛琳養了兔子來當寵物。

1856年，他把從東方帶回來的鱷魚標本，放在草坪上展示：這是三千年以來，它第一次可以曬太陽。

1858年，一隻野兔前來花園定居，福婁拜下達禁殺令。

1866年，古斯塔夫單獨用晚餐，身邊有一缸金魚。

1867年，寵物狗（名字及血統不明）不幸誤食毒鼠藥而身亡。

1872年，古斯塔夫得到一隻叫作朱利歐（Julio）的灰狗⓫。

附錄：爲求完整，在這份古斯塔夫豢養寵物的紀錄裡，我們必須加注他曾於1842年10月感染陰蝨。

在上列的寵物裡，唯有朱利歐有比較完整的資料。1872年4月福婁拜夫人過世後，剩他孤零零一人在大房子裡面，只能自己和自己（tête-à-tête）[4]吃晚餐。他的朋友愛德蒙・拉波特（Edmond Laporte）在9月時，送給他一條大灰狗。福婁拜因爲擔心狂犬病而有些猶豫，但最後還是接受了。他將狗取名爲朱利歐

4 法文“tête”，是「頭」的意思。“tête-à-tête”有「面對面」、「私下會晤」之意。

(是否爲了紀念茱麗葉・賀伯?——隨你高興怎樣想),並且與之快速地培養了感情。月底在他給外甥女的信上說,擁抱他那「可憐的狗」(pauvre chien)[5](在抱著伊麗莎・施雷辛格的紐芬蘭犬的三十六年之後),是他唯一的消遣,他寫道:「牠的鎮靜與牠的美麗眞是讓人嫉妒。」

灰狗變成他在克羅瓦塞最後的陪伴者,肥腫而經常久坐的小說家和矯健的獵犬形成不相稱的一對。朱利歐的私生活成爲他信上的重點內容,他還宣稱狗與附近某個「年輕人」已經「貴賤通婚」了。寵物與主人還會一起生病:在1879年的春天,福婁拜風濕發作附加腳部水腫,同時間,朱利歐也感染了不明的犬疾。古斯塔夫這樣寫著:「他就像人一樣,有很多小動作。」兩位後來都痊癒了,撐著過了那一年。1879至1880年的冬天特別冷,福婁拜的管家用件舊褲子爲朱利歐做了外套。他們並肩捱過嚴冬。福婁拜於隔年春天死去。

狗後來的遭遇沒有記載。

3.比喻的狗

包法利夫人有一隻狗,是一位獵場看守人爲了感謝她的老公醫生醫好他的胸腔感染所饋送的禮物。那是一隻母的義大利種小獵犬(une petite levrette d'Italie)。對於所有福婁拜作品的譯者皆

5 此處作者刻意使用法文,可能是爲了說明狗的雌雄,chien是公狗;chienne是母狗。

採專斷態度的納布可夫（Nabokov）⓬[6]，將之翻譯成賽狗（whippet）。先不論動物學上這個翻譯名稱是否正確，他沒有標明出動物的性別，而這對我來說是非常重要的事情。狗在此處被賦予的附加意義是……不是隱喻，也不算是象徵，只能說是一個比喻。艾瑪得到那隻獵犬的時候，她和沙勒還住在多斯特鎮（Tostes）：她的內心才剛剛開始感到不滿足，那是無聊和不滿的時期，還不至墮落的階段。她會帶著獵犬散步，這個動物巧妙簡要地在大約半個段落的長度，變得不光只是一條狗那麼簡單：「她的思緒首先漫無目標，不經意地漫遊，就像她的獵犬一般，在野地上兜圈，追黃色蝴蝶，追地鼠，咬一塊玉米田邊的罌粟花，然後，她的思緒漸漸固定，她坐了下來，用陽傘的尖端戳在草地上，再三地問自己：『我的上帝啊！為什麼我結了婚？』」⓭

這是狗在書中的首度現身，很巧妙的安排；後來艾瑪會握住牠的頭親撫牠（就像福婁拜會對尼祿／泰波做的一樣）：狗有著憂鬱的模樣，她向牠說話，像安慰一個痛苦的人。她雖是對狗說話，其實也是在自言自語。狗的第二次出現也是最後一次。沙勒和艾瑪從多斯特鎮搬到雍維勒鎮（Yonville）——那是艾瑪脫離幻夢而往現實和墮落邁進的旅程。同艙的旅客值得我們特別注意：那位有著諷刺姓氏的勒何（Lheureux）[7]先生——他是雍維勒

---

6 此處是用法文寫的，英文的翻譯要在greyhound（獵犬）一字後面再加上bitch（母狗）。中文版《包法利夫人》譯作「義大利種的小獵犬」。

7 法文中「heureux」是快樂的意思，書中的勒何（L'heureux）鼓勵包法利夫人盡情快樂地消費，以致積欠鉅額債務，朝著慾望的方向墮落而不自知，故有諷刺的寓意在其中。

鎮上的高檔洋貨商人，還兼營高利貸生意，設下陷阱逐步誘拐包法利夫人（奢侈無度恰恰與她的性墮落形成正比）。途中艾瑪的獵犬逃走，大家喊了牠足足一刻鐘，最後放棄尋找。勒何先生不斷餵給艾瑪假象的安慰，舉了許多迷路的狗行過遙遠的距離而返回主人身邊的例子，有條狗還從君士坦丁堡回到巴黎。書中沒有提到艾瑪當時的反應。

至於狗的下落也是隻字未提。

4. 溺斃狗和幻想狗

1851年1月，福婁拜與杜康在希臘，參觀了馬拉松（Marathón）、埃琉西斯（Eleusis）、薩拉米斯（Salamís）[14]，他們遇到一位有幸參與米索隆吉（Missolonghi）[15]之戰的莫蘭迪將軍（General Morandi），他強調拜倫（Byron）[16]在希臘的時候並沒有淪喪道德，他憤慨否認英國貴族對他的詆譭：「他是個了不起的人，」將軍告訴他們，「他看起來像阿基里斯（Achilles）[17]。」杜康記載他們參觀泰奧摩菲拉（Thermopylae）的時候，在古戰場上重讀普魯塔克（Plutarch）[18]。在1月12日，他們前往埃魯薩拉（Eleuthera）（同行包括他們兩人，一個翻譯員，和一個他們雇來當保鏢的配槍警員），那時天氣變壞了。暴雨狂下，他們行走的平原已經被水淹沒，警察所帶的蘇格蘭犬（Scotch terrier）突然被捲進湍流之中沖走。接著雨變成雪，天色暗去。雲層遮住星星，他們完全孤零零的。

一個小時接著一個小時過去，衣服上縐褶處積了厚厚的雪，而且他們還迷了路。警察對空鳴槍，沒有任何回應。他們的身子已經全浸濕了，感到非常寒冷，他們即將在這荒涼的地帶過夜。而警察只要一想到他的狗兒就傷心哀慟，而翻譯員（他有一對像龍蝦一樣突出的眼睛）在這次的旅程中一點貢獻也沒有；甚至連煮個東西都失敗。然後他們小心謹慎地開著車，竭力搜尋遠方的光，當警察一喊：「停下！」似乎有隻狗在遠方狂吠。這時翻譯員表現了他唯一的才華，開始像狗一樣叫。他用盡氣力狂吠。他停下來以後，大家一聽，果然聽到狗吠的回音，翻譯員又繼續嚎叫。他們順著回音的方向慢慢前進，不時停下來與對方互吠，一邊調整方位。大約行進了半個小時，鄉下狗吠聲越來越清晰，他們就這樣找到了當夜的庇護所。

翻譯員後來的遭遇沒有被記錄下來。

附錄：如果我附加一句，古斯塔夫的日記寫的完全不是這麼一回事，是否公平？對於天候、日期、翻譯員糟糕的廚藝（他只會供應羊肉和水煮蛋，最後古斯塔夫選擇乾麵包當午餐），這些他全都同意。但奇怪的是，他沒有提到在戰場上讀普魯塔克的事情，還有警員的狗，在福婁拜版本裡面沒有提到品種，並不是被捲入湍流，而是墜入深水中淹死。關於翻譯員學狗叫的事情，他只提到當他們遠遠聽到鄉村傳來狗叫聲，他命令警員對空開槍。鄉下的狗回應，警員再開槍，他們是以這樣比較尋常的方式而逐漸走向庇護所。

事件的真相到底為何，並沒有被記載下來。

5

對對碰！

Snap ❶！

在英國中產階級社會比較有書卷氣的領域裡，只要有巧合發生，通常就會有人發表如下看法：「這就像安東尼・鮑威爾（Anthony Powell）❷。」透過最快速的檢驗，這種巧合通常是不值得注意的：典型地，這個巧合可能是兩個學校或大學的舊識，過了幾年後偶然相遇。鮑威爾的名字只是給事件一個名分罷了；就像是請牧師來為你的汽車祝福一樣。

我不太在乎巧合，巧合令人毛骨悚然：巧合讓你暫時感覺到生活在這樣有秩序、上帝都安排得好好的宇宙裡會是什麼模樣，祂在你的肩頭後面看著，有關這個宇宙的計畫，不時丟給你一些露骨的暗示。我寧願相信事情是混亂，是不負責任的，也是永遠暫時性的瘋狂——去感受人類必然的漠視、殘酷、愚昧。福婁拜在德法戰爭爆發後這樣寫著：「不管發生什麼事，我們應該要維持愚笨。」這是誇張的厭世主義？還是在事物能被正確思考、執行、寫下之前，消除期待的某種必要作法？

我甚至不太關心那些無傷大雅的喜劇式巧合。有一次我外出晚餐，發現其他在座的七個人也剛好讀完《與時代合拍的舞蹈》（*A Dance to the Music of Time*）❸。這種箇中滋味不太好受，不僅僅是因為我在乳酪盤❹前都沒機會開口說話。

至於書裡面出現的巧合——這種策略就是有點廉價而感情用事，無法讓人不覺得只是美學上的無用矯飾。路過的遊唱詩人正巧解救了樹叢籬笆後受難的少女；突如其來降臨的狄更斯❺式

（Dickensian）的慈善家；還有發生在異國沙灘上美妙的船難，恰巧促成了兄弟姊妹或情人相認。某次我和一位以擅長巧合韻腳技巧著稱的詩人，聊起自己有多麼瞧不起這些懶惰的策略。「也許是如此，」他以一種宜人的高傲態度來回應，「你的腦袋是不是太散文化❻了？」

「這當然，」我回他，頗為自滿地，「散文化的腦袋莫非就是散文的最佳評論者？」

要是我是個小說的獨裁者，我會禁止使用巧合安排。也許不用做得那麼絕。還是可以在流浪漢為題材的冒險故事裡面予以保留，巧合本就屬於此。來吧，盡量用吧：讓一個跳機駕駛員的降落傘正好故障，他正好掉在乾草堆上，讓腳上有壞疽病的善良窮人找到埋藏的寶藏——一切都沒關係，一點都不重要……

正當地使用巧合安排的一種方法，當然，就是稱之為反諷。是聰明人的作法。反諷畢竟是當代的方式，是共鳴和機智的酒友。令誰能夠抗拒？但有時候我也懷疑最有智慧的、最具回響力的譏諷，不過是修飾得體、有教養的巧合。

我不知道福婁拜對於巧合有何看法。我原本希望他的《套語辭典》會收錄典型的項目，但其內容從**干邑酒**（cognac）直接跳到**性交**（coitus）。然而，他對於反諷的偏好相當清楚；這是他身上最為現代的部分。在埃及的時候，他很高興的發現almeh這個字（意思是**女學者**），逐漸失去原意，如今是「娼妓」的意思。

反諷會附著在那些反諷家身上嗎？福婁拜肯定是這麼想的。1878年伏爾泰（Voltaire）❼逝世百週年的悼念禮由名為梅尼耶

（Ménier）❽的巧克力公司主辦，福婁拜評論著：「這可憐的天才老頭，反諷從來沒有遠離過他。」而反諷也糾纏著福婁拜。也許應該在他那形容自己的名句：「我吸引了瘋子和野獸」上面，再加上反諷一項。

以《包法利夫人》為例，辯護律師厄尼斯・皮納（Ernest Pinard）指控作品傷風敗俗，他也因身為《惡之華》（*Les Fleurs du mal*）❾的辯訴主控而惡名大噪，在《包法利夫人》無罪脫釋多年之後，他被發現隱名寫過一本崇拜陰莖的詩集，福婁拜覺得很有趣。

就拿書本身來看，最出名的兩段之一，就是艾瑪在有篷馬車裡偷情（衛道人士認為特別可恥），以及小說的最後一行話：「他剛收到十字勳章」（Legion of Honour）——確認了藥劑師歐梅❿對布爾喬亞階級的崇拜。在有篷馬車裡的點子來自福婁拜在巴黎的古怪行徑，當時他急欲避免在路上碰到路易絲・柯蕊。他因為怕被人認出來，到哪去都搭有篷馬車。他因之保有貞潔，卻促成了他筆下女主角性墮落。

歐梅的十字勳章又是另外一個意思，那代表生命對藝術的仿效與嘲弄。《包法利夫人》一書的最後一句話寫完才過了十年，一向激烈反布爾喬亞，而且堅決仇恨政府的福婁拜，也接受了「十字勳章」。因此，他自己人生的結局像鸚鵡學舌般重複了他傑作裡的結局。在他的葬禮上，一隊軍人發射國家禮砲，飛躍過他的棺木，以國家傳統的方式向該國最不像的、最冷眼嘲笑的騎士（chevaliers）說再見。

5

如果你不喜歡以上這些反諷，我還有別的。

1. 金字塔上的曙光

1849年12月，福婁拜與杜康攀登古夫金字塔（the Great Pyramid of Cheops）[11]。他們前一晚就睡在金字塔旁，隔日清晨五點起床，以保證能在金字塔頂端觀看日出。古斯塔夫在以帆布做成的桶裡梳洗；胡狼在嚎叫；他抽了一管煙斗。然後由兩個阿拉伯人在下面推他，另外有兩個在上面拉他，他慢慢的被送上金字塔頂端。而杜康——他是第一個拍下人面獅身像照片的人——已經在上面了。在他們前方的正是尼羅河，在霧的籠罩下，看起來像是白色的海；身後則是陰暗的沙漠，像是石化的紫色海洋。最後，一道橙色金光從東邊展現；冉冉地將面前的白色的海轉換成一片豐饒的盎然綠意，而將背後紫色海洋變成白色閃爍的微光點點。升起的太陽照亮金字塔端的石頭，福婁拜低頭望著自己的腳，發現有張小名片被釘在地上，上面寫著「清潔工亨伯特」（Humbert, Frotteur），還有盧昂的地址。

這是多麼精確的反諷。也是個現代主義的時刻：像是一種交換，平凡的每一天都在消磨著不平凡，我們總以爲到了不可愚弄的年紀，不平凡就爲自己所有。我們要在此感謝福婁拜將它拾起來，在某種意義上，反諷一直到他觀察到名片才存在。其他的旅客也可能看到名片，以爲不過就是一張紙屑——多年之後，它可能還留在那裡，上面的釘子慢慢生鏽，不過福婁拜卻讓它發生了作用。

如果我們還想去加以解釋，我們可以在這個簡短的事件看深入一點。難道，這不算是一個崇高的歷史性巧合嗎？十九世紀最偉大的歐洲小說家在金字塔上，被引薦認識了二十世紀最聲名狼藉的杜撰小說⓬人物。那個在開羅浴池戲弄男孩而打濕的福婁拜，竟會碰上納布可夫筆下誘拐美國女童的主角名字⓭？或者更進一步推想，這個版本的亨拜・亨伯特（Humbert Humbert）的職業是什麼？他是一個frotteur[1]，在法國是擦地板的人，但也有另外的意思，指那些喜歡被群眾爲難的性逾越者。

還不止這些。現在來談對於反諷的反諷。從福婁拜的遊記指出，原來名片並不是擦地板先生（Monsieur Frotteur）自己釘上去的，而是由深思狡獪的杜康所爲，是他在泛紫的夜晚提前放上去的，作爲他測試朋友敏感度的捕鼠器。我們的認知因爲得知這個事實而有所改變：福婁拜變成不動腦筋的、容易猜測的，而杜康則變成機靈而輕浮的，在現代主義發生之前就懂得利用現代主義來戲弄人。

但我們繼續讀下去。如果去看福婁拜的信件，會發現在此意外發生的數天之後，他寫信給母親說到這個不平凡的驚喜。「我特別從克羅瓦塞帶名片出去，竟沒機會放在該放的地方！那惡棍趁著我的健忘症，在我的摺疊帽裡找出這張非常合適的名片來。」原來更奇怪的是：福婁拜早在離家出門之前，就已經策畫

---

1 frotteur：清潔，磨亮，也有惱人之意。

好這個特殊效果，看起來這就是他對於這個世界的典型看法。反諷繁生，眞實衰微。可是他又爲什麼（我只是好奇）要帶著摺疊帽到金字塔去呢？

2. 荒島之碟

古斯塔夫習慣回憶他在都維勒的夏日假期——和巴貝船長的鸚鵡，還有伊麗莎・施雷辛格的狗一起消磨的時光——這是他生命裡頭珍稀的寧靜時刻。追憶起二十幾歲的秋天，他告訴路易絲・柯蕊：「我生命中最美好的事物，就是沉思、閱讀、坐在都維勒的海邊觀賞日落，或和朋友邊走邊聊上五六個小時，不過因爲他（阿弗列德・勒・波提凡）結婚去了，我已經失去了這個朋友。」

在都維勒，他還遇過英國海軍隨員寇里耶的一對女兒，歌楚（Gertrude Collier）和海瑞蒂（Harriet Collier）。兩姊妹似乎對他都有點心動的感覺。海瑞蒂給他自己的畫像，他掛在克羅瓦塞的壁爐架上。但他比較喜愛的是歌楚。而她對他的情意，則在他去世幾十年後的一篇文章裡可見端倪。她採取浪漫小說的寫作方式，使用假名，她宣稱：「我是如此熱烈敬慕地愛著他，儘管時光消逝，但是在我的靈魂裡面，對他的景仰愛慕以及掛心卻從未消滅，我知道我永遠不會屬於他……但是我知道，在我內心的最深處，我的確能夠愛他、尊敬他以及服從他。」

歌楚多情的回憶錄可能是幻想居多：還有什麼是比死去的天

才，和青春期的海邊假期更感性的？也或許情況並非如此。古斯塔夫與歌楚斷續保持聯絡長達數十年，他還寄給她一本《包法利夫人》〔她致信去感謝他，並稱此書相當「駭人聽聞」，還特別向他提到了菲利．詹姆斯．貝利（Philip James Bailey）[14]，也就是《非斯都》（*Festus*）的作者，他認爲作家的職責是要爲讀者提供道德上的指引〕。四十年之後，她再度到克羅瓦塞探訪他，不過昔日年輕瀟灑的金髮騎士如今已變成紅臉又齒牙稀疏的禿頭。但他的殷勤體貼還是維持著良好的狀況。之後他寫信給她：「我的老友，我的青春，這麼多年來我不知道你身在何處，但我沒有一天不想著你。」

這麼多年以來（明白確切地說，就是在1847年，福婁拜和柯蕊談到都維勒日落憶往之後一年），歌楚答應要去愛、去尊敬、去遵從另外一個男人：他就是英國的經濟學家查爾斯．坦能（Charles Tennant）。當福婁拜的小說家名聲日漸在歐洲文壇受到重視，歌楚自己也出版了一本關於祖父日記的書：《在大革命前夕的法國》（*France on the Eve of the Great Revolution*）[15]。她於1918年過世，享年九十九歲，她有一個女兒桃樂絲（Dorothy），後來嫁給著名的探險家亨利．摩頓．史丹利（Henry Morton Stanley）[16]。

在史丹利的非洲之行，他的探險隊遭遇困難，探險者必須被迫漸次丟掉累贅的東西，像是上演某種反過來的、眞實版的「荒島之碟」（Desert Island Discs）[17]：史丹利不是攜帶在熱帶生存的必需品，而是必須丟棄物品以求生存。書本明顯的是多餘的東西，然後他開始丟掉它們，直到剩下「荒島之碟」來賓的基本配備，文明最基本的兩本書：聖經和莎士比亞全集，而史丹利保留順位的第三本書，便是《薩朗波》。

3. 闔上的棺材

給柯蕊那封提到日落的信，福婁拜疲軟不振、虛弱無力的語調不是裝出來的。畢竟在1846那一年，福婁拜的父親以及妹妹卡洛琳相繼過世。「這幢房子啊！」他寫道，「簡直如同地獄！」古斯塔夫整晚守護著妹妹的屍體：她穿著新婚的白紗禮服，而他則讀著蒙田（Montaigne）⓲。

在喪禮的早上，他給躺在棺木裡的她最後的告別之吻，近三個月以來，他已經是第二次聽到釘鞋走在木梯上搬動屍體的聲音。哀慟在當天幾乎是不可能的：許多實際的動作接續發生。卡洛琳的頭髮必須被剪掉一小撮，她的臉和手都要做石膏模：「我看到那些鄉巴佬用大手碰觸她的臉，在其上傾倒石膏。」那些蠢蛋鄉巴佬還眞是喪禮的必需品。

陪行到墓園從上次以來已經不陌生了。卡洛琳的老公在墓旁邊崩潰。福婁拜看著棺材慢慢入土。忽然間，棺材卡住了：因爲墳墓挖得太窄了。挖墓人只好抓著棺材搖晃，硬扯亂轉，又用鐵鏟砍，又拿鐵橇試著把它壓平；棺材還是不動。最後，有個傢伙用他的腳板踩在箱上，對著卡洛琳臉的地方，用力一腳將棺材踹進墳墓裡⓳。

古斯塔夫爲她做了半身雕像，放在工作室，在他工作時始終陪伴在側，直到1880年他在同一屋子死去。是莫泊桑放平他的遺體。福婁拜的外甥女曾要求將作家的手做成石膏像，但似乎不太可能，因爲他最後的姿勢是握緊拳頭，而且握得太緊了。

送葬隊伍首先到坎特盧的教堂，然後轉去紀念墓園，在那裡有一列軍人對著《包法利夫人》的最後一句下了滑稽的注解；在簡短的致詞後，將棺材放下，不料棺材卻卡住了，這次墳墓的寬度測量無誤，但是掘墓人少掘了一些。鄉巴佬的子孫們與棺材掙扎了一會兒卻無用，棺材既塞不進去也掉不了頭。尷尬了幾分鐘，送葬者陸續離去，就讓福婁拜以傾斜的角度卡在那裡。

諾曼地人是出了名的吝嗇，他們的掘墓人自然也不例外。也許他們討厭切割多餘的草地，因此在1846到1880年間，維持住這個專業的傳統。也許納布可夫在寫《羅麗塔》（*Lolita*）[20]之前，已經讀過福婁拜的信簡。也許史丹利會景仰福婁拜的非洲小說並不足爲奇。也許我們所讀到的不過是無理的巧合、是巧妙的反諷，是具有英勇遠見的現代主義，在當時看來頗不相同。福婁拜將亨伯特先生的名片千里迢迢從盧昂帶到金字塔去。究竟是他對於自身感受性的幽默宣示？他在揶揄那永遠不可能打磨的沙漠？又或者是，純粹對我們開開玩笑罷了？

艾瑪・包法利的雙眸

Emma Bovary's Eyes

讓我告訴你爲什麼我厭惡評論家，不是因爲那些尋常的原因：他們都是一群失敗的作家（他們往往不是；他們或許是失敗的評論家，但那是另一回事）；也不是因爲他們天性吹毛求疵、充滿嫉妒又自負（他們往往不是；要說的話，他們會被指控爲過於慷慨，將二級品升級，以凸顯自己稀罕珍貴的鑑別能力）。都不是，我之所以厭惡評論家——好吧，是有些時候——的原因是他們寫出像這樣的句子出來：

> 福婁拜，和巴爾札克（Balzac）❶不同，對於人物性格的建立不在客觀性的外觀精描；事實上，他對於外觀是那麼的大意，他讓艾瑪的雙眸一會兒是棕色（14）；一會兒轉爲深邃的黑（15）；一會兒又變成藍色的（16）。

此番精闢又令人洩氣的見解，是由已故的牛津大學法國文學系榮譽院士（Reader Emeritus）艾妮德．史塔基博士（Dr. Enid Starkie）❷所提出，她堪稱是全英國研究最不遺餘力的福婁拜傳記家。引文中的數字是她論述當中的注腳，逐章逐句地戳刺這名小說家。

我曾經聽過史塔基博士的演講，我很樂意地指出她有一口駭人的法國腔；她的演講帶有那種女子大學出身的優越感，完全沒有品味，在普通的正確性和荒謬的錯誤之間搖擺，往往還發生在同一個字眼上。然而這並不損及她在牛津學府的任教資格，因爲直到最近，該學府喜歡將現代語言視爲已經亡故：如此一來該學府就會受人尊重，就好像拉丁文或希臘文因爲遙遠而完美。即便如此，一個以法國文學爲生的人竟如此悲慘地無法將語言中的基本字句發音正確，反倒是她的研究對象、她的英雄（可以算是她的主計官）能率先念出，這點令我深覺古怪。

也許你會認爲這是我對已謝世之評論家女士的廉價報復行爲，只因爲她指出福婁拜在《包法利夫人》未能正確說明艾瑪·包法利眼睛的顏色。但我不抱*不說死人壞話*（de mortuis nil nisi bonum）的看法（畢竟我是個醫生），只是當評論家指出這類批評時，實在是很難不讓人感到惱怒。當然，惱怒不是針對史塔基女士——至少一開始不是（就像大家說的，她只不過是在做她分內的工作）——惱怒是針對福婁拜而來的。文壇一介勤勉的天才竟然無法讓筆下最出名的角色保有恆定的眼睛顏色？哈。由於我們無法氣福婁拜氣太久，所以你漸漸地把惱怒轉向評論家。

我必須承認自己在讀《包法利夫人》的時候，從來沒有注意到這位女主角的七彩眼珠。我該注意到嗎？你會注意到嗎？也許我忙著注意其他被史塔基教授所忽視的事情（不過這些到底是什麼，我竟半點也想不起來）？或者換個角度說來，究竟一個完美的讀者存不存在？難道史塔基博士對《包法利夫人》的解讀含括了所有我曾經有過的反應，甚至添加了更多？相較下，我的閱讀豈不顯得沒有意義？怎麼說呢，希望不是這樣。也許就文學批評史的角度來看，我的閱讀毫無意義，但這並不剝奪閱讀本身所帶來的樂趣。我無法證明是否一般讀者閱讀的樂趣會大過於專業評論家，不過至少有一點我們是占優勢的，那就是我們會遺忘。史塔基博士以及她的同類們注定要飽受記憶的詛咒，他們在教的或是寫的書永遠無法從他們腦中消逝，他們變成一家人。這可以解釋爲什麼有些評論家對於研究對象會稍微擺出高傲的姿態，好像福婁拜、米爾頓（Milton）❸、華茲華斯（Wordsworth）❹是他們令人厭煩的、坐在搖椅上的老姨婆，散發出陳腐的粉味，多年來不曾說過一句新鮮話。當然，那是她的房子，他們就這樣在她的房子住下，不付半毛錢房租，即便如此，你知道的……到底還要賴多久？

一般具備熱情的讀者被允許遺忘，他可以隨時離開，和別的作家出軌，然後又回來重新登堂入室，家居生活絕不損及原本的關係。這個關係也許是偶發的，但只要存在就充滿激情，更不會因乏味的同居而造成每日的齟齬。我從不需要提醒福婁拜要把浴室的腳墊拿起來，或是提醒他要用馬桶刷，但這卻是史塔基所不能避免的。拜託，作家並非完人，我想大聲疾呼，就像世界上沒有完美的老公或老婆一樣。唯一不出錯的準則是，如果他們看來完美，只是表示他們絕不完美。我從來沒想過自己的老婆是完美的，我愛她，但也從沒騙過自己說她是完美的。而我記得……姑且留待下次再說。

我先提多年前在契丹翰讀書節（Cheltenham Literary Festival）聽到的演講好了。主講者是劍橋教授克里斯多夫・雷克斯（Christopher Ricks），那是一場閃亮的演講。他的光頭非常晶亮，皮鞋也擦得非常亮，那場演講眞是非常精彩。演講的主題是：

6

「文學中的錯誤及其嚴重與否」。例如，俄羅斯詩人葉夫杜申柯（Yevtushenko）❺在一首關於美國夜鷹詩作犯過嚴重錯誤。普希金（Pushkin）❻搞錯了舞會軍裝的種類。約翰・文（John Wain）❼對廣島駕駛員也有所誤解。納布可夫搞錯羅麗塔這個名字的發音（這倒是令人意外），還有其他例子：科律治（Coleridge）❽、葉慈（Yeats）❾、布朗寧（Browning）❿等人連鷹（hawk）和手鋸（handsaw）都分不清楚，甚至連手鋸是什麼都不知道。

兩個特別引起我注意的例子，第一個是關於《蒼蠅王》（*Lord of the Flies*）⓫的驚人發現。書中用小豬（Piggy）的眼鏡取火的知名場景，威廉・高汀（William Golding）⓬搞錯眼鏡了。而且根本是顛倒是非，書中的小豬是個近視眼，他戴的眼鏡怎麼樣都不可能拿來燃火。不管怎麼拿，鏡片都不太可能聚集太陽光束。

第二個例子是關於〈輕騎兵行動〉（The Charge of the Light Brigade），「行經死之幽谷的六百名」（Into the valley of Death/Rode the six hundred）。但尼生（Tennyson）⓭在閱讀《泰晤士報》（*The Times*）的一篇報導後，快速寫下這個詩句，報導中有一句話是「有人出錯」（someone had blundered）。他同時也依賴之前的一個數據，「六百零七把軍刀」。然而，根據之後的官方統計，在這場卡密・荷塞（Camille Rousset）指爲「恐怖血腥的障礙賽」（ce terrible et sanglant steeplechase），總共是六百七十三人喪生。「行經死之幽谷的六百七十三名」，是不是有些拗口？也許可以湊整數到七百名，雖然還是不對，但至少更正確一點？但尼生經過考量後，還是決定原句照登：「因爲六百比七百更符合音律（和我想的一樣），所以保留。」

不以「六百七十三」、「七百」或「近七百」來取代「六百」，我並不認爲是個錯誤。至於高汀的眼鏡瑕疵，則肯定算是個錯誤。接下來的問題便是：「這重要嗎？」我記得在雷克斯教授的演講，他主張當文學的眞實性變得不足採信時，譏諷與奇想的花招會變得難以施展；如果不明瞭何者爲眞，或故意擬眞，那麼不眞實與假裝不眞實的意義都被削弱了。我聽來似乎極有道理，但我更想知道有多少文學上的錯誤可以援用這個說法。以小豬的眼鏡來說，我的想法是(a)除了眼科醫師、配鏡師還有戴眼鏡的英國教授之外，只有極少數的人會注意到；(b)而且就算他們注意到，他們只是在引爆這個錯誤──就像在控制之下以爆炸物引爆一枚小型炸彈（而且是在遠離人跡的沙灘引爆，只有一隻狗是目擊證人），這並不會造成小說其他部分失火。

高汀所犯下的錯誤歸屬於「外在過失」，書中所宣稱的內容與我們所認知的眞實發生分裂；不過這僅僅顯示作家欠缺科學專有知識，此罪是可以被赦免的。可是如果作家在他自己的創作裡讓兩相矛盾的事情發生，如此「內在過失」怎麼判？像艾瑪的眼睛既是咖啡色又是深藍色。唉，恐怕只能歸咎於作者能力不足，以及懶散的寫作習慣。某天，我讀到一本備受好評的新人小說，當中既欠缺性經驗也不熟悉法國文學的主角，詼諧地自我演練如何不被婉拒地親吻女孩：「以緩慢的、充滿肉欲的、不能抗拒的力量，將她擁入懷中，在注視她雙眸的時候，要顯得好像你才剛拿到刪減過的初版《包法利夫人》。」

我覺得以上的論點算是十分精妙，也可說是相當有趣。唯一的毛病是，並沒有所謂的「刪減過的初版《包法利夫人》」。我想這本可以說是十分著名的小說，首先在《巴黎評論》（*Revue de Paris*）以連載形式出現，而後因作品淫穢的罪名鬧上公堂，在不起訴的判決成立後才印製成書。我猜測這名年輕的小說家（提其姓名似乎有欠公允）心裡想的，是「刪減過的初版《惡之華》」。他肯定會在第二版中訂正，如果有第二版的話。

棕色眼睛，藍色眼睛，有那麼重要嗎？作者若是自我矛盾，難道不重要？但是，眼睛是什麼顏色到底有什麼關係？我為那些必須描述女主角眼睛的作家感到遺憾，只有這麼一丁點的選擇，而且不管哪個顏色，都無可避免的夾帶陳腐的意涵。她的眼睛是藍色的，代表她天眞又誠摯；她的眼睛是黑色，熱情又深沉；是綠色，狂野又善妒；是棕色，可靠與具備常識；如果是紫羅蘭色，那麼這就是雷蒙・錢德勒（Raymond Chandler）⑭的小說。如果不以長篇附加語來描述女主角的性格，你又怎能擺脫以上的印象？她的眼睛是泥土色，她戴了隱形眼鏡可隨意改變眼珠的顏色，他從來沒有正視過她的雙眼。隨便挑一個吧。我妻子的眼睛是藍綠色，因此需要長段的描述。而我也懷疑作家私下會坦承描述眼睛顏色根本毫無意義。他緩慢地想像出這個角色，為她賦予形象，大概在最後——才趕快將一對玻璃眼珠放進她空陷的眼窩裡。眼眸子？喔，對啦，他厭倦地想著，在禮貌上她得有對眼睛才是。

布法和貝丘雪在從事文學研究時，對一位筆誤的作家喪失了尊重。我則非常驚訝作家能犯的錯誤竟然這麼少。就算讓列日（Liège）主教少活十五年，《昆汀・杜瓦》（*Quentin Durward*）的地位就無效了嗎？這是無傷大雅的冒犯，丟給評論家去撿的。我看到小說家站在穿越英吉利海峽的渡輪船尾，把他三明治裡的小塊軟骨丟向盤旋的海鷗。

我距離艾妮德・史塔基太遠，看不到她的眼珠是何顏色，只記得她穿著像個水手，走路的樣子像個橄欖球隊的搶球前鋒，還有那一口駭人的法國腔調，不過，我再提及一件事。這位牛津大學法國文學榮譽院士及索梅維爾學院（Somerville College）的榮譽會士，「向來以研究作家生平和作品出名，研究的對象包括波特萊爾、韓波（Rimbaud）[15]、戈蒂埃、艾略特（Eliot）[16] 和紀德（Gide）[17]。」（在此引用她書衣裡的文字——第一版，想當然耳。）她花去生命中許多時間研究並寫了兩本厚重的書獻給《包法利夫人》的作者。在第一部裡的首張插圖，是「佚名畫家所畫的古斯塔夫・福婁拜像」。讀者可以當作是史塔基博士對於福婁拜的開場白。不過唯一的問題是，那並非福婁拜本人，而是路易・布依雷的畫像。這是每一位住在克羅瓦塞的人都知道的事情，不管他的地位在管家以上或是以下。笑完了以後，我們該如何看待這件事？

或許你還是會認爲這只是我對已故學者的復仇，反正她已經不能親自解答這個疑惑。好吧，就算我是，但是誰又能批評這些批評家呢（quis custodiet ipsos custodes）？我還有別的事情要說，我才又重讀了《包法利夫人》。

他讓艾瑪的雙眸一會兒是棕色（14）；一會兒轉為深邃的黑（15）；一會兒又變成藍色的（16）。

我猜，這句話的寓意是，不要讓注腳嚇到你。以下六個參照就是全書中福婁拜對艾瑪·包法利眼睛著墨的地方。很清楚的，對於小說家來講這是個重要主題。

1.（艾瑪的出場）她非常美，全身上下最美的就是那雙眼睛，由於深垂的睫毛，她的棕色雙眸看起來像是黑色的……
2.（崇拜她的丈夫在新婚期對她的描述）就他看來，她的眼睛很大，尤其是她剛醒來連續眨著睫毛的時候；她的眼睛在陰暗處是黑色的，在大太陽下是深藍色的；她的眼睛像是包含了好幾層顏色，底部的顏色最深，越靠近琺瑯瞳仁面就變得越淺。
3.（在燭光舞會上）她的黑眼睛更黑了。
4.（第一次遇見里翁）用她那雙睜大的黑眼睛凝視他。
5.（魯道夫第一次替她做檢查，在室內）她的黑眼睛。
6.（傍晚的室內，艾瑪端詳鏡中的自己，她方才被魯道夫誘姦）她的眼睛從未如此睜大，從未如此烏黑，甚至從未如此深邃過。

那個評論家是怎麼說的？「福婁拜，和巴爾札克不同，對於人物性格的建立不在客觀性的外觀精描；事實上，他對於外觀是那麼的大意……」福婁拜花多少時間去確定他那悲劇性的偷情女主角要有雙特別奇怪的眼睛，而史塔基博士又花了多少時間，漫不經心地低估了福婁拜，去比較看看，會非常有趣。

爲求最後的確認。關於福婁拜生平最早的文獻記載，是馬西姆・杜康所寫的《文學評論》（*Souvenirs littéraires,* Hachette, Paris, 1882-3, 2 vols）：內容雖充滿八卦而自負、多爲自己辯白且不可信靠，但卻具有重要的歷史意義。而在第一冊（Remington & Co., London, 1893，譯者不詳）的第306頁，杜康詳細描述了艾瑪・包法利的原型。他說，她是住在波勒庫（Bon-Lecours）（近盧昂）一位醫生的第二任妻子⓲：

> 他的第二任妻子不算漂亮，個頭嬌小，有著焦黃頭髮，滿是雀斑的臉。她誇張矯飾，鄙視她的丈夫，還認定他是個笨蛋。她身形豐滿、皮膚白皙，姿態舉止都有種富於彈性、波浪般的動作，像是鰻魚。她有著鄙俗的北諾曼地口音，說話時語氣溫柔。她的眼睛是不確定的顏色，隨著光線變化會呈現綠色、灰色或藍色都有可能，眼神裡永遠有著懇求的表情。

史塔基博士沉著地沒有察覺到這段深具啓發性文字的存在。整體說來，這像是對作家犯下權威般的疏失，畢竟作家幫她付了許多瓦斯費。很簡單的，這種事讓我憤怒。現在你能了解爲什麼我討厭評論家了？我也來嘗試一下向你們描述本人的眼睛，但此刻因爲過於憤怒而褪色了。

橫渡海峽

Cross Channel

聽著。啦吖啦吖啦吖啦吖聲。然後——噓——那邊。伐吖伐吖伐吖伐吖聲。再來又是啦吖啦吖啦吖——伐吖伐吖伐吖伐吖輪流交替。一陣輕柔的11月波濤讓吧台後的桌子彼此碰撞，發出嘎嘎的金屬撞擊聲。手邊的一張桌子執意要靠近我。一陣沒聽過的震動聲傳遍整艘船，然後另一道更為溫柔的聲音從船的另一邊回應。呼喚與回應，呼喚與回應；像是籠中的一對機械鳥。聲響循著一種模式：啦吖啦吖啦吖——伐吖伐吖伐吖伐吖。展現出持續，恆定，互相起承地依賴著，它有話要說；儘管風或浪潮的改變隨時會結束這一切。

船艉的圓窗被水花濺得一點一點的，從其中的一扇望出去，可以瞧見笨重起錨機和浸水的繩索，看起來像無精打采的通心粉。海鷗早已經放棄這艘船。牠們從紐哈芬（Newhaven）一路聒叫著跟來，看了看天氣，注意到後面的甲板上沒有三明治包裝，掉頭離開。誰可以怪牠們？牠們可能跟著我們的船花四小時到第埃普（Dieppe），在回來的路上才有做交易的希望，但來回是十小時。現在牠們就可以到鹿特丁（Rottingdean）去潮濕的足球場啄食小蟲。

窗戶底下的垃圾桶有英法雙語的標示，上面有個字拼錯。最上面的一行寫的是「紙張」PAPIERS（法文聽起來眞是正式：「駕駛執照！身分證！」好像是指令一樣）。下面的英文是「紙屑」LITTERS。一個字音造成了很大不同。福婁拜第一次看到自己的名字被印出來的時候（以《包法利夫人》作者的身分，該書即將在《巴黎評論》連載），名字被拼成福拜（Faubert）❶。他曾誇口說過：「若哪天我要公開亮相，一定會戴上全副盔甲。」即便有盔甲護全身，胳肢窩及鼠蹊部還是無法周全保護到。他對布依雷指出，《巴黎評論》所刊的名字，和一個不受歡迎的商業廣告只有一個字母的差異：福貝（Faubet）是一家位在李希留路（rue Richelieu）正對法蘭西喜劇院（Comédie-Française）的雜貨店店名，「甚至在我光顧之前，他們就活剝我的皮。」

我喜歡在淡季搭渡輪。年輕的時候，人們喜歡去擠旺季的那幾個月份。當你年紀漸長，你學習去喜愛介於中間的時間，那些無法下決定的月份。或許這是去承認事物永遠無恆，也或許只是承認自己對空渡輪的偏好。

酒吧裡面不超過六個人，有一個人乾脆在長椅上伸直了身子；桌子的撞擊聲有催眠效果，讓那人睡意漸起。每年這時候不會有學校團體，遊戲機、迪斯可和電影院都沒有人，甚至連酒保都聊起天來。

這是今年之內我第三次做這趟旅程。分別是11月、3月和11月，我只在第埃普待幾個晚上：有時我會驅車外出，在盧昂稍作停留。雖然待的時間不長，但已經足夠做出改變。這是個改變。例如，海峽上的光從法國這邊看過去相當不同：比較清楚，卻更反覆無常。天空是個充滿可能性的劇場。我不是故意佯裝羅曼蒂克。如果你去參觀諾曼地海岸的藝廊，會見識到當地畫家喜歡一再的畫北邊的景致。有狹長的海灘、海洋，還有多變的天空。英國畫家則不同，他們聚集在哈士汀市（Hastings）、馬蓋特市（Margate）、伊斯特伯恩市（Eastbourne）❷往乖戾單調的海峽看過去。

我不只是爲了光而去。我是爲了那些再次看到才會記起的事情而去。例如他們宰肉的方式、他們正經的藥劑師、他們的孩子在餐廳裡的禮儀、那些路標〔據我所知法國是唯一會警告路邊有甜菜根的國家；我曾看過三角形的「當心甜菜根！」（BETTERAVES）的紅色警示牌，上面有汽車失控打滑的圖案〕、美術鄉公所（Beaux-arts）、在路邊有味道的白堊洞穴裡品酒等等。我還可以繼續，但這樣就夠了，否則再說下去，還有萊姆樹和滾球（pétanque）❸、吃蘸過未加工紅酒的麵包——他們稱爲鸚鵡湯（la soupe à perroquet）。每個人都有自己的名單，其他人的名單既虛榮又感情用事。我有天讀到一個名單，標題是「我喜歡的東西」。內文是：「沙拉、肉桂、乳酪、玉桂子、杏仁糖、剛剪下來的草堆〔我還要繼續讀下去嗎？〕……玫瑰、芍藥、薰衣草、香檳、政治上的輕盈立場、葛倫．顧爾德（Glenn Gould）❹……」這是羅蘭．巴特（Roland Barthes）的名單❺，後面還有別的項目，就像所有名單一樣。也許你會喜歡其中一項，但討厭後面的一項。在「梅鐸克紅酒」（Médoc wine）和「有零錢」之後，巴特認同《布法與貝丘雪》。好；很好；讓我們繼續讀下去。後面呢？「穿著涼鞋在法國西南部的小路散步」。這個理由就足夠讓你開車到法國西南部，順便在路上撒一些甜菜根。

我的名單上面提到藥劑師。在法國，他們通常比較專注在一

件事上面。他們不會貯存沙灘球、彩色軟片、潛水裝備或者是防竊器。助理都清楚明白自己的本分，不會在你走出門的時候，向你推銷大麥糖。我以對待顧問的態度聽從他們的意見。

有次和我太太在蒙托邦（Montauban）的藥房（pharmacie）買繃帶。他們問要用來做什麼的。艾倫（Ellen）舉起她的腳，被新涼鞋鞋帶磨破皮的地方長了水泡。藥劑師從櫃台後走出來，先讓她坐下，以戀足癖者般溫柔的態度幫她脫去涼鞋，檢查她的後腳跟，拿出紗布清潔，站起來，嚴肅地轉向我，像是發生了某件事而他不得不瞞著我的妻子，他安靜的解釋道：「那，是一個水泡，先生。」他賣繃帶給我們的時候，我心想，真像是歐梅❻的精神再生。

所謂的歐梅精神是：進步，理性主義，科學和欺騙。他開口總是「我們必須和時代一同行進」；他一直行進到十字勳章❼。當艾瑪．包法利一命嗚呼，她的屍體是由兩個人看管：牧師以及藥劑師歐梅。代表了舊日和今日的正統。像是某尊十九世紀寓言故事的雕塑：**宗教**和**科學**共同看管罪惡的身體。瓦茲（G. F. Watts）❽的畫作。只不過神職人員和科學的代表兩人都在屍體旁睡著了。它們一開始的連結不過是哲學上的錯誤，因此更快速地發展成更深的聯合關係，兩個打鼾者。

福婁拜並不相信進步：尤其是道德上的進步，偏偏這是唯一重要的事。他生長在一個愚蠢的年代，普法戰爭❾後所產生的新世紀甚至更愚蠢。當然有些事物會改變：歐梅精神正在興盛中。很快的，每一個有畸形腿的人都可以接受不良手術，然後面臨截肢的危險；然而這意味著什麼？「整個民主大夢，」他這樣寫著，「是讓無產階級晉升到和布爾喬亞階級一樣愚蠢。」

上面那句話經常惹惱人。但那是不是說得很對？數百年來，無產階級教育自己成爲布爾喬亞階級般的虛榮；而布爾喬亞階級對於自己的優勢不再充滿信心之後，變得更爲狡猾欺人。這豈又算是一種進步？如果你想看現代愚人船，去看看滿載客人的跨海峽郵輪。他們就在那兒：計算著購買免稅商品賺到的差額；在吧台喝了比自己所需還多的酒；打打水果台；漫無目的地在甲板上晃蕩；想著在海關處要怎麼裝老實；等待船員的下一個指令，彷彿要過紅海❿全靠這個了。我不是在批評，我只是單純地觀察；如果每個人都欣賞著水面上的光，然後開始討論布丹(Boudin)⓫，我不知道自己會怎麼想。再者，我和其他人也沒啥不同。我也會囤積免稅商品，也像其他人一樣等著接受命令。我要說的重點不過是：福婁拜是對的。

在長椅上的肥胖卡車司機打著呼，像個帕夏官⓬。我又叫了一杯威士忌，希望你不會介意。我只是要鼓起勇氣告訴你們……什麼？關於誰的事？我心裡有三個故事在競爭。一個關於福婁拜，一個關於艾倫，一個關於我自己。我的故事是三個裡頭最簡單的——除了證明我的存在之外無關緊要——我發覺這卻是最難開始講的故事。我太太的故事比較複雜，也比較緊急；然而我也抗拒著不說出來。就像我先前所說的，要把最好的留到最後吧！現在我不這麼想了，甚至還相反。但當我述說她的故事時，我要你有所準備：我的意思是，你必須是已經聽煩了有關於書、鸚鵡、遺失的信件、熊，還有艾妮德・史塔基博士的意見，甚至是傑佛瑞・布萊茲懷特醫生的意見。書並不是人生，不管我們有多希望是如此。艾倫的故事是眞實故事；也許正因爲這樣，我決定還是先講福婁拜的故事。

你也想聽我的故事，不是嗎？現在都這樣。人們假設他們擁有你的一部分，不管是關係多遠的熟人；如果你魯莽到要寫書，那簡直就是將你的銀行帳號、你的醫療紀錄、你的婚姻狀況都放到公眾範圍，而且不能撤回了。福婁拜並不同意如此。「藝術家必須讓後人相信，他不曾存在過。」對於有宗教信仰的人來說，死亡摧毀了身體，釋放了靈魂；對藝術家來說，死亡摧毀了個性，釋放了作品。無論如何，這只是理論罷了。當然常常出錯。看看發生在福婁拜身上的事情：在他死後一世紀，沙特像個肌肉結實又賣力的救生員，花了十年時間猛搥他的胸，對著他的嘴吹氣；然後又花了十年想將他從失去意識的狀態裡猛地喚醒，只不過爲了讓他在海邊坐起來，然後告訴他自己對於他的觀感。

那麼現在人們認爲他如何？他們會怎麼想他？一個鬍鬚下垂的禿頭男人；住在克羅瓦塞的隱士，曾說過「包法利夫人就是我」的男人；還是無可救藥的唯美主義者，罹患布爾喬亞恐懼症的布爾喬亞族？這些都是自信滿滿的智慧短語，趕時間的人所要的現成摘要。這種懶惰的求知欲，福婁拜不會覺得意外。原本只是一時衝動，他卻寫了一整本書（或至少是一部完整的附錄）：《套語辭典》。

最簡單的來看，他的辭典是一本陳腔濫調的目錄（**狗**：特別設計來拯救主人的生命。狗是人最好的朋友），還有鱈魚定義（**螯蝦**：雌性的龍蝦）。除此之外，這是一本虛假建議的手冊，不僅有社會層面的（**光**：點蠟燭的時候一定要說Fiat Lux[1]），也有美學層面的（**火車站**：永遠會讓人心醉神迷，是建築的模範）。有時語氣是狡猾揶揄的，有時如此嚴肅令人半信半疑（**通心粉**：若是採取義大利式烹調法，必須用手指來吃）。本書讀起來像是壞心的浪蕩伯父寫給準備步入社會的正經青年看的批准禮。仔細研讀，你就永遠都不會說錯話，但也永遠搞不懂任何事〔**戟**：當你看到厚雲層時，別忘了說：「要下戟了！」在瑞士每個人都佩帶戟。**苦艾酒**：毒性很強的毒藥：只要喝一小杯必死無疑。記者寫稿時必喝的飲料。比貝都因人（Bedouin）⓭ 殺死了更多軍人〕。

福婁拜的辭典給我們上了反諷的一課：逐條逐條地來看，反諷在每條的程度不同，就像畫家可以多加一筆使英吉利海峽的天空暗沉下來。這激起我想寫出關於古斯塔夫本人的《套語辭典》。不會太大本：一本內容充滿詭雷的口袋指南；正經八百卻誤導讀者。是以藥丸形式存在的智慧，但有一些藥丸是有毒的。這正是反諷爲何吸引人、也最危險的地方：它讓作家看似從作品中缺席，事實上只是隱身出現。你可以拿塊蛋糕並且吃掉，唯一的麻煩是，你會變胖。

在這個新辭典裡面，我們能怎樣形容福婁拜？我們可將他制

---

1 fiat lux 拉丁語，讓這裡變亮吧。

定成一個「布爾喬亞個人主義者」；是的，這聽起來夠自命不凡，也頗不誠實。因爲福婁拜討厭布爾喬亞階級，這個特徵描述永遠不會動搖。那麼「個人主義」，或是其他意義接近的辭彙呢？我對於藝術的看法是，我們不該自己公開自己的作品，藝術家也不該在作品裡面出現，就像上帝不會出現在大自然裡⓮。人本就無足輕重，凌駕一切的是藝術品……如果我可以說出我的想法，並以這樣的發言爲古斯塔夫・福婁拜先生抒發他的感覺，一定會很令人愉快；但這位先生本身的重要性爲何呢？

我們可以更深入探討對作者缺席的要求。有些作家表面上同意這個原則，卻溜到後門去，用個人風格去攻擊讀者。殺人兇手被處決了，但是沾滿指紋的球棒仍然遺留在犯罪現場。福婁拜不一樣。他比其他人都崇尚風格。他固執追求美、宏亮、精確度；亦即完美——但從來都不是王爾德（Wilde）⓯那種花押字般的完美程度。主題的功能性之一就是風格。風格不是硬加在主題之上，而是由主題形成的。風格是思想的眞相。正確的字眼，可靠的片語，完美的句子都已經存在某處；作家的任務就是盡一切能力去把它們找出來。對某些人來說，這不過就像是去超市買東西，在金屬籃裡裝滿貨品；對其他人而言，可能像是在希臘的平原迷路，在黑暗中，雪天，在雨中，然後發現你只能靠稀奇古怪的伎倆來找到你所尋求的東西，譬如說學狗叫。

在我們這個務實而知識通達的世紀，這樣的野心可能有點像鄉下人（屠格涅夫就曾說過福婁拜很天眞）。我們不再相信語言可以和眞實結合在一起——確實我們可能會這麼認爲，是文字賜予事物生命，就像事物帶給文字生命。但如果我們覺得福婁拜天眞的話，或者（比較算是）失敗的，我們就不應該對他的嚴肅和他的孤獨賣帳。畢竟這個世紀是屬於巴爾札克與雨果的，華麗的浪漫主義與充滿格言的象徵主義各執一方。福婁拜有計畫的個人主義處在以性格和風格掛帥的世紀裡，不是被劃分在古典、就是現代的範疇。回顧十七世紀，或者觀望二十世紀末，當代的文學評論家傲慢地將所有的小說、戲劇、詩歌重新分類成文本——把作者送上斷頭台！——他們不該輕易跳過福婁拜。一個世紀之前，他正在準備文本，並且否認他自己性格的重要性。

「書的作者應該像是上帝在宇宙裡，看不見卻又無處不在。」這句話在我們的世紀裡被嚴重誤讀。看看沙特和卡繆（Camus）⓰。他們告訴我們，上帝已死，因此哪來像上帝的小說家。全知是不可能的，人的知識只是片面的，所以小說本身也是片面的。這種說法不僅鏗鏘有聲，而且也十分合乎邏輯。但是否兩者皆非？畢竟小說並非在對上帝的信仰發生時就出現，推崇全知敘述者或全知創造者的兩派小說家之間也沒有關聯，在此，我以喬治．艾略特來聲援福婁拜。

再者，十九世紀小說家被假定的神性也只不過是技術上的策略；而當代小說家的片面性也只不過是個消遣。當一個現代敘述者猶豫、不確定、誤解、玩遊戲、犯錯的時候，讀者是否會推斷這樣呈現眞實比較可靠？當作家爲小說準備了兩個不同結局（爲什麼是兩個？爲什麼不是一百個？），讀者是否眞的以爲他有了「選擇」的餘地，因此作品反映了人生的多面向？這樣的「選擇」

並不是眞實的，因爲讀者必須先讀完兩個結局才行。在人生裡，我們做了決定（或是讓決定爲我們做決定），然後走上某條路；如果我們做了另外一個決定，我們就會走上別的路（有一次我和我太太這麼說過；但我不覺得她那時有能力欣賞我的智慧）。有兩個結局的小說並沒有複製這個現實；頂多只是將我們引領到兩條岔路上去。這是立體派表現技法的一種，我猜。這樣也沒有關係，但切莫欺騙自己這些手段不存在。

畢竟，如果小說家眞的想要模擬人生各種可能性的三角洲，他們就會這麼做。在書的背頁貼上各種不同顏色的密封信封。每一個信封的外面都有清楚的標記：傳統喜劇收場；傳統悲劇收場；傳統悲喜交融結局；機械神蹟（Deus ex Machina）⓱；現代主義式專斷結局；世界末日結局；懸疑的結局；夢幻結局；難懂的結局；超現實結局等等。讀者每次只能選擇一個信封，並且毀掉其他信封。那才是我認爲提供讀者選擇結局的方式，但你可能會覺得我眞是超級缺乏想像力。

對那些躊躇的敘述者——聽著，恐怕你現在已經碰上了。可能因爲我是英國人。至少，你猜到了吧——我是英國人？我……我……你看那隻海鷗。之前我沒看到牠。牠隨著螺旋槳的氣流而飛走，還在等三明治裡的小塊軟骨。聽著，希望你不覺得我失禮，我想回到甲板上去，酒吧裡越來越悶了。不如這樣，我們等會兒在船尾見面好嗎？星期四兩點鐘的渡輪，如何？我那時的興致會比較高。好嗎？什麼？你不能和我到甲板上，老天爺。而且我要先去洗手間。我可不能讓你跟著去，讓你在隔壁間偷看我撒尿。

我不是這個意思，我道歉。兩點鐘，在行進渡輪上的吧台見？最後一件事，葛蘭路（Grande Rue）上的乳酪店千萬不可錯過。我想店名好像是樂忽（Leroux），我建議你買畢亞沙瓦杭（Brillat-Savarin）的牌子，你在英國找不到同等的好貨，除非自己帶。店裡面賣的都冰凍過頭了，或者是添加化學成分來保持鮮度，還是什麼的。如果你喜歡乳酪的話……

*　　*　　*

我們如何抓住過去？如何抓住陌生的過去？我們閱讀，我們學習，我們發問，我們強記，我們是虛心求教的；然後某個偶發狀況讓一切改變了。大家都說福婁拜像巨人般高大。是個比所有人都高、相當魁梧的高盧⓲頭目。事實上，他只有六呎高：這數據來自他個人。他很高，但是沒那麼巨大；甚至還比我矮，而當我在法國的時候，從來沒感覺自己像是個高高在上的高盧頭目。

如果古斯塔夫是個六呎巨人，那麼這個世界相較之下縮小了一點。巨人沒那麼高（因此侏儒也更矮了嗎？）。又以胖子爲例：他們是不是因爲比較矮小所以其實沒那麼胖，因此不必吃很多看起來就是胖子？或者他們其實看起來更胖，因爲大家的胃容量一樣，但支撐的骨架相對較小？我們該如何得知這麼平凡、這麼重要的細節？我們可以去研究過去數十年來的檔案，但每過一會兒我們就可能兩手一攤，宣稱歷史也不過就是一種文學類型：「過去」是假冒爲國會報告書的自傳體式虛構小說。

我的牆上有幀小幅的盧昂水彩畫，是亞瑟・佛列德列克・派恩〔Arthur Frederick Payne，1831年出生於萊斯特市（Leicester）紐威克郡（Newarke），作畫期間爲1849至1874年〕畫的。畫作中從波西庫（Bonsecours）教堂院落呈現城市風貌：包括有橋墩、尖塔，以及穿過克羅瓦塞的小河流。這幀畫是在1856年5月4日完成的。而同年4月30日，福婁拜則完成了《包法利夫人》：就是在克羅瓦塞，我可以用手指出來，在畫中的兩個水彩濺漬之間。看起來很近卻又那麼遙遠。這也是歷史嗎？一個敏捷自信的業餘畫家所畫的水彩畫？

我不確定自己對過去能持有多少信任度。我只想知道當時的胖子是不是比較胖，或者瘋子是不是更瘋。在盧昂精神療養院裡面，有個叫米哈波的瘋子，非常受市立醫院醫生和醫學院學生的歡迎，因爲他有一項特殊才藝：爲了換得一杯咖啡，他會在解剖台上與女屍交媾。（到底那一杯咖啡會讓他更瘋些，還是少瘋一些些？）有一天，人們發現米哈波只不過是名懦夫：福婁拜記載，他在面對被斷頭處決的女屍時，無法執行他的任務。他們一定有提供給他兩杯咖啡，特別多的糖，而且還有一小杯干邑吧（雖然是死人，臉還是不可或缺，這究竟證明了他比較正常，還是更爲瘋癲？）

如今，我們不能用發瘋（mad）一辭，這是多麼的愚蠢。少數幾位令我尊敬的心理醫師，總是在討論發瘋的人。使用簡短、簡單、又實在的字眼。我會說「死亡」、「垂死」、「發瘋」、「通姦」；我不會說成「與世長辭」、「不行了」、「終點站」〔他到終點站去了？哪個終點站？尤斯頓車站（Euston）⓳？聖潘克拉斯車站（St Pancras）⓴？聖拉薩車站（the Gare St Lazare）㉑？〕，或者「人格異常」、「閒蕩」、「發展副業」、「太常去姊姊家報到了」。我會直接說「發瘋」、「通姦」。「發瘋」的發音聽起來就對了，這是個很平凡的字眼，也告訴我們，精神失常就像送貨車來按門鈴一樣。可怕的事情往往也是很平凡的。你知道納布可夫在他的演講裡面是怎樣形容《包法利夫人》的姦情？他說那是「用最俗套的方式來反抗俗套」。

無庸置疑地，任何通姦史都會引用艾瑪在行駛的馬車裡的姦情：這大概是整個十九世紀小說裡最著名的外遇。你會以爲，在這個詳盡描述的場景裡，非常方便讀者去切實想像。沒有錯。不過也有可能會稍微想錯方向。我舉馬斯葛洛夫（G. M. Musgrave）爲例：他是素描畫家、旅行家、傳記家、波登（Borden）和肯特（Kent）的牧師；又是《牧師、鉛筆和原子筆，或者，1847年巴黎、圖爾、盧昂夏日行之圖畫印象回憶暨法國農牧業備忘錄》（*The Parson, Pen and Pencil, or, Reminiscences and Illustrations of an Excursion to Paris, Tours, and Rouen, in the Summer of 1847; with a few Memoranda on French Farming*）〔1848年，倫敦：理察・班特里（Richard Bentley）出版〕的作者；其他著作尚有《諾曼地漫步，或者卡瓦多人事景物之素描》（*A Ramble Through Normandy, or, Scenes, Character and Incidents in a Sketching Excursion Through Calvados*）〔1855年，倫敦：大衛・布格（David Bogue）出版〕。當福婁拜正在折磨他的包法利時，馬斯葛洛夫教士參觀了盧昂——他口中的「法國的曼徹斯特（Manchester）[22]」——在後一本書第522頁，他是這樣描述這個城市：

> 我剛才提到，車站。那裡停靠的馬車在歐洲來說，我猜想，是屬於較爲矮短的。如果我站在路邊其中一輛的旁邊，我可以輕易地將手臂放置在車頂上。這交通工具是建得很精巧的小戰車，前面有兩盞明燈。像是拇指仙童（Tom Thumb）[23]的馬車，在路上行駛。

我們所持的觀點突然變得站不住腳：最著名的誘惑其實發生在狹小的空間，沒那麼浪漫，不像我們以前所想像的那回事。就我所知，這個資料迄今未收入任何有關原著的大量注釋當中；現在我以誠摯的心獻上，希望提供專業學者作爲引證之用[24]。

高大，胖子，瘋子。還有顏色。當福婁拜籌備寫作《包法利夫人》的時候，他花了整個下午用好幾塊有色玻璃觀察這個鄉鎮。他所看到的與如今我們所見到的可否相同？想必是相同的。1853年，在都維勒，福婁拜看著陽光降落到海面下，然後說它像一大盤的紅醋栗果醬。夠生動的了。但是1853年諾曼地的紅醋栗果醬和現在的紅醋栗果醬會是相同的嗎？（有沒有幾罐保存下來的果醬，讓我們可以進行檢驗？而我們怎麼知道經過這麼多年，顏色是否還能夠維持不變？）這類的事情實在很讓人煩躁。所以我決定寫信到乾貨商公司（Grocers' Company）去詢問。他們不像我其他的通信對象，非常迅速地答覆了我。他們的答覆令人安慰：紅醋栗果醬是最純的果醬之一，雖然1853年出產的盧昂果醬可能不會像現在的顏色那麼清澈，因爲當時採用未經精鍊的蔗糖來製造果醬，但顏色確定是完全沒變的。至少這樣沒問題了：現在我們終於可以有自信地去想像夕陽。但你知道我的意思嗎？（我還有其他問題：一罐果醬若能夠保存至今，那也必然會變成咖啡色了，除非是密封保存在非常乾燥、通風良好、陰暗的房間。）

教士喬治・馬斯葛洛夫是個容易離題但觀察力敏銳的人。他的作風浮誇（「有關盧昂的文學聲譽，我不得不說幾句頌詞」），但是他愛挑剔細節的毛病讓他成爲一個很有用的告密者。他記錄法國人喜歡韭菜，憎惡下雨。他去審問每一個人：一名盧昂商人因爲沒聽過薄荷醬，而讓他驚訝；在艾弗勒（Evreux）的一位修士告訴他法國男人書讀得太多，法國女人卻幾乎不讀書（喔！艾瑪・包法利讀得更少）。他在盧昂的時候，參觀了紀念墓園，正是福婁拜父親與妹妹在此下葬的後一年，同年，一般家庭得以購買可終身保有不動產的嶄新政策開始實施。在其他地方，他去調查了一個肥料工廠，拜佑的刺繡織錦，和卡恩城的精神療養院，1840年布魯默爾（Beau Brummell）[25]就是死在這所療養院內〔布魯默爾發瘋了嗎？護理人員還記得他，說他是個好孩子（un bon enfant），他只喝羼一點點酒的麥茶〕。

馬斯葛洛夫也去了居布雷（Guibray）的市集，怪人秀（freak show）裡面包括有法國最胖的男孩：阿馬波・喬凡（Aimable Jouvin），1840年生於賀伯雷（Herblay），現年十四歲，入場費四分之一便士。胖男孩究竟有多胖？唉，我們這位到處看的素描家並沒有進去瞧清楚，沒有用鉛筆畫下年輕怪譚；但是他等到一名法國騎兵付了錢，進到活動房屋裡，嘴裡念念有詞的走出來：「選得眞好的諾曼地措辭[2]。」雖然馬斯葛洛夫並沒有問他看到什麼，他的印象是「阿馬波並不如參觀者想像的那麼胖」。

在卡恩城，馬斯葛洛夫去了划船比賽，在碼頭邊有七千個觀眾。多數都是男人，而且是穿出他們最像樣藍襯衫的鄉下人。群眾製造出一種淡淡的但鮮豔的藏青色。這是個很特別又絕對的顏色。這個顏色馬斯葛洛夫從前見過一次，那是在英格蘭銀行的一個特殊部門，市面上不再通行的紙鈔在那裡焚燒。當時紙鈔上塗有著色劑，成分是鈷、矽石、鹽、碳酸鉀；如果你點燃一捆鈔票，燃燒的灰燼會產生出特殊的色澤，就像馬斯葛洛夫在卡恩碼頭看到的一樣。那法國的顏色。

接下來的旅途，這顏色與其他直接的聯想變得更明顯。男人的襯衫和緊身褲是藍色的；四分之三的婦女穿的長禮服是藍色的。馬房和馬軛的裝飾是藍色的；還有小送貨車、鄉村的路標、農作工具、手推車、水桶底也是。多數城鎮裡的房子都呈現著天藍色的色調，不管是外面還是裡面。馬斯葛洛夫發現自己不得不對一個他遇到的法國人說：「在你的國家裡面，比世界上我曾經

2 這裡是開諾曼地人態度的玩笑，語氣中充滿反諷氣味。意思是：廣告不實，那個男孩不胖。

去過的其他地區，有著更多的**藍色**。」

透過霧狀玻璃看太陽；我們也必須透過有顏色的玻璃看過去。

*　　*　　*

謝謝你。乾杯（Santé）[3]。我希望，你的乳酪已經到手了？不介意我給個建議吧？吃掉它。不要用塑膠袋包起來放到冰箱裡冷藏，留待以後招待客人吃；等你下次發現的時候，它已經膨脹成原來三倍大，而且聞起來像化學工廠。你把袋子打開，就像把臉貼著失敗的婚姻。

「布爾喬亞那種將一切細節公之於世的意圖向來爲我所抗拒」（1879）。不過，我要開始了。當然，你已經知道我的名字：傑佛瑞．布萊茲懷特。別把字母l漏掉了，不然我就變成巴黎的雜貨商。沒什麼，只是我在開玩笑罷了。聽著。你知道那種刊登在雜誌上面的徵友廣告嗎，比如說《新政治家》（*New Statesman*）？我想我應該這樣寫一則。

> 鰥夫醫生，超過60歲，孩子已經成年，積極活潑，開朗，雖然喜歡憂愁，善良，不抽菸，業餘的福婁拜學者，喜歡閱讀、飲食、到熟悉的地方旅遊、看老電影，他有朋友，但尋求……

---

3 Santé，法國人敬酒的用語，有舉杯恭祝身體健康之意。

你看出問題來了。*但尋求*……有嗎？我在尋求什麼呢？四十歲出頭，溫柔，離婚或是寡婦，尋求同伴，可論及婚嫁的認眞交往關係？不是這個。成熟淑女，一同在鄉間漫步和晚餐約會的？也不是這個。雙性戀情侶尋求快活三人行對象？當然更不會是這個。雖然我常常閱讀這些刊登在雜誌後面的短句，不知道爲什麼卻從沒興起回覆的念頭；我現在知道是爲什麼了。可能因爲我不相信其中任何一則。他們並沒有說謊——而且試著表現得十分誠懇——但是他們也沒有說出實話。徵友欄歪曲了登廣告者描述自己的方式。沒有人會認爲自己是個容易憂鬱、積極進取的非吸煙者，都是因爲形式如此鼓勵甚至要求。兩個結論：第一，你無法光是照照鏡子就能清楚描述自己；第二，福婁拜總是對的，風格關乎主題。雖然試過了，登廣告者還是被徵友廣告的規格所擊敗；他們被迫——甚至是在一個你需要私密的時候——將私事不客氣地轉成非關個人化。

至少，你可以看到我眼睛的顏色。不像艾瑪・包法利的那麼複雜，不是嗎？但這有幫助嗎？它們也許會誤導。我不是在含糊其詞；我只是希望能幫得上忙。你知道福婁拜眼睛的顏色？你不知道：因爲我刻意在前幾頁扣住不說。我不希望你被廉價的結論所影響。看我是多麼細心地對待你。你不喜歡？我**知道**你不喜歡。好啦，根據杜康的說法，高盧頭目古斯塔夫，六呎高的巨人，有著喇叭般的響亮聲音，還有「像海一樣深灰的大眼睛」。

某天我讀到莫里亞克（Mauriac）㉖去世前所著作的《內心回憶錄》（*Mémoires intérieurs*）。那是浮華的小藥丸聚集成一個囊腫，自我開始發出淒慘的呢喃「記住我……記住我」的時候，那是自傳被寫出來的時候，最後的自我吹噓，沒有別人記得的事情以虛偽的價值被寫了下來。

但是莫里亞克並不打算這麼做。他寫了「回憶錄」，但不是他自己的回憶錄。書裡沒有童年時期的算術遊戲及拼字遊戲、潮濕閣樓裡面的第一個僕役女孩，還有鑲著金牙、非常精明的舅舅，他總是有許多故事可說，諸如此類的。取而代之的是，莫里亞克告訴我們關於他所讀過的書，他喜歡的畫家，他觀賞過的戲劇。他從別人的作品裡面去找尋自己。他用對抗魔鬼信徒紀德的激烈憤怒來闡述他的信仰。讀他的「回憶錄」就像是在火車上遇到一個人，他對你說：「別看著我，那會誤導你。如果你眞想知道我是什麼樣子的人，等會進入隧道以後，你可以從窗上我的反射研究一下。」你等待，你察看，在煤煙的黑牆、電纜，和倏忽出現的砌磚構成的背景上，你看到一張臉，那透明的形狀忽隱忽現，跳動著，總是在數呎之外。你變得習慣它的存在，也隨之一起動作；雖然你知道它的存在是有條件的，但你卻覺得會永遠。忽然前方傳來一聲尖嘯、一陣轟鳴聲和一道強光；那張臉就永遠消失了。

好吧，你知道我的眼睛是咖啡色的；對此你可以自行解釋。六呎一吋；灰色頭髮；健康狀況良好。但我的重要性是什麼？不過是我所知道，我所相信，我可以告訴你的事情。我的性格並不重要。不，那並不是眞的。我是很誠實的人，我最好告訴你。我喜歡說實話；雖然我想，犯錯在所難免。如果我犯錯的話，至少我不愁沒有伴。在1880年5月10日《泰晤士報》的訃聞欄，聲明福婁拜寫的書名爲《布法與貝丘雪》，說他「最初是要繼承父業當個外科醫生」。在我的《大英百科全書》第十一版（據說是最好的一個版本），裡面說沙勒斯．包法利是根據作者的父親來書寫[27]。這篇文章的作者署名“E.G”，結果是艾德蒙．戈斯（Edmund Gosse）。當我讀到的時候，不免一陣嗤之以鼻。自從我遇到艾德．溫特頓以後，我對這位戈斯先生就不太有耐心。

我是誠實的人，我非常可靠。我還是醫生的時候，從來沒有害死任何一個病人，你可能難以想像，不過這的確可以拿來吹噓。人們相信我，無論如何他們都會回來找我。我很善於處理絕症病人。我從來沒喝醉過──我是說，我從來沒有喝得太醉過；我從來沒有憑空亂開處方；我從來沒有趁著手術侵犯女病人。我聽起來像是個石膏聖人。但我不是。

不，我沒有殺死我的妻子。我大概知道你會這麼想。首先你發現我太太已經死了，過了一會兒我又說自己從來沒有殺過一個病人。啊哈，那麼你眞的殺了誰？問題似乎很合乎邏輯，容易引人推測。有個叫雷杜（Ledoux）的傢伙惡意地宣稱福婁拜是自殺身亡；他眞是浪費大家的時間。我稍後再跟你聊這個人。但這都證明了我的論點：到底哪些知識才是有用的？哪些知識才是眞實的？我除非給你許多關於我個人的資料，你才會相信我不可能殺掉我老婆，就像福婁拜不可能是自殺身亡；或者我只要說，就這樣了，夠了，再也沒有了。我堅持故我在（J’y suis, j’y reste）。

也許，我也可以來玩莫里亞克的遊戲。告訴你我是讀威爾斯

（Wells）[28]、赫胥黎（Huxley）[29]、蕭伯納（Shaw）[30] 的作品長大的；我比較鍾意喬治・艾略特，甚至是薩克雷（Thackeray）[31]，勝過狄更斯；我很喜歡歐威爾（Orwell）[32]、哈代（Hardy）[33]、霍斯曼（Housman）[34]，非常討厭奧登[35]－史班德[36]－伊修伍德[37]（Auden-Spender-Isherwood）那個幾人幫（鼓吹把社會主義看作是同性戀立法改革的旁支）；我把維吉尼亞・吳爾芙（Virginia Woolf）[38] 留到死後再看。年輕一點的呢？今日的年輕人？說起來，他們都各有專擅的單一領域，但卻沒領悟到文學是必須同時能將許多事都做得很好。針對這些主題，其實我可以長篇大論發表下去；如果藉由我把心裡面想的事情說出來，表達出傑佛瑞・布萊茲懷特先生的意思，那麼會是很愉快的。不過這位仁兄的重要性是什麼？

我想要用另外一個版本。某個義大利人曾寫道：評論家的祕密企圖是要謀殺作家。這是眞的嗎？某個程度上是的。大家都恨金雞蛋。當一個好的作家又生產出一本好小說，常常可以聽到評論家嘀咕說，又是該死的金雞蛋。今年的煎蛋捲難道還不夠多嗎？

如果不是那樣，那麼許多評論家想當文學的獨裁者，控制過去，以沉默的權威制定未來藝術的走向。這個月大家必須寫這個；下個月沒有人可以寫那個。某某人的作品不許被重印，除非我們允許。這本墮落的壞作品必須立即銷毀〔你以爲我在開玩笑嗎？1983年3月，《解放報》（*Libération*）[39] 力促法國政府的女權部門必須在下述作品上加注：「公然挑撥性別仇視」的字樣，這些作品分別是：《巨人傳》（*Pantagruel*）㊵、《無名的裘德》（*Jude the Obscure*）㊶、波特萊爾的詩、卡夫卡（Kafka）㊷的所有作品，《雪山盟》（*The Snows of Kilimanjaro*）㊸——和《包法利夫人》〕。我們繼續玩吧，由我先開始。

1. 不准小說當中有人因狀況發生而被孤立，而被還原到人類的「自然樣貌」，變成基本的、可憐的、赤裸裸的兩足動物。只能寫一個短篇故事，類型的最後代表，也就是瓶子裡面的軟木塞。我可以示範給你看。一個旅行團在某處遭遇船難或空難，不用說，一定是在某座島上。其中一個孔武有力的討厭鬼有把槍。他強迫其他人住在他們自己挖出來的沙坑裡面。每隔一段時間，他會叫一個出來槍決，然後吃掉他或是她的屍首。食物很美味，他也越變越肥。當他吃掉最後一個囚犯，正擔心沒有東西吃的時候，很幸運的水上飛機出現，並且救走了他。他告訴世人自己是唯一的生還者，只能靠吃莓子、樹葉和樹根充飢。世人感到非常佩服，竟然他能保持如此良好的身體狀況，於是將他的照片製成海報張貼在素食店的窗戶上。他從來都沒被逮到。

你看，寫這種故事有多容易，有多麼好玩？所以我要禁止這種類型。

2. 不准寫任何關於亂倫的小說。不行，甚至是壞品味的也不成。

3. 不准寫以屠宰場爲背景的小說。我承認目前這是少見的類型，但我注意到最近在短篇小說裡有越來越多是描寫屠宰場的。大概是快要發芽了。

4. 二十年內禁止寫以牛津大學或是劍橋大學爲背景的小說，其他大學則嚴禁十年。綜合理工大學則不在此限（但沒有補助獎勵）。以小學爲背景的小說不受禁令，中學的禁令是十年。描述成長過程的小說屬於部分禁止令（每位作家限寫一本）。把過去用現在式的手法來寫作的小說也部分禁止（每位作家限額一本）。以記者或是電視主播爲主角的小說則完全禁止。

5. 以南美洲爲背景的小說採取配額制。目的是爲了避免團體旅遊蔚爲風尚，同時也爲了避免重度反諷的氾濫。啊！廉價生活與昂貴眞諦，宗教與盜賊行爲，驚喜的榮譽與不經意的殘酷在血統上是這麼近似。啊！可以在翅膀孵蛋的達克利鳥（daiquiri），啊！根長在枝枒上的富列多衲樹（fredonna tree），而它的鬚根可以幫助駝子用心靈感應力讓傲慢的莊園女主人懷孕；啊！還有雜草叢生的歌劇院。請准許我輕敲桌子並且喃喃自語：「通過！」凡將故事設定在北極與南極的小說均可以得到創作獎助金。

6a. 絕對不准出現人類和動物肉體交合的場景。比方說，以女人和海豚溫柔的交合，來象徵原先維繫世界和平的微薄絲線被補強。不准，半個也不准。

6b. 禁止描寫男人與女人（看起來像海豚，你可以這麼說）在沐浴時肉體交合的場景。主要是基於美學原則，但也是健康考量。

7. 禁止提及任何有關大英帝國在海外被遺忘的小型戰爭，我們痛苦學來的教訓：第一，英國人一般都很邪惡；第二，戰爭實在太齷齪了。

8. 禁止小說裡的敘事者，或是任何一個角色，簡單地以姓名開頭第一個字母為命名。其他照舊。

9. 不准再有內容是關於另一本小說的小說。不准有「現代版」、重修版、續集或前傳。作家不准在死後留下未完成的結局。應該發給每個作家一幅用彩色羊毛線織成的針織布，在壁爐上掛起來。上面寫著：「自己的東西自己織。」

10. 應該禁止二十年內不准寫到上帝；更確切地說，任何對上帝的譬喻、隱喻、暗指、檯面下、不精確且模糊的引用一律禁止。照料蘋果樹的大鬍子園丁；年老而充滿智慧的船長，從不隨便論斷他人；對於該角色的描繪不是很多，但在第四章又讓你有毛骨悚然的感覺……把這些用法全部收到倉庫裡面去。上帝只能以能被辨認的神性出現，會因為人類的罪過而極端憤怒。

*　　*　　*

所以我們該如何掌握過去？當它遠去以後，還能夠對準焦點嗎？有人相信可以。我們知道更多，我們會發現更多的紀錄，我們會用紅外線掃描信件當中曾經擦掉的痕跡，我們不受現代偏見的影響；所以我們知道的更多。果眞如此嗎？我懷疑。拿古斯塔夫的性生活來說。多年來，大家以爲克羅瓦塞之熊只爲了路易絲・柯蕊去除他的孤僻熊性——艾米爾・伐格（Emile Faguet）[44]宣稱爲「福婁拜生命當中唯一的眞感情」。但後來又發現伊麗莎・施雷辛格——福婁拜心裡以磚牆封起的皇家密室，慢慢燃燒的烈火，永遠無法實踐的青少年激情。接下來，更多的信件出爐，還有埃及日記。他的生命充滿了女演員；他和布依雷同床的事實被公開；福婁拜本人也承認他喜愛開羅浴池的男孩。最後，我們終於看出他淫蕩的原型；他根本男女皆收，什麼經驗都有。

但是別那麼快定奪。沙特宣判古斯塔夫從不是同性戀，頂多是心理狀態有點被動和女性化。他和布依雷之間的插曲也只是個玩笑，男性友誼的邊緣部分：古斯塔夫一生當中從來沒有發生任何同性戀性關係。他說他有，但他只是在吹牛：布依雷要福婁拜說出他在開羅的浪蕩行徑，福婁拜提供給他。（我們相信否？沙特指控福婁拜只是一廂情願的想。我們也可以以同樣的罪名來指控沙特嗎？難道他不是情願福婁拜只是不敢犯罪只敢開玩笑的膽小布爾喬亞，而不是顚覆放縱會鋌而走險的福婁拜？）於此同時，我們對於伊麗莎・施雷辛格也開始改觀。現今福婁拜學家相信兩人的關係最後還是圓滿的：不是在1848年，或者較有可能的，是1843年年初。

過去是一條遙遠模糊的海岸線，我們都在同一艘船上。在船尾欄杆處有排望遠鏡，每一個在不同的距離可以聚焦看到遠方的海濱。當船平靜停航的時候，某一個望遠鏡會一直被占用，似乎能夠告訴我們完整且不變的事實。不過這只是個錯覺；當船再度開動，我們回到平日的活動：匆匆忙忙的從這個望遠鏡換到另一個，從某一個看它清晰度渙散，再到下一個望遠鏡等待模糊逐漸清晰。等到模糊變得清晰時，我們想像這都可由我們自行操控。

今天的海面難道不是比那天來得平靜嗎？往北方開去，正是布丹眼中的光線。對於不是英國人的人而言——當他們朝向難爲情與早餐的地方前去的時候——他們會對這段旅程作何感想？他們是否會拿濃霧和麥片粥大開玩笑？福婁拜覺得倫敦很可怕；那是個不健康的城市，他宣稱，是完全找不到燉鍋菜（pot-au-feu）[45]的地方。另一方面說來，英國可是莎士比亞、自由思潮與政治自由的故鄉，是歡迎伏爾泰和左拉流亡的所在。

現在呢？英國是歐洲第一個貧民區，這是我們自己的詩人不久前所形容的。第一個歐洲的巨型超級市場可能比較適合。伏爾泰稱讚我們經商的態度，少了勢利眼，使得仕紳階級的年輕孩子能夠當生意人。來自荷蘭、比利時、德國、法國等一日遊的旅客，他們對英鎊走低感到高興，急著走進瑪莎百貨（Marks & Spencer）。伏爾泰表示，商業是我們偉大祖國的立國之本；現在則是防止我們破產的方法。

每當我開車出渡輪，我總有種開過紅色通道的欲望，我從沒買超過限額的免稅貨品，我從來沒有輸入植物、狗、毒品、生肉、武器；然而我總想轉方向盤走紅色通道。從歐陸的回程如果沒帶什麼值得炫耀的東西，總好像是承認失敗一樣。先生，麻煩你讀一下？好。先生，了解了嗎？了解。有沒有什麼東西要申報？有，我想要申報一小箱的法國流行性感冒、我對福婁拜的嚴重眷戀、看到法國路標後像個孩子那般開心，還有向北方望去時，對於北邊光線的偏愛。這些需要付稅嗎？應該要的。

噢！我也買了這個乳酪。畢亞沙瓦杭乳酪。我後面的男人也買了一份。我告訴他通關時一定要申報乳酪。說是起士[4]。

對了，希望你不會覺得我故作神祕。如果我使你惱怒，那可能是因爲我感到困窘；我說過我不喜歡被拍正面，不過我盡量試著配合你。故作神祕是簡單的，清楚明瞭卻是世上最難的事。沒寫出曲調比寫出來還容易，不押韻比押韻容易。我不是說藝術應該像小袋種子上的使用說明那麼清楚；我的意思是，如果一個人很神祕是因爲故意選擇不說清楚，你會比較相信他。你相信畢卡索（Picasso）㊻，是因爲他可以畫得像安格爾（Ingres）㊼一樣。

究竟什麼是有所幫助的？我們需要知道些什麼？絕不是每一件事。每一件事都說出來會令人疑惑。直率會困惑人心。以正臉對人的人像畫具有催眠的效用。福婁拜在拍照或畫像的時候通常都不直視。就因爲他不正視，所以你不能捕捉到他的眼神；他之所以不肯正視，是因爲他可以看出你肩膀後面的視野比你的肩膀

---

4 在這裡，拔恩斯開了一個雙關語的玩笑，首先，乳酪就是起士；而英文裡 “Say cheese” 則是拍照時，「來，笑一個。」

還有趣。

直率困惑人心。我說過我的名字是：傑佛瑞・布萊茲懷特。這有任何助益嗎？可能有一點；總比 “B” 或 “G”，或是「那個人」、「一個業餘乳酪愛好者」要強得多了。如果你沒有親眼見過我，從我的名字你能推斷出什麼？中產階級的專業人士；也許是初級律師；來自「松樹和石南」國度的外籍居民；穿著「胡椒和鹽」的斜紋軟呢；蓄著八字鬍以表示——也許是騙人的——從軍背景；有個明理的妻子；也許週末會去泛舟；喜歡琴酒勝過威士忌；諸如此類的？

我是——曾經是——一名醫生，專業人士第一代；你可以看到，我沒有八字鬍，雖然我曾經從軍過，不過這是我這個年紀的男人所不能免除的；我住在埃塞克斯（Essex）[48]最沒有特色的地方，因此最適合做「家庭郡」（Home Counties）；喜歡威士忌，不是琴酒；沒有斜紋軟呢；也不泛舟。不過很接近了，雖然也不是那麼接近。關於我的妻子，她並不那麼明理，明理一詞不是大家會用來形容她的字眼。軟質乳酪要添加東西以防止熟透，我剛說過了。但它們還是會自然而然熟透。軟質乳酪會爛，硬質乳酪會硬化。兩者都會發霉。

我本來要在書的前面放我的照片。不是爲了虛榮，而是希望能有所幫助。不過可能是張老照片，十年前拍的。我沒有近照。你會發現：過了某個年紀，人們就不再幫你拍照了。或者他們只有在生日會、婚禮、聖誕節等正式場合才拍。一個快活臉紅的人在親友當中舉杯——會是多麼眞實可靠的證據？我結婚二十五週年的照片又能顯露什麼？肯定不是事實；最好還是別拍下來。

福婁拜的外甥女卡洛琳說他曾在晚年後悔沒有結婚成家。她對這件事的著墨卻不多。有次拜訪朋友之後，兩人沿著塞納河邊散步，「他對我說，『他們是對的，』意指剛才那個家庭可愛而誠實的小孩。他說：然後他又正經八百地重複一遍：『沒錯，他們是對的。』我不想打斷他的思緒，所以一路保持緘默，這是我們最後一次一起散步。」

我寧可當時她去打擾他的思緒。他眞的是那個意思嗎？我們是否該把這當作不過是異常的反射，因爲這個人會在諾曼地的時候夢想著埃及，在埃及的時候卻夢想著諾曼地？他是否只是在讚賞剛才拜訪的家庭？畢竟他若是眞的想讚揚婚姻制度，他應該轉向他的外甥女，後悔自己飽受獨居之苦，向她說聲：「你做對了。」但他當然沒有；因爲她做錯了。她嫁給一個孱弱的傢伙，而且後來破產，爲了幫助她先生，最後她還令她的舅父破產。卡洛琳的例子給福婁拜上了黑暗的一課。

卡洛琳自己的父親也像她丈夫後來一樣，是個孱弱的人；古斯塔夫取代了她的父親。在她的《回憶日記》裡，記得有次舅父剛從埃及回來，那時她還是個小孩子：一天晚上，他出乎意料地返回家門，將她從床上搖醒，抱起來，然後對她過長的睡衣狂笑不止，並且在她的臉頰上猛親。因爲剛從外面回來的緣故，他的鬍鬚冰冷，而且還帶著露水。她怕得不得了，直到被放回床上才鬆了一口氣。這還不算是教科書裡描述的，缺席父親的返家嗎？——不管是去打仗、出差、去國外、去尋女色，或是逃過危難。

他很疼愛她。在倫敦的時候，他抱著她去看萬國博覽會；這一次她喜歡有他抱著，躲開擁擠危險的群眾。他教她歷史：關於皮羅比達斯（Pelopidas）與埃帕米農達（Epaminondas）[49]的故事；他教她地理，拿著水桶和鏟子，到花園裡建造教學用的半島、島嶼、峽灣和峽角。她喜愛有他參與的童年，儘管成年後生活悲慘，這份童年的記憶始終鮮活。在1930年，她八十四歲的時候，卡洛琳在艾克斯雷邦（Aix-les-Bains）[50]遇到惠勒．凱瑟（Willa Cather）[51]，追憶起八十年前在古斯塔夫書房一角的地毯上當時的情況：在嚴格但愉快的寧靜中，他工作，她閱讀。「她躺在自己的角落時，喜歡將之想像成自己和某隻兇猛野獸一起關在籠子裡，可能是老虎，可能是獅子，也可能是熊，牠把看守人吃掉了，牠會攻擊任何打開牠的門的人，不過在牠身旁的她卻『非常安全和驕傲的』。」她輕聲笑著說道。

然後成人期不可避免地降臨了。他再三的勸告無效，她還是嫁給了孱弱之人。她變得勢利，只想進入上流社會；最後她還想將她的舅父逐出房門，在那幢房子裡，她腦子裡所有最重要的事都在那裡學到的。

埃帕米農達是底比斯（Theban）的將領，他是所有美德的化身；他以有原則的殺戮和興建麥加羅城（Megalopolis）而出名。當他躺在床上快斷氣時，在場的某個人惋惜他沒有子嗣送終。他回答說：「我留下兩個孩子，路克索（Leuctra）與曼提尼（Mantinea）。」——那是兩場他最廣為人知的成功戰役。福婁拜也可以做類似的告白——「我有兩個孩子，布法與貝丘雪」——

因爲他唯一的小孩，成爲他女兒的外甥女，已經變成對他不滿的成人。對她和她的丈夫而言，他只不過是一個「消耗者」。

福婁拜教導卡洛琳文學。我摘錄她的說法：「他認爲沒有一本寫得好的書是危險的。」時間往後推演約略七十年，法國另外一個地區的房子裡，有個愛讀書的小孩，小孩的母親，以及母親的朋友皮卡迪夫人。這男孩之後也寫了自己的回憶錄；我在此也拿來引用：「皮卡迪夫人的主張是『小孩子可以讀任何一本書』。『沒有一本寫得好的書是危險的。』」[52] 那個男孩聽了皮卡迪夫人經常發表的高見，故意趁她在場的時候，向母親爭取讓他讀某本特別聲名狼藉的小說。母親說：「如果我的小達令在小小年紀就讀這種書，那麼長大以後要讀什麼呢？」他回答：「我會親自去過那樣的生活！」他這麼回答她。那是在他童年期最聰明的反駁之一；在家族史上因此被記上一筆，也爲他贏得了（我們只好假設）讀那本書的權益。這個男孩就是尚—保羅・沙特，而那本書就是《包法利夫人》。

世界在進步嗎？還是像渡輪一樣往往返返？從英國出發一小時後，清朗的天空已經消失。現在只有雲雨伴你回到你歸屬的地方。隨著天氣改變，船身開始輕微的搖晃起來，酒吧裡桌椅也繼續它們金屬般的對話。啦咑啦咑啦咑——伐咑伐咑伐咑伐咑。呼喚與回應；呼喚與回應。對我來說，這聲音又像是婚姻的彌留階段：兩個分開的個體各自釘在地板上屬於自己的那一塊，在雨開始下的時候，彼此例行公事般地交談。我太太……現在不說，現在還不要。

貝丘雪在做他的地理研究時，曾經試著推論過若是英吉利海峽底下發生地震時會有的情況。他的結論是，海水會快速沖進大西洋裡；英國與法國的海岸會顛晃、移動然後併在一起；從此英吉利海峽不復存在。布法聽到朋友的預言，嚇得拔腿就跑。我不認爲我們需要這麼悲觀。

你不會忘了乳酪，對吧？別在你的冰箱裡開設化學工廠。我沒問你結婚了沒。這是我的讚美，沒有的話，看情形。

我想我這次應該走紅色通道。我感覺很需要有人陪伴。教士馬斯葛洛夫的看法是，法國海關官員的行爲很紳士，而英國的海關官員則是惡棍。但是我覺得如果你能夠妥善地對待他們，其實所有人都很有同理心。

對福婁拜的猜火車指南

The Train-spotter's Guide to Flaubert

1.

克羅瓦塞的家——塞納河邊一幢十八世紀的白色狹長房子——是非常適合福婁拜居住的。它離群孤立，但是離盧昂很近，離巴黎也不遠。房子大到可以讓他擁有一個有五個窗戶的大書房；同時也夠小，讓他能夠不失禮地拒絕客人來訪。那房子還提供了一個不具威脅性的過路行人景觀，如果他想看的話：陽台上的福婁拜用他的歌劇眼鏡，看著旅遊蒸氣船載著週日來午餐的遊客到拉波耶（La Bouille）去。對這些遊客而言，他們漸漸習慣這位獨一無二之福婁拜先生（cet original de Monsieur Flaubert），如果他們沒看到他穿著努比亞（Nubian）衫和絲質無邊便帽，以小說家目光回看著他們的話，他們可是會有點失望呢。

卡洛琳描述她兒時在克羅瓦塞的寧靜午後，家裡的組合很奇怪：女孩、舅舅和祖母——分別爲不同世代的單一代表，好像是那種被壓縮過的房子，一層樓只有一個房間〔法國人稱這種房子爲鸚鵡棲木（un bâton de perroquet）〕。她記得他們三個會坐在小屋的陽台上，望著夜晚真的降臨。在遠方的河岸，他們會辨認出在縴船道上帶著轡繩的馬的側影；近處他們會聽到捕鰻漁夫跳水游到水裡的聲音。

爲什麼福婁拜醫生要賣掉他在圖維勒的房子來這裡置產？傳說是爲了他那身體孱弱癲癇症發作的兒子。不過圖維勒的物產也遲早要脫手，因爲巴黎到盧昂的火車會延伸至勒哈佛（Le Havre），鐵路會從福婁拜醫生的土地穿過去；部分土地會被強制徵收。你可以說福婁拜是因爲神經癲癇症的帶領而被送到克羅瓦塞隱居創作。你也可以說他是因爲火車才來的。

2. 古斯塔夫屬於法國鐵路的第一代❶；他討厭這項發明。第一點，它是個可惡的交通工具。「我受不了待在火車上，過了五分鐘我就因無聊而咆哮，乘客會以爲是被忽略的狗，事實上卻是福婁拜先生的嘆息。」第二點，晚餐餐桌上多了一個話題：鐵路般的無聊。這類的對話讓福婁拜一聽到鐵路就腹痛（colique des wagons）；1843年6月他宣稱鐵路是僅次於拉法吉（Lafarge）夫人（因砒霜中毒而死），和奧爾良（d'Orléans）公爵（前一年死於馬車車禍）的第三無聊的主題。而路易絲・柯蕊在她的詩作〈鄉下女〉（Lay Paysanne）裡面，有追求現代化的企圖，她安排讓戰爭返家尋找珍妮東❷的尙，注意到「火車疾駒的煙」。福婁拜把那句話刪掉。「尙根本不會關心這種事情，我也不會。」

其實他並非那麼厭惡火車，他厭惡的是火車予人進步的假象。道德若是沒有進展，科學的進展又有何益處？鐵路只是讓更多人們到不同的地方、相聚，然後一起變得更愚笨。不過在一封他十五歲寫的信中，他列舉了文明的罪行：鐵路、毒藥、灌腸幫浦、奶油派、皇室和斷頭台。兩年後，在他的拉布雷（Rabelais）研究當中，敵人名單除了第一項以外，全轉成：「鐵路、工廠、化學家和數學家。」他一點也沒改變。

3. 「藝術凌駕一切。詩集比鐵路更有意思。」

——私人手記，1840年

4. 對我而言，鐵路在古斯塔夫與路易絲·柯蕊的交往所扮演的功能是被低估的。她住在巴黎，而他住在克羅瓦塞，他不願到首都去，別人不准她到鄉下探訪他，所以他們只能在大約是中途的芒特（Mantes）見面，在芒特的雄鹿大飯店（Hôtel du Grand Cerf），享有一兩晚的熾烈激情和虛假的承諾。之後同樣的事情一再重演：路易絲想要早一點見面，古斯塔夫拖延：路易絲懇求他，開始鬧脾氣威脅；古斯塔夫只好預定下一次的約會。時間正好長到讓他對欲望生厭，而讓她再度燃起期待。兩人三腳的遊戲跑得顛簸。古斯塔夫是否想過過早到達鎮上的宿命？征服者威廉（William the Conqueror）占領芒特後，從馬上摔下受傷，因這個傷他隨後在盧昂過世。

從巴黎到盧昂的鐵路——是由英國人建造的——於1843年5月9日正式啓用，就在古斯塔夫和路易斯·柯蕊認識三年以前。對他們倆任何一個來說，到芒特的時間從一天變成幾個小時。想像要是沒有火車的話，會是什麼情況。要不然只能搭驛馬車或船，他們會飽受疲倦的折騰，而不想再看到對方。疲倦會影響欲望。考慮到困難度的關係，兩人的付出勢必要更多：更多時間——也許要多一天——因而感情上的付出也更多。當然，這是我個人的推論而已。如果本世紀的電話使得通姦變得更簡單卻又更困難（安排約會更容易，但捉姦也更容易），上個世紀的鐵路也

8

有同等的效應（有沒有人曾經做過火車與通姦擴散的對比研究？我可以想像，鄉村牧師布道時說這是魔鬼的發明而遭人訕笑。如果他們眞的這麼說過，他們是對的）。對古斯塔夫來說，鐵路是値得的：他可以輕鬆來回芒特；路易絲的抱怨似乎是合理的代價，因爲享樂如此方便。鐵路對路易絲來說也是値得的：古斯塔夫並非遙不可及，不管他信裡如何口氣嚴峻。下一封信他又會允諾相見，他們只不過距離兩個小時車程而已。對我們來說，鐵路也是値得的，因爲它延伸了那一段波動的情愛，我們現在才有這麼多信件可以閱讀。

5a. 1846年9月：他們第一次約在芒特見面。唯一的麻煩是古斯塔夫的母親。她還不知道路易絲・柯蕊的存在。的確，路易絲・柯蕊寄給古斯塔夫的情書必須經由馬西姆・杜康轉手，他放在新的信封再寄給古斯塔夫。福婁拜夫人對於古斯塔夫突然在夜間外出的反應是什麼？他能告訴她什麼？當然是謊言。他像是個驕傲的六歲小孩自吹自擂：「只要一個小故事就足以使我母親相信（une petite histoire que ma mère a crue）」，然後他就出發到芒特去。

但是福婁拜夫人顯然並不相信他的一個小故事。那一晚，她睡得比古斯塔夫和路易絲都少。她覺得事有蹊蹺，也許是最近杜康寄來的信實在太多。所以隔天早上她到盧昂火車站，當她的兒子沾滿一身性愛的驕傲下車時，她已在月台上久候多時。「她沒有開口斥責他，但她臉上的表情已經是最嚴厲的斥責了。」

大家會說離別的悲傷；不知道有沒有靠站的內疚呢？

5b. 路易絲・柯蕊當然也能表演月台戲。她的善妒讓她在古斯塔夫與朋友用餐時爆發，頗爲惡名昭彰。她永遠以爲有競爭對手，事實上並沒有任何情敵存在，除非你要將艾瑪・包法利計算進去。根據馬西姆・杜康的說法，「有一次，福婁拜要從巴黎回盧昂，她在車站的候車室發飆，場面難看到要出動車站人員調停。福婁拜感到很痛苦，請求她罷手，但她一點都不心軟。」

6. 很少人知道福婁拜曾經搭乘過倫敦的地下鐵。我摘錄他1865年的遊記大綱：

> 6月26日星期一（搭乘前往紐哈芬的地鐵）　經過幾個不起眼的車站，貼有海報，就像巴黎郊區的小站。抵達維多利亞站。
>
> 7月3日星期一　購買火車時刻表。
>
> 7月7日星期五　搭地下鐵。霍恩賽（Hornsey），法莫（Farmer）太太……到查令十字路口（Charing Cross）拿資料。

眞是遺憾，他竟不願紆尊降貴去比較英國與法國鐵路的差別。不像我們的教士朋友馬斯葛洛夫，他早好幾十年前就已經從布倫（Boulogne）登陸，對於法國的系統留下深刻印象：「行李的接收、秤重、標記、付款之作業流程簡便且完善。每個部門的規律性、準確度、守時性均佳。人員謙恭有禮，舒適的服務（法國會舒適！），旅客可以愉快的做各種安排。沒有像帕丁頓（Paddington）車站的喧嚷與叫囂，不說別的，他們的二級車廂幾乎和我們的一級車廂差不多。英國眞該感到慚愧！」

7.「鐵路：如果拿破崙（Napoleon）能運用它作爲工具的話，他一定會所向無敵。討論到鐵路的發明，他一定總會狂喜的說：『我，先生，現在正對你說話的人，早上才在某某地⋯⋯我搭了某某點的火車；我辦完事；才某某點鐘，我就已經返回了。』」

——《套語辭典》

8. 我從盧昂搭火車（河右岸）。車上有藍色塑膠座位，還有一塊有四種語言的警示牌，叫你不要向窗外靠。我發現英文使用比法文、德文、義大利文更多的字來表達這項警告。我坐在一張金屬裱框的（黑白）照片下面，照片裡是歐雷鴻島（Île d'Oléron）的漁船。坐在我旁邊有對上了年紀的夫婦正在讀《巴黎到諾曼地》（*Paris-Normandie*）上一篇關於一個豬肉商的報導——〈瘋狂的愛〉（fou d'amour），他殺了一家七口。窗戶底下有個我從沒見過的小標籤：「請勿在暖氣打開時，將窗户打開來扔掉能源。」（Ne jetez pas l'énergie par les fenêtres en les ouvrant en période de chauffage.）[1] 把能源扔到窗外——這是多麼「不」英語式的說

1 此句另外也有「多此一舉」的意思，卻被作者調侃當中用「丟」（法語：jeter，英語：throw）這個動詞。

法，雖然是合乎邏輯，但也充滿奇想。

我一直都在觀察，你明白的。一張車票三十五法朗，不到一個小時就可以到：在福婁拜的時代要花上一天。第一站是瓦瑟（Oissel），接下來是勒弗舵，新城（Le Vaudreuil-ville nouvelle）；再來是蓋隆（Gaillon/Aubevoye），那裡有金萬利橙酒（Grand Marnier）的倉庫。馬斯葛洛夫認爲這一段塞納河的沿岸風光讓他想起諾弗克（Norfolk）：「是我見過在歐洲最像英國風光的地區。」收票員用他的打洞機輕敲門柱：金屬撞擊金屬，提醒你遵守規定。然後在你的左邊是維農（Vernon），寬闊的塞納河引你向芒特而去。

第六站，共和廣場（place de la République）正在修建中。一塊方整的平地快要完工了，已經有自信的展現出篡位者的姿態。雄鹿大飯店呢？煙草店裡面有人告訴我，那幢建築物已經在一年多前被拆除了。我回去盯著原址看。現在只剩下一對間隔約三十呎寬的石頭門柱。在火車上，我無法想像福婁拜是如何走過同樣的旅程。（像條沒耐心的狗吼叫？發著牢騷？還是激動？）我的朝聖之旅進行到這裡，門柱卻不能幫助我回想古斯塔夫與路易絲的火熱約會。何必呢？我們對待過去的方式太不合理，指望它能給我們一個確實的顫抖。它爲什麼要投我們所好？

我心情不佳地繞著教堂走（米其林指南一顆星評價），買了報紙，喝了一杯咖啡，讀了那個關於豬肉商的故事——〈瘋狂的愛〉，然後決定搭下一班車回去。到火車站的路叫作法蘭克林羅斯福大道，不過名稱聽起來比實際上還要偉大。離盡頭五十碼處，在路的左邊我經過一家咖啡館，叫作「鸚鵡」(Le Perroquet)。人行道上放置了一個浮雕的木頭鸚鵡，裝飾著過分鮮豔的綠色羽毛，鳥喙銜著午餐菜單。建築物的外層是明亮顏色的木頭，看起來比實際上還要歷史悠久。我不知道餐廳在福婁拜時代是否就已經存在。不過我知道，過去有時是抹了油的豬；有時候是躲在洞穴裡的熊；有時候是若隱若現的鸚鵡，在樹林裡面用兩隻嘲笑的眼睛打探著你。

9. 火車也在福婁拜的小說裡面扮演了小角色。展現的是精準，而不是偏見：他大部分的作品都在英國挖土工人和機械工降落在諾曼地之前完成。《布法與貝丘雪》邁入鐵道世紀，但出乎意料地，書中兩名意見很多的抄寫員並沒有對新式運輸工具發表書面評論。

火車出現在《情感教育》裡。在丹布魯斯家舉辦的晚會，火車首度出現時，是談話中一個不太吸引人的話題。第一次眞正的火車之旅出現在第二部第三章，當腓德列克懷抱著希望去可瑞(Creil)誘惑亞努夫人。福婁拜刻意用了帶肯定語氣的抒情詩體來表達旅客無惡意的性急：綠色田野，車站像小型舞台般溜過，引擎冒出的輕煙消散之前在草地上短暫輕舞。在小說裡面還有好幾趟火車之旅，乘客似乎都很快樂；沒有人像是被忽略的狗一樣嚎叫。雖然福婁拜蠻橫的徵收了柯蕊夫人長詩〈鄉下女〉中關於在地平線疾騁的煙的詩句，這並不妨礙（第三部第四章）在他的鄉下裡，有「火車引擎的煙在地平線伸展，像個巨大的鴕鳥羽毛尾端不斷飛揚」的描述。

只有在一個地方我們可以探查到作家的私人意見。帕禮靈是腓德列克的藝術家朋友之一，他擅長理論但老完成不了一幅素描，稀罕地畫了一幅完成作品。福婁拜給自己一個私人的微笑：「它代表了共和，或是進步，或是文明，畫中耶穌基督開著動力火車穿越處女林地。」

10. 福婁拜所說出的倒數第二個句子，當時他站著，感覺暈眩但還沒有意識到生命終結：「我想我快昏倒了。幸虧是在今日發生，如果是明天的話，在火車上，那就很討厭。」

11. 緩衝。今日的克羅瓦塞。一個龐大的造紙工廠在福婁拜住所的原址奮力攪拌。我信步走進；他們很樂意領我參觀。我望著活塞、蒸氣、染桶和溢出槽：要造出乾燥的紙竟要經過這麼多濕潤的步驟。我問我的嚮導他們是否有做用來印書的紙；她說他們什麼都做。我發覺，這趟參觀並不感性。在我們的頭上是很大的紙滾筒，有二十呎寬，正緩緩地在傳輸帶上移動。在這環境裡面顯得過於龐大，彷彿是尊故意放大的現代雕塑品。我說它看起來像是一捲很大的廁紙；我的嚮導確認它正是如此的東西。

在砰然作響的工廠外面也沒有比較寧靜。貨車猛猛地壓過昔日的縴船道，打樁的人在河的兩岸重鑽；經過的每艘船都發出汽笛聲。福婁拜宣稱巴斯卡（Pascal）❸曾經參觀過克羅瓦塞的房子；一個記憶力很好的地方上傳奇人物說，普黑沃（Abbé

Prévost）❹就在這裡寫了《情婦瑪儂》（*Manon Lescaut*）。現在再也沒有人來複述這些虛構之事，也沒有人來相信它們。

此刻正下著諾曼地陰沉的雨。我可以想見遠岸馬的側影，捕鰻漁夫下水時安靜的濺水聲。不知道鰻魚能否在這無精打采的商業水道裡面居住？如果牠們可以的話，吃起來大概會有石油和清潔劑的味道。我的眼睛朝上游望去，突然注意到，伏地震顫。有輛火車開過來。我以前也見過這種鐵道，開在路和水的中間，雨水使火車看起來更爲閃亮和得意。我不用想就可以判斷，這是給雜亂的船塢起重機走的，但並不是。福婁拜逃不過這個。那運貨火車開到約兩百碼之外，準備穿過福婁拜的涼亭。當它開到平坦地之後，無疑的，汽笛聲會嘲弄般的響起；也許車上還載有毒藥、灌腸幫浦和奶油派，或是數學家與化學家的補給品。我並不想看到那個情形（譏諷可以是笨拙的，也可以是殘忍的），我回到我的車子上，然後開走。

福婁拜想像書

The Flaubert Apocrypha ❶

重點不是建造了什麼，而是拆除了什麼。

重點不是房子，而是房子之間的空間。

重點不是存在的街道，而是那些街道

已不復存在。

但是還有那些根本還沒建造的房子。那些夢想中和藍圖上的房子。那些在想像中粗描的大街；那些小屋之間沒有人走過的散步小徑；是死巷障眼法（trompe-l'oeil）愚弄你，讓你以爲自己已經轉進整齊的大道。

作家沒寫出來的書重要嗎？這些書很容易被遺忘，容易讓人假定爲書目當中只有壞點子和被拋棄的計畫，以及令人不好意思的初步構想。不一定是如此：最初的構想通常是最精彩的，經過再次構思的誘惑，之後再由第三個想法興高采烈地修飾。但是被放棄的想法也不一定是因爲通不過品管的測試。想像力並非一株年年豐收的可靠果樹，不管結了什麼作家都必須摘取：有時候太多，有時候太少，有時候什麼都沒有。在豐年時，陰暗的閣樓裡會有一個木條做的托盤，作家偶爾會緊張地上樓查看；是的，喔，親愛的，當他在樓下勤奮工作時，閣樓裡還有皺摺的皮、警示的瑕疵、椽木的崩塌、突降的雪片。他又能做些什麼？

就福婁拜而言，想像書還形成了第二層陰影。如果生命中最快樂的時刻是計畫去窯子尋歡卻從未成行，那麼寫作最快樂的時刻可能是想法的出現，但不必被寫出來，不因具體的形狀而有了污點，永遠沒必要暴露在關愛程度不若作者的人眼前。

當然，發表過的作品並非不能更改：假設給福婁拜更多時間和金錢，讓他安排自己的文學產業，它們也許會有不同的樣貌。他也許就能夠完成《布法與貝丘雪》；《包法利夫人》也許不會出版（古斯塔夫對於該書令他難以忍受的盛名感到氣憤一事，我們對此該如何認眞看待？不要太認眞吧）；也許《情感教育》會有一個不同的結局。根據杜康記載，他的朋友對於該書歷史性的不幸遭遇感到沮喪❷：在該書出版的隔年，普法戰爭爆發❸，對福婁拜而言，色當（Sedan）一役的入侵以及瓦解，可以爲小說提供更重大、更公開、更不可辯駁的結論，那就是該世代的道德淪喪其實其來有自。

杜康記下他的說法：「試想，資本家❹可能已經證實諸多事件。以下這個例子應該相當準確。投降書已經簽署了，軍隊被逮捕了，皇帝畏縮在馬車的一角，他的眼神晦暗無光；他抽著菸來保持鎭定，雖然內心如暴風雨般激動，還試著表現出無動於衷的態度。在他身旁的是他的副官和一位普魯士軍官。所有人都保持沉默，全都低下了頭；每個人內心沉痛。

「一列囚犯在戴軍帽持帶矛長槍的普魯士騎兵的看守下，行經交叉路口，遇上那輛在太陽光照紅的塵埃中行進的馬車，車子必須在人潮前面停下。那群人肩膀低垂拖著沉重的腳步，皇帝用疲倦的眼光望著他們。這是多麼詭異的閱兵方式。於是他想起從前的閱兵，想到擊鼓聲，飄揚的軍旗，繫戴金邊的將領們舉劍向他行禮，想到他們高呼著『吾皇萬歲』！

「有一名囚犯認出他來，並且跟他敬禮，然後一個接著一個。

「突然有個佐阿夫（Zouave）❺士兵離開軍隊，揮舞著拳頭並且大叫：『啊，原來你在這裡，你這個壞蛋；你把我們大家害慘了！』

「接著上萬人開始叫囂辱罵，威脅地揮動他們的手臂，對著馬車吐口水，發出連串的咒詛聲。皇帝仍然維持不動，不發一言，然而心中卻想著：『這就是從前他們所謂的禁衛隊！』

「你覺得這個安排如何？是不是很有力量？該會讓我的《教育》有個激動的結局，要是錯過這個，我會沒辦法安慰我自己。」

我們該為這個失去的結局感到難過嗎？又該如何評估它？也許杜康轉述的過程有些簡陋，在出版之前，福婁拜的草稿應該會有許多版本。它的訴求是明確的：會有漸行漸強的高潮，公眾對於國家的失敗有所體認。然而這會是本書所需要的結局嗎？有了1848年，還要不要有1870年❻？最好讓小說在覺醒中漸漸收尾；兩個朋友的哀愁憶往好過漩渦狀的沙龍照片。

讓我們認真來為他的想像書做出分類。

1. 自傳。「如果有一天我要寫回憶錄——這是唯一我該寫好的東西，如果我真的去寫的話——你會在其中找到一個位置，一個重要的位置！因為你已經在我存在的牆上炸出一個偌大缺口。」在

9

古斯塔夫與路易絲・柯蕊早期的通信當中，他這樣寫道；在他們超過七年（1846至1853年）的交往關係中，他偶會提起寫自傳之事。然後他公開宣布放棄寫作自傳。說起來只是一個計畫中的計畫？「我會將你放進我的回憶錄」是現成老套的文學求歡方式之一。和「我會將你放進我的電影當中」、「我會讓你在畫作中不朽」、「我可以在大理石上看到你的頸子」等等說法，歸檔在同類。

2. 翻譯。算不上是想像書，反倒比較像是佚失的作品；但我們應該注意到：a）由作家監督的茱麗葉・賀伯翻譯版本的《包法利夫人》，他稱之爲「傑作」；b）一封1844年的信件上提到翻譯：「我已經讀了《參選人》二十次，我已經將之翻譯成英文……」聽起來不像是個學校習作，比較像是自我要求的見習。依照古斯塔夫在信上使用英文的怪癖來判斷，翻譯在原意之外，增添了一些不是刻意的喜感。他甚至沒辦法把英文地名拼對：1866年，他在南坎辛頓（South Kensington）博物館，爲「明頓（Minton）彩瓷」做筆記，他將斯多克城❼（Stoke-upon-Trent）寫成 "Stroke-upon-Trend" [1]。

3. 小說。這部分的想像書包含了大量年輕時代的作品集結，對精神分析派的傳記作家會有相當大的用處。作家在年少時未能寫出

1 這裡拔恩斯開了一個玩笑，福婁拜的誤寫在英文裡可以解成：因時尚而來的一擊。

的書，和他宣布寫作爲其職志以後未能寫成的書，有很大的差異。總之他必須爲這些未竟之書負責任。

1850年在埃及時，福婁拜花了兩天時間沉思孟考爾（Mycerinus）的故事，孟考爾是第四王朝的國王，十分敬神，因重新打開被祖先封閉的神廟出名。在一封寫給布依雷的信上透露，小說家殘酷地只想將他描寫成「強暴女兒的國王」，也許福婁拜的興趣是被這個發現（或是記憶）刺激出來的：國王的石棺在1837年被英國人挖出，然後送往倫敦。所以古斯塔夫能在1851年參觀大英博物館的時候詳加檢視。

我也親自去檢視了一番。他們告訴我，石棺已經不再是博物館裡面最有意思的陳列品，從1904年開始就不公開展示了。雖然要運來的時候大家相信這是第四王朝的遺物，結果其實是第二十六王朝的文物：他們很有理由相信，在石棺裡面的木乃伊軀體的一部分有可能是，但也有可能不是孟考爾。我覺得很失望，但也感到寬慰：如果福婁拜繼續進行他的計畫，對國王墳墓展開巨細靡遺的調查及描繪，史塔基博士就有另一個機會好揪出文學上的錯誤。

（或許我也應該在我的福婁拜口袋導讀本上賞給史塔基博士一個位置，還是這會變成不必要的報復？字母S之下應該是沙特，還是史塔基？對了，布萊茲懷特的慣語辭典進行得很順利。讓你全面性地了解福婁拜，就像任何一個人！再多幾個項目就能完成了。不過我可以想見，字母X會出現問題。因爲在福婁拜自己的辭典裡面，X底下空無一辭。）

1850年，福婁拜在君士坦丁堡提出三個計畫：「唐璜的一夜」（已進入籌畫階段）；「胡狼頭神（Anubis），一個想要和上帝上床的女人」，還有「我的法蘭德斯（Flemish）小說，內容關於一個死於處女之身的年輕女孩，她也是個神祕主義者……她死在一個外省小鎮，在一個種植著包心菜和香蒲的庭園深處……」古斯塔夫寫信向布依雷抱怨寫作計畫太完整的危機：「對我來說，唉，如果能夠徹底解剖你未出生的小孩，那表示你還不夠飢渴到當他們的父親。」上述的例子都令福婁拜不夠飢渴；雖然第三個計畫已經模糊看出不是《包法利夫人》就是《簡單的心》的先驅雛形。

1852至1853年，福婁拜提出正經嚴肅的計畫「螺旋」（La Spirale），一個「偉大、形而上、奇想、激昂的小說」，主人翁過著典型福婁拜式的雙重人生：在夢想中過得快樂，在現實中很痛苦。它的結論，想當然耳，是為了闡述幸福只存在於幻想。

1853年，「我從前的夢想之一」是要復興一部騎士精神的小說。雖然有阿里奧斯托（Ariosto），這樣的計畫還是可行的，古斯塔夫表示：他將會注入額外的元素，「驚駭以及更多的詩篇」。

1861年，「我已經構思了一部關於瘋狂的小說許久，或者該說是關於發狂的小說。」差不多與此同時，或是稍晚一些，根據杜康的說法，他也在構思關於戲劇的小說；他可以在演員休息室匆匆摘記下女演員的私房話。「只有勒薩日（Le Sage）❽在《吉爾布拉斯》（*Gil Blas*）[9]曾經碰觸到眞實。我若將眞實赤裸裸地呈現，很難想像會有多荒謬。」

從這個時候起，福婁拜一定已經明白，一部長篇作品將耗上他五至七年的光陰；因此大部分他沒那麼火急的計畫不可避免地會在鍋裡燒乾。在他生命最後的十幾年裡面，我們發現四個主要的構思，以及有趣的第五個，類似找到的小說（roman trouvé）。

a）《哈瑞貝》（*Harel-Bey*），一個東方的故事。「如果我還年輕而且有錢，我會回到東方，去研究現代東方，那裡有著蘇伊士地峽（Isthmus of Suez）。寫本大部頭書一直是我的夢想。我想要寫一個文明人變成野蠻人，而野蠻人會變成文明人——兩個相對的世界最後會兼併……但爲時遲矣。」

b）關於泰奧摩菲拉戰役（Battle of Thermopylae）的小說，他打算在《布法與貝丘雪》完成後進行。

c）關於一個盧昂家族幾個世代的小說。

d）如果你將扁蟲切成兩半，頭的部分會長出新的尾巴；更神奇的是，尾巴會長出新的頭。這就是《情感教育》裡遺憾的結局：結果它又滋生出另一整部小說，原本要叫「在拿破崙三世的統治下」，然後又變成「一個巴黎家庭」。「我想要寫關於帝國的小說〔杜康引述他的說法〕，裡面會提到在孔皮耶涅的晚宴，那些外交使節、高級將領、國會議員，親吻帝國皇子之手時，不停討論自己的勳章，沒錯，那個時期會爲第一流的書本增添材料。」

e）那本找回的小說是由查爾斯・拉皮耶（Charles Lapierre）[10]找

到的，他是《盧昂小說家》（*Le Nouvelliste de Rouen*）雜誌的主編。某晚在克羅瓦塞用餐時，他告訴福婁拜關於P小姐不名譽的過去——她生於諾曼地望族之家，和法庭有良好關係，是尤琴妮皇后（Empress Eugénie）指定的伴讀。他們說，她的美貌能夠讓聖人犯罪。至少足夠讓她自己犯罪了：她與皇家護衛官公開交往，使得她被去職。她後來變成巴黎的交際花皇后，1860年後期，在一個較爲邪惡法庭做判決，她自己本身則免於任何責任。普法戰爭期間，她沒有現身（從事她那一行的人也全都消失了），之後，她的光芒已滅。根據各種流傳的說法，她墮落到最低級的賣淫業。然而，令人欣慰的（不管是小說或是她的親身遭遇），她又東山再起，搖身變成一位騎兵隊長的紅牌情婦，過世時以海軍上將的正室夫人身分入土。

福婁拜對這個故事很感興趣：「拉皮耶，你知道嗎，你給了我一個小說的主題，我的包法利的對應分身，一個來自上流社會的包法利。多麼吸引人的人物！」他將整個故事記下來，開始在上面做筆記。但是這本小說從沒寫出來過，筆記也不知丟到哪去了。

所有這些未寫出來的想像書逗弄著我們。就某種程度而言，可以加料，可以被排列，可以被重新想像，可以被學院拿去做研究。碼頭就是一座令人失望的橋梁；但若是望著碼頭夠久的話，我們可以想像它連接到海峽對岸。書的殘端也有同樣的功能。

但是沒有度過的人生又如何？這或許才眞正地撩人；這才是

眞正的想像書。以《泰奧摩菲拉戰役》取代《布法與貝丘雪》？至少還是本書。但如果福婁拜本人想要改變方向呢？畢竟，不當作家是很容易的。大多數人並不是作家，很少有慘烈的事情降臨到他們身上。骨相學家（十九世紀時重要的職業）曾經幫福婁拜看相，說他生來該當馴獸師。這也不是那麼不準確。我要再節錄那句話：「我吸引瘋子和野獸。」

不僅僅是我們所知道的生活。不僅僅是成功的被隱藏起來的生活。不只是關於生活的謊言，有些部分現在不能不被相信了。還有那沒被度過的生活。

古斯塔夫在私人手記寫著：「我該當一個國王，還是一條豬？」他在十九歲的時候，不過如此簡單。有生活，也有非生活；有野心對待的生活，也有豬的失敗生活。其他人嘗試指出你的未來，不過你從來沒有相信過。古斯塔夫當時又寫著：「他們對我預測了許多事情：1）我會學跳舞；2）我會結婚。等著瞧，我才不相信。」

他始終未婚，而且從沒學過跳舞。他對於跳舞那麼抗拒，他小說中的男主角都有對應的同理心，拒絕跳舞。

那麼他到底學了些什麼？他學會了，人生不是只有靠謀殺來奪取王位或是在豬圈和稀泥的選擇；有像豬的國王以及有皇室血統的豬；他學到國王也許會嫉妒豬；非生活的可能性永遠會因已經存在的生活而痛苦的改變。

在十七歲的時候，他聲稱要在海邊被摧毀的城堡裡度過一生。

在十八歲的時候，他決定因爲某種奇怪的風，他被錯誤的吹到法國：並且宣稱，他生來是交趾支那的帝王，應該抽三十六英尋長的煙斗，可以娶六千個老婆，還有一千四百個孌童伺候；卻由於氣象的失控，他只剩下巨大而不能滿足的欲望、極端的枯燥，還有飽受呵欠的攻擊。

在十九歲的時候，他打算在完成法律學業之後，到土耳其當個土耳其人，或者是到西班牙當騾夫，到埃及當駱駝夫。

在二十歲的時候，他仍然想當個騾夫，不過地點已經從西班牙縮小成安達魯西亞（Andalusia）。其他考慮的職業還有那不勒斯的乞丐（lazzarone）；不過他也願意當馬車夫，駛在尼姆（Nîmes）和馬賽之間。這些職業夠奇怪了吧？即使現代布爾喬亞旅遊也麻煩透頂，竟然會是一個「靈魂裡面有博斯普魯斯海峽（Bosphorus）⓫」的人所嚮往的？

在二十四歲的時候，他的父親與妹妹剛逝世不久，他已經在擬定母親死後的計畫：他會變賣一切，然後到羅馬、敘拉古（Syracuse）或那不勒斯去定居。

仍然是二十四歲的時候，他在路易絲・柯蕊面前表現出自己是個充滿奇想的傢伙，宣稱經過深思熟慮以後，想去斯麥納（Smyrna）⓬當強盜，至少「終有一天我會到很遠的地方居住，再也沒有我的消息」，如果當時路易絲對奧圖曼（Ottoman）強盜的故事少有興趣；因爲她對家居生活綺麗幻想要多一點。如果當時的他是自由的，能夠離開克羅瓦塞，和她在巴黎定居。他想像著他們的共同生活，他們的婚姻，相互的愛與相互的陪伴。他想像他們會有一個孩子；在路易絲死後，他會用繼起的溫柔來養育這個沒有母親的孤雛（唉，我們不知道路易絲對這個想法的看法）。成家的奇想似乎沒有持久。在一個月後連動詞時態都已經凝結：「對我來說，如果我是你的丈夫，我們在一起可能會快樂。在我們快樂之後，我們就會憎恨彼此，這是很正常的。」[2] 路易絲應該要感謝古斯塔夫的高瞻遠矚，讓她不必過這麼不盡理想的人生。

與其如此，他還是二十四歲，古斯塔夫和杜康就著地圖，計畫了一趟漫長的亞洲之旅。旅程會是六年，他倆粗略估計將花費三百六十萬法朗，再加上一些零頭。

在二十五歲的時候，他想要當婆羅門（Brahmin）⓭：那神祕的舞蹈、長髮、臉龐滴下神聖的奶油。他公開否認想當本篤隱修會修士（Camaldolese）⓮、強盜，或是土耳其人。「現在是婆羅門，要不然就什麼都不要——這樣比較簡單。」去吧，什麼都不要當，生命驅策著。還是當豬最簡單。

在二十九歲的時候，受到洪堡（Humboldt）⓯的影響，他想出發到南美洲去居住，住在大草原上，不會再有人聽到他的消息。

在三十歲的時候，他沉思——終其一生都在做的事情——他想著他的前世，他的假想生活或是轉世，在路易十四、尼祿⓰、

2 這幾句使用的皆爲過去或過去完成式的假設語氣。在閱讀上像是一生已經在這些假設中過去了。

或是培里克里斯（Pericles）⓱時代會有趣得多。他確定自己的某個前世是：身處在羅馬帝國時代，他是走江湖藝人的頭兒，像是說著花言巧語的無賴，從西西里買女人，將她們訓練成演員，所以他是師父、皮條客和藝人的無賴綜合體〔在讀普勞圖斯（Plautus）的時候，讓古斯塔夫記起這個前世化身：柏拉圖帶給他歷史的冷顫（le frisson historique）〕。我們該注意的是古斯塔夫假想的祖譜：他喜歡說他的身體裡流有印地安人的血。這似乎離事實頗遠；雖然他的祖先之一在十七世紀的確移民到加拿大，結果成了海狸獵人。

還是三十歲的時候，他計畫了一個可能性較高的人生，但結果也成了「非生活」。他和布依雷假想自己是老人，住在收容無藥可醫的病患的地方：他們是掃街的老人，口齒不清地說著：當年他們三十歲時，一路徒步走到拉霍許居庸（La Roche-Guyon）的快樂時光。而他們所模仿的老邁並沒有眞正到來：布依雷在四十八歲時離世，而福婁拜則是五十八歲。

在三十一歲的時候，他對路易絲說——假設的插曲——如果他有兒子的話，他會從幫他拉皮條這件事情上得到很大的樂趣。

也是在三十一歲的時候，他向路易絲發表了一段非比尋常的背離：他想放棄文學。他會與她同居，住在她的裡面，將頭放在她的胸臆中；他受夠了，他說，他厭煩再繼續對他的頭自瀆，讓字句噴濺而出。然而這幻想畢竟只是個冷酷的捉弄：古斯塔夫用過去式時態敘述，那是在虛弱時刻裡倏忽迸出的想法。他寧願將他的頭放在自己的手中，而不是路易絲的胸中。

在三十二歲的時候，他向路易絲坦承，他花了許多時間在：想像自己如果一年能有一百萬法朗的收入會做什麼。在這樣的夢裡面，會有僕人幫他穿上鑲鑽石的鞋；他會豎起耳朵聽他的馬匹的嘶聲，而牠的尊貴會令全英國嫉妒；他會舉辦生蠔宴，餐廳會有茉莉花盛開的攀架裝飾，鳥兒在其上啼唱。對一年一百萬法朗的夢來說，還算是便宜的呢。杜康說古斯塔夫有個「巴黎之冬」的計畫，要重現羅馬帝國的奢華鋪張、文藝復興時期的精緻，還要打造出一千零一夜的如幻仙境。他對這個冬天計畫認眞做了估算，預計「最多」可花上一百二十億法朗。杜康補充，一般而言，「計畫好像令他著了魔似的，他變得全身僵硬，像是那種吸食鴉片而恍惚的人。他好像頭腦不清楚，好像生活在黃金夢裡。這個習慣可能解釋了爲什麼他覺得平穩工作很困難。」

在三十五歲的時候，他透露「私人的夢想」：在大運河旁邊買個小公寓（palazzo）。幾個月之後，他腦中的房地產又增加博斯普魯斯旁的涼亭一項。再過幾個月，他已經準備啓程到東方去，在那裡定居，在那裡終老。住在貝魯特的畫家卡密・胡吉耶（Camille Rogier）曾經邀請過他。他可以去的；就這樣去。他可以；但他卻沒有。

然而在三十五歲的時候，他的假想生活，他的非生活，逐漸開始凋零。理由很簡單：因爲眞實的人生眞正開始了。古斯塔夫三十五歲時，《包法利夫人》印成了書，想像已經不需要了；又或者是，不同、特別、切合實際的幻想更被他所需要。對全世界來說，他將會扮演克羅瓦塞的隱士；對於他在巴黎的朋友來說，他會扮演沙龍裡的白癡（Idiot of the Salons）；對喬治・桑來說，他會扮演庫魯蕭（Cruchard）教父，一個喜歡聽婦女告解的時髦耶穌會教士；對他的親密友人，他會扮演聖玻里卡普（Saint Polycarpe），一位神祕的斯麥納主教，最後以九十五歲高齡殉教，他高喊出福婁拜的心聲：「主啊！爲何讓我在這把年紀誕生！」這些身分不再是他逃脫的庸俗託辭；這些只是玩樂，名作家核准的另類生活。他沒有跑去斯麥納當盜賊，他召喚斯麥納主教，披著他的皮膚過日。他果然不是馴服野獸的馴獸師，而是馴服野蠻人生的馴獸師。想像書的招降已完成：寫作可以開始了。

10

駁辯

The Case Against

人們爲何會想要知道最壞的一面？是因爲厭倦了總是看著最好的那一面嗎？還是好奇心永遠強過自我利益的考量？或者，更簡單地來說，想知道最壞的一面其實只是愛情裡最常見的一種變態現象？

對某些人來說，這種好奇心會以妄想的形式出現。我曾經有個病人，一個正經的上班族，換句話說，也就是一個沒什麼想像力的人。他承認他和太太做愛的時候，喜歡去想像她在強壯的西班牙人、皮膚光滑的印度水手，或侏儒們的身體下忘情地張開腿的模樣。快嚇我一跳吧！妄想強烈地要求著，發生個什麼讓我震驚吧！至於其他人，這種追尋則比較眞實。我就認識一些情侶們會把另一半的俗氣行爲看成是足以令他引以爲傲的特質：他們追求著彼此的愚蠢、彼此的虛榮心、彼此的缺點。但到底他們眞正在追求的是什麼？顯然，是隱藏在這些表面的追求之下的另一個東西。也許，是想再次確認人類其實是壞到骨子裡的，而生命則只不過是傻子所作的一場俗麗噩夢？

我愛艾倫，我想知道她最壞的一面。我從不曾特意去激怒她；也總是習慣性地保持著謹愼和守護的心態；我甚至從不發問；但我想知道她最壞的一面。艾倫對我的善意從不曾回應。她深愛著我——她會下意識的承認她愛我，彷彿這是無庸置疑的——以至於她可以毫不懷疑地相信我所有好的一面。就是這一點不同。她從不曾試著去找尋心中那收藏著記憶和殘骸的密室之門。有時就算找到了那扇門，也不一定打得開；就算門打開了，但你也只看到小老鼠的屍骸。不過至少你看到了。這就是眞正的差別所在：重點不在於有沒有祕密，想不想追根究柢才是眞正的關鍵。我認爲，這樣的追根究柢是一種愛的表徵。

以書來說，類似的情形也會發生，雖然不盡相同（這是當然的），但極爲神似。如果你喜歡某個作家的作品，就算是還不到手不釋卷的程度，但隨著閱讀頁數的增加，你越來越認同他所寫的內容，那麼，你便會不加思索地也傾向喜歡那個作家本人。他是一個好傢伙，一個好人，你會這樣假定。有人說他絞死了整團幼童軍❶並將屍體拿去餵鯉魚？不，他是好人，我相信不是他做的。但如果你愛這個作家，如果你仰賴他的文字作爲你的精神糧食，如果你想跟隨他、想找尋他——先不管現實上的種種限制——那麼你對他的了解就似乎永遠不夠多。於是他醜惡的一面也成了你追尋的目標。一整團幼童軍是嗎？到底是二十七人還是二十八人？他有沒有把他們眾多的小領巾拿來縫製拼布被呢？還有，當他站上絞刑台時眞的有引述約拿福音嗎？他是否眞的將鯉魚池饋贈給當地的童子軍❷了？

差別在於，當你發現情人或妻子最醜惡的一面時——管他原因是外遇還是不夠愛你；結果是瘋狂還是自暴自棄——你幾乎可以說是鬆了一口氣。人生其實和我想的差不多，讓我們來慶祝這個令人失望的發現吧！但是對於你所愛的作家，你本能地會爲之辯護。這正是我先前所說的，也許對作家的愛，是最純潔、最堅固的形式。你的辯詞也會因此來得容易許多。事實上，大家都知道鯉魚是種瀕臨絕種的生物，而且如果遇上太過嚴寒的冬天，再加上春雨太早來臨的話，牠們就只能以幼童軍們的碎肉作爲食物來源了。他當然知道他會因此而被處以絞刑，但他同時也清楚的知道人類並沒有面臨絕種的危險；所以他認爲那二十七名幼童軍（還是二十八名？）再加上一名中等作家（他對自己的才能總是過分地自謙），只是爲了讓這群魚活下去所付出的微小代價罷了。再進一步想：我們眞的需要那麼多的幼童軍嗎？反正他們只會長大成爲童子軍而已。如果你還會耿耿於懷，過意不去，那麼換個角度看看：至今參觀鯉魚塘的門票收入，早已足夠讓那些童子軍們在當地建造並維護數個教堂了。

所以請繼續，你可以開始宣讀他的罪狀了。我早料到會有這樣的情形。別忘了：古斯塔夫已經不是第一次當被告了。不曉得這次他犯了幾條罪？

1. 他憎恨人類。

是啊，是啊，當然嘍。你們總這樣非難他。我提出兩項申辯算是答案好了。首先是最基本的，他愛他的母親：這樣有沒有讓你那二十世紀既愚蠢又多愁善感的心感覺好一點？他愛他的父親。他愛他的妹妹。他愛他的外甥女。他愛他的朋友們。他欣賞某些人。不過他的愛情就只針對幾個特定對象，並不是來者不拒的。我認爲這樣就夠了。你還想要求他怎樣？要他去愛「全人類」，把所有的人都當成傻瓜嗎？那根本一點意義都沒有。愛人類這個說法可以擴大到愛整個銀河，或小到愛雨點。難道你能說

27. avril 1880.

SAINT POLYCARPE

M. Gustave Flaubert.

–

MENU

Potage velouté à la Bovary
Saumon, sauce Mathô
Poulet Homais
Filet Éducation Sentimentale
Jambon St Antoine
Salade au Cœur Simple
Haricots verts, Hamilcar
Glace Salammbô
Fromage (aux mangeurs de choses immondes.)
Dessert

café. vins St Julien (Légende) champagne &c

自己是廣愛全人類的嗎？你會不會太恭維自己了些？還是你想藉此獲得別人的認同？想確保自己選對邊是吧？

再者，就算他眞的恨人類好了——我比較偏愛「對人類極度冷漠」的說法——這樣又犯了什麼錯？顯然，你對人類的印象挺好的嘛！對你來說那些灌溉計畫、宗教提倡和微電子的發展都聰明得不得了啊。請原諒他的看法不同。看樣子我們得花點時間來討論這個問題了。讓我先簡短地節錄你們二十世紀的智慧大師之一——佛洛伊德（Freud）的話語。是的，你也覺得他沒什麼好挑剔的。想知道他在死前十年對於人類的看法嗎？「我不得不同意我內心深處對親愛的人們所抱持的看法——除了少數的例外：人類其實是毫無價值的。」這句話出自於這個時代裡大部分人公認最了解人心的專家口中，還眞是有點難堪，不是嗎？

來吧！這次你可得說得更具體一點了。

2. 他厭惡民主。

在他寫給泰恩（Taine）❸的信上，稱民主爲民魯（La democrasserie）[1]。看你高興，你想翻成「民—糟」，還是「民—愚」呢？或者你覺得「民—扯」比較好？的確，他對此非常不感興趣，但你也不能因此將他歸類爲專制政權的擁護者，或絕對君主制的信徒，或中產階級的君主制愛好者，或說他是官僚極權主

1 是用於哲學論述上的複合字法，將兩個不同的字首與字根組合，用於更詳盡地解釋某一觀念。-crasse指的是魯莽愚蠢的。

義，或是無政府主張者，或其他有的沒有的。其實他偏好中國式的官場制度（Mandarinate），不過他自己也承認，要將這種制度引進到法國來的機會微乎其微。或許官場制度對你而言是種倒退？如果你能原諒伏爾泰對於君主立憲制的熱情，爲什麼不能原諒一世紀後熱中於寡頭民主制度的福婁拜？至少，他不會像那些文人們一樣，天眞的以爲作家就比其他人更懂得統治世界。

重點是，他認爲民主只不過是政治歷史中的一個階段，若就此認定它是人類統治同類最好、最值得驕傲的方式，那我們未免也太自負了。他相信——或者說他並沒有忽略——人類不斷地在進步，也因此其社會形式也會隨之不斷改變：「就像奴隸制度、封建制度、君主制度一樣，民主並不會是人類社會最後出現的字眼。」他認爲，最好的政治制度是正在垂死的制度，因爲這代表了新的可能即將到來。

3. 他不相信進步。

在此，我以二十世紀爲證替他辯護。

4. 他對政治不夠感興趣。

不夠感興趣？起碼你承認他是有一點點興趣的。你是在巧妙地暗示他並不喜歡他所見的一切（沒錯），但如果他見識更廣一點，也許就會醒悟並且與你的想法一致（錯了）。在此我有兩點申辯，第一點要用你最喜歡的楷標體來顯示。*文學包含政治，而非政治包含文學。*這對作家和政治家來說，都構不上什麼新奇的觀點，但你會原諒我的。我認爲那些把書寫視爲政治工具的小說家，不只降低了寫作的格調，還愚蠢地抬舉了政治；不，我並非說要禁止小說家去表達政治觀感或發表政治宣言，只是他們應該將這部分的文字歸類爲新聞寫作。將小說視爲參與政治的絕佳途徑的小說家，通常是拙劣的小說家、拙劣的新聞記者，也是拙劣的政治人物。

相較於杜康對政治題材的極度關切，福婁拜則偶爾爲之，你比較中意誰？前一個。兩者之中誰才是偉大的作家？後面那個。他們的政治立場爲何？杜康後來變成一個冷漠的社會改良論者，而福婁拜則仍然是一個「憤怒的自由主義者」，驚訝吧？就算福婁拜將自己形容爲冷漠的社會改良論者，我的看法仍是：現代人怎麼老期望過去的人拍自己的馬屁？多麼奇怪的虛榮。當前的人們看待前一世紀的偉大人物時總忍不住會想，他是不是和我們同一國？他是個好人嗎？簡直就是一副缺乏自信的樣子：現在的人一方面想要藉由宣告過往政治的可接受性來彰顯自己的寬大，另一方面還享受著這樣的自我奉承，期望因此得到支持以再接再厲。如果這就是你認爲福婁拜先生對政治「不夠感興趣」的原因，那麼在這一點上，恐怕我的委託人是有罪的。

5. 他與巴黎公社為敵❹。

我之前的陳述即是這個問題的部分答案。還有另一個原因，鑑於我的委託人其性格上令人難以置信的弱點，他一向反對人類自相殘殺。你可以說他太過拘謹，但他眞的不贊成這種作法。我得承認他從來沒有親手殺過人，事實上，他連試都沒試過。他保證下次會改善。

6. 他是一個不愛國的人。

請讓我先笑一個。哈。這樣好多了。我還以爲現在愛國主義已經不算是件好事了呢；而且我們也都認爲與其背叛朋友還不如背叛國家算了。難道不是嗎？還是說世間的價值觀又被改變了？你希望我說些什麼呢？在1870年9月22日，福婁拜替自己買了把左輪手槍；爲了準備抵抗普魯士的進攻，他在克羅瓦塞召集訓練了一群雜牌軍，並且帶領他們做夜間巡邏的工作；還告訴他們假如發現他想逃跑的話就殺了他。當普魯士人獲勝後，他除了照顧年邁的老母親之外，其實也沒辦法再多做些什麼了。當然他可以自願去參加軍隊的醫療單位或什麼的，但是有誰會收一個患有梅毒和癲癇的四十八歲男子？再加上他除了曾經在沙漠裡射擊過野生動物之外，全無半點軍事經驗……

7. 他在沙漠裡獵殺動物。

哦！拜託，這實在太雞蛋裡挑骨頭了。況且我還沒有結束愛國主義的話題。請容許我在此簡短談談小說家的天性。對小說家而言，最輕而易舉的事情是什麼？就是恭維他所處的社會：欽佩它的強大，讚美它的進步，並輕易地帶過它的愚蠢行爲。福婁拜宣稱：「我既是法國人，也可以是中國人。」不，他沒有說他更像個中國人：假如他眞的在北京出生，毫無疑問他也會讓那兒的愛國主義者對他非常失望。最偉大的愛國情操是，在你的國家從事卑鄙、愚蠢、邪惡的行爲時，能夠勇於指正。作家必須是天生的流浪者，有著放諸四海皆準的同理心，這樣才能看得更透徹。福婁拜永遠與弱勢者站在同一邊，和「貝都因人、異教徒、哲學家、隱士、詩人」站在一起。在1867年的時候，有四十三名吉普賽人在庫拉翰（Cours La Reine）紮營停留，此舉引起盧昂當地民眾的憤慨不滿，但福婁拜以他們的出現爲樂，還捐錢給他們。無疑地你會因此想誇他一下。不過如果他知道自己在未來的世界中會因此得到贊同，大概就會把錢留給自己了。

8. 他不夠參與生活。

「就算你不是醉漢、愛人、丈夫或軍人，你還是可以描繪出美酒、愛情、女人與榮譽。如果你太過參與生活，就不能將之看清楚：你要不太過享受，要不就是深受折磨。」他這樣說並不代表他承認有罪，而是在抗議指控的用詞不當。你所謂的人生是什麼？政治？我們已經討論過這一點了。感情生活？從他的家人、朋友和情婦身上，古斯塔夫早已了解人生中所有的起起落落。也許你指的是結婚？眞是個可笑的控訴，能不能換點新說辭。結過婚的人就能寫出更好的小說嗎？子女成群的作家難道就好過無子嗣的作家？我眞想看看你的統計報告。

對作家來說，最好的人生是可以幫助他寫出最好的書的人生。你能確定我們的判斷會比他自己的判斷來得正確嗎？照你的說法，福婁拜是比多數人還認眞地「參與」生活的；相較之下，亨利・詹姆士簡直就像是修女了。福婁拜也許曾試著要生活在象牙塔裡——

8a. 他試著生活在象牙塔內。

但是他失敗了。「我一直想試著生活在象牙塔裡，但陣陣的狗屎卻敲打著它的牆壁，使得這象牙塔危在旦夕。」

這裡有三點必須要提出來澄清，第一點，作家會決定——在他的能力範圍內——他在你所謂的人生經歷方面到底該涉入到何種程度。先不管福婁拜的名聲如何，他選擇的是中庸的作法。「喝酒的歌往往不是醉漢寫的」，他明白這道理。反之，也不是滴酒不沾的人寫出來的。也許他的比喻才是最貼切的，他說作家必須本著涉水入海一樣的勇氣投入生活之中，但不能就此淹沒，只要到肚臍的高度就夠了。

第二點，當讀者挑剔著作家的生平時——爲什麼不這麼做呢？爲什麼不去向報社抗議？爲什麼不更積極參與生活？——他們其實眞正想問的是一個更單純、更無意義的問題：爲什麼他不像我們一樣？如果作家跟讀者一樣，那麼他就會是個讀者，而不是個作家了。就這麼簡單。

第三點，這些指責的重點和他的書有何關聯？想必人們並不只是單純地遺憾福婁拜未能更加地深入生活之中：如果老古斯塔夫有結婚、有孩子的話，他就不會如此陰沉地看待這整個人生嗎？如果他在政治上有所發揮、有份好工作，或者在他的老學校裡當個公務員，他會不會就活得更像他自己？你可能認爲他們作品中的一些缺點，會因爲作家改變其生活方式而獲得改善。若眞是如此的話，就請你說說看會是怎麼一回事了。不過對我自己而言，我實在無法這樣想像。例如說，在《包法利夫人》書中所描寫的鄉下人舉止在某方面來說少了一點什麼，想要彌補這種情形，那個作者就得夜夜和某個偏遠山區勞苦的牧人們乾杯廝混才行。

9. 他是個悲觀主義者。

喔！我開始明白你的意思了，你希望他的書更活潑，更……怎麼說呢……更激勵人心？你對文學的看法還眞是奇特。你的博士學位是在羅馬尼亞拿的嗎？怎麼我還得替作家的悲觀辯護啊？這倒是前所未聞。我拒絕這麼做。福婁拜說過：「好意並不足以產生藝術。」他也說：「大眾需要的是能滿足他們幻想的作品。」

10. 他沒有宣揚優良品德。

現在你終於把話講開了。原來「品德優良」與否才是我們評斷作家好壞的標準啊？我想我得暫時按你的方式出招，畢竟在法庭上就是得如此。讓我們來瞧瞧從《包法利夫人》到《查泰萊夫人的情人》（*Lady Chatterley's Lover*）❺以來，那些指責它們過於淫穢的眾多罪名吧：被告的答辯總是兼具了機智應對和恭敬順從的要素，他們說這是一種策略性的僞善（這是本色情的書嗎？不，法官大人，我們認爲它比較像是催吐劑的功能，不至於會使讀者產生摹仿效應。此書是否鼓勵通姦？不，法官大人，看看那個不斷放蕩享樂的可憐罪人她最終所得到的懲罰就知道了。此書是否會對婚姻制度造成威脅？不，法官大人，它是藉由描述一段非常惡劣無望的婚姻來教導世人，只有遵循基督的教誨，你才能得到幸福美滿的婚姻。此書是否冒瀆不敬？不，法官大人，作者的心思是非常純潔的）。以法庭辯論而言，這一套的確是挺有用的。但有時我還是會覺得心有不甘，當這些辯護人在為眞正的文學作品出聲時，往往不能直接予以反擊（這是本色情的書嗎？法官大人，我們還希望它是呢。此書是否鼓勵通姦並且會對婚姻制度造成威脅？一點也沒錯，法官大人，我的委託人就是這麼打算的。此書是否冒瀆不敬？我的老天，法官大人，這和耶穌身上的纏腰布一樣明顯吧。法官大人，允許我這樣來說吧：我的委託人認為他身處的這個社會上的大部分價值觀都遜斃了，他希望藉此書來鼓勵亂倫、手淫、通姦，還有向牧師丟石頭，再加上——難得法官大人你認眞在聽——把腐敗的法官們全都吊起來處罰。辯護到此告一段落）❻。

簡單來說，福婁拜教你認清事實的眞相，並且正視它所帶來的影響。就像蒙田一樣，他教導你不要輕易相信一切，凡事抱持著懷疑的態度；他也教導你要仔細分析事實的每一個層面，並且去體會**自然**其實就是個多樣的複合體；他教你語言最正確的使用方法；他教導你別為了尋找道德或社會上的良藥去看書——文學並不是處方箋；他教導你**眞實**、**美**、**感覺**和**風格**的卓越性。如果你仔細研究他的生平，他會教你勇氣、斯多葛哲學❼和友誼；有關智慧、懷疑和機智的重要性；以及廉價愛國主義的愚蠢、能獨自一人待在房裡的美德、對僞善的憎惡、對空泛理論的不信任，以及清楚表達的必要性。你比較喜歡這種描述作家的方式嗎？（對我而言這些一點都不重要。）這些夠了嗎？我暫時先給你這些；不過我似乎讓我的委託人難堪了。

11. 他是個虐待狂。

一派胡言。我的委託人是很溫柔的。請舉出他一生當中任何殘酷或不仁慈的行爲。我告訴你，他所做過最不仁慈的事情是：他在宴會之上被逮到對一位女士粗暴，沒有任何明顯原因，當被追問起來的時候，他的答覆是：「因爲她可能會打擾到我的工作。」據我所知，他最差勁的行爲莫過於此。除非你將埃及的事情也計算在內，他明知自己有梅毒還想跟妓女上床，我得承認，這眞是有點欺負人。但是他沒有成功：這名女孩，基於職業上的謹愼考量，提出檢查對方的要求，他當場拒絕，於是他就被請出去了。

他當然也讀薩德（Sade）❽伯爵的書，有哪個受過教育的法國作家不讀薩德？我推斷他在法國知識分子裡面頗受歡迎。我的委託人告訴龔固爾兄弟，說薩德是「娛樂性的廢話」。此外，他的確收藏了一些可怕的紀念品；他喜歡描述戰慄恐怖；在他早期作品裡也曾出現過一些駭人的情節。但你說他有「薩德式的想法」？眞令我百思不得其解。你特別指出《薩朗波》書中那些令人震驚的暴力描述。我的回應是：難道你認爲這些都只是他憑空想像的嗎？莫非你認爲古時候只有玫瑰花瓣、豎琴樂音，和熊脂蠟封的蜜罐嗎？

11a. 他在書裡殺了很多動物。

他的確不是華特・迪士尼（Walt Disney）❾。我也同意他對殘酷的行爲很感興趣。事實上，他對一切都有興趣。除了薩德，古羅馬暴君尼祿也是一例。來聽聽他對他們的看法：「這些魔鬼般的人讓我更加了解歷史。」我必須聲明，他當時才十七歲。他還說過：「我喜歡被擊敗的對手，也喜歡那些勝利者。」他不斷地努力嘗試，像我之前提過的，不只要當個法國人，也要當個同等的中國人。在樂高恩（Leghorn）❿有個地震發生：福婁拜並沒有大書特書他對這件事的同情。他爲受難者心感悲泣的程度，就如同他同情那些幾世紀以前死在暴君磨石下的奴隸一樣。令你震驚吧？這就叫作擁有歷史的想像力，不光只是身爲世界公民，而是永恆時間的公民。就如福婁拜所形容：「天地間所有的生命形式都應待之如同胞，無論他是長頸鹿、鱷魚還是人類。」當個作家就該如此。

12. 他對女人野蠻。

女人愛他。他享受她們的陪伴，而她們也享受他的陪伴。他是豪邁、愛調情的人；他和她們上床，但並不想娶她們回家，難道這也是種罪？也許和同時代的同僚相比，有時他對性的看法的確太過尖銳。但話說回來，整個十九世紀中又有誰可以說是全然無罪的呢？至少他很誠實的面對性交易：也因此他才會愛妓女多於愛女工。這樣的誠實態度著實帶給他比僞善更多的麻煩——路易絲・柯蕊就是個很好的例子。當他告訴她眞相時，聽起來的確很殘酷。但她眞的很討人厭，不是嗎？（讓我先回答自己的問題，我覺得她很討人厭；她聽起來就很討人厭；雖然我們得承認只聽到古斯塔夫單方面的說法。也許該有人爲她陳述立場才是：對喔，怎麼沒人想要重新建構路易絲・柯蕊的說法？也許我該試試。我會的。）

請容許我這麼說，許多你對他的指控或許應該重新被歸類在這個標題之下：「他一旦認識我們，就不會喜歡我們了。」這一點他可能會承認有罪，只爲了瞧瞧我們臉上的表情。

13. 他相信美。

有東西塞住我的耳朵了。可能是塊蠟。給我一點時間，讓我捏住鼻子鼓氣到耳膜去試試。

14. 他對風格著了魔。

別胡謅了，難道你還執著於小說也要像高盧地區一樣被瓜分成三部分：創意、形式和風格？這僅僅是你小說入門的步數罷了。想知道寫作的至理名言嗎？很好。形式並不只是披在思想血肉上的外套而已（說法眞老套，連在福婁拜的時代都顯得老套），它就是思想血肉本身。沒有創意的形式，或沒有形式的創意，都是行不通的。藝術的一切繫乎其執行方式：寄生蟲的故事也能像亞歷山大（Alexander）的故事一樣動人。你必須根據自己的感覺來寫作，要確定這些感覺的眞實性，並將其他無關的東西全部丟棄。一行精彩的句子它會自別於任何流派。散文的句子也要像詩句一樣雋永。要是你寫得太好，別人還會說你是缺乏創意呢。

上述格言全都出自於福婁拜，除了布依雷說的那一句。

15. 他不相信藝術有其社會意義。

沒錯，他不相信。這還眞是累人。儘管喬治・桑如此寫著：「你製造不安，我生產安慰」，對此福婁拜則回信：「我不能改變自己的眼睛。」藝術作品就像是座聳立在沙漠裡的金字塔般毫無用處：豺狼在基柱上撒尿、中產階級攀登上它的頂端；我還可以類推下去。你希望藝術能治療傷痛嗎？那麼該派出喬治・桑號救護車。你想要藝術說實話？那麼我們會派出福婁拜號救護車：不過如果車子來的時候從你腳上輾過去，也無須太驚訝。奧登說過：「詩並不能成就任何事情。」千萬別以爲藝術能提升什麼或讓你增加自信，藝術又不是「胸罩」(brassière)。至少在英文裡沒這個意思。但別忘了在法文裡面，brassière指的是「救生衣」。

11

路易絲・柯蕊的說法

Louise Colet's Version

現在聽我的故事。我堅持。聽著，挽著我的手臂，就像這樣，我們就走吧。那邊有座橋。我有故事要說；相信你一定會喜歡的。讓我們沿著碼頭過那座橋——不，是第二座橋——或許我們可以找個地方暢飲干邑酒，直到瓦斯燈暗去，然後再走回來。來吧，你沒有被我嚇到吧？不然怎麼這個表情？難道你覺得我是個危險的女人？莫非這是種阿諛——好吧，我接受你的讚美。還是……還是我將要說的事情會讓你害怕？啊哈……好吧，現在太晚了。你已經挽著我的手臂了；不能就這樣甩開。況且我比你年長。保護我是你應盡的職責。

我對毀謗不感興趣。如果你想的話，可以將你的手指滑到我的前臂；對，就是那裡，感覺到脈搏的跳動沒有。今晚我沒有復仇的心。有些朋友對我說，聽著路易絲，你必須以牙還牙以眼還眼，以謊言對抗謊言。但我又不希望這麼做。當然我也說過謊，我是——你們男人喜歡用的那個字是什麼？——我要過心機。但女人只有在脆弱的時候才會心機百出，她們是因爲恐懼的緣故才說謊。男人在強壯時要心機，他們因自大而撒謊。你不同意嗎？這只是我的觀察罷了；你也許不同，我想。你看到我有多冷靜嗎？我很冷靜因爲我感到強壯。而且……什麼？如果我很強壯，那我就如同男人般要心機？算了，別搞得這麼複雜。

我的人生才不需要古斯塔夫。瞧瞧這些事實，我三十五歲，既美麗，又有……聲望。風靡南法和巴黎，我兩度得到學院詩獎。還翻譯莎士比亞。雨果尊我爲姊妹，貝朗熱（Béranger）❶稱我爲繆斯。至於私生活方面，我的丈夫是受人敬重的專業人士，我的……護花使者是同輩中出色的哲學家。你還沒有讀過維克多・庫申（Victor Cousin）❷？趕快去拜讀吧。他有卓然出眾的心智，是唯一眞正懂得柏拉圖的人。是你的一個哲學家朋友希爾（Hill）先生的朋友。還有其他人——或說即將有——繆塞（Musset）❸、維涅（Vigny）❹、尙弗勒里（Champfleury）❺。我不必自我吹噓征服了多少人；哪有這個必要。你知道我的意思了。如果我是燭光的話，他就是那飛撲的蛾。蘇格拉底（Socrates）的情婦不屑對籍籍無名的詩人微笑。我是他遇到過的好對象，他卻不是我的。

我們在普拉第耶（Pradier）家邂逅，這眞是十分平庸的相遇，不過他卻不這麼認爲。在雕刻家的畫室裡，大家隨性聊天，有不著衫的模特兒，半時髦和四分之三時髦的世界混在一起。對我而言，此情此景是很熟悉的（不過就在幾年前，我和一個背部僵硬的醫科學生跳舞，他的名字叫作阿西爾・福婁拜❻）。當然我可不是普通觀眾而已，我的身分是代表普拉第耶。古斯塔夫這個人呢？我不願意這麼說，但是當我第一次看到他，我立刻知道他是哪種類型的，這個高大瘦長的鄉下漢，因爲終於打入一直想進的藝術圈而沾沾自喜。我知道他們外省說話的方式，故作鎭靜，其實是恐懼的僞裝：「到普拉第耶家，好孩子，那裡有的是想成爲你情婦的小演員，她們會心存感激的。」所以那個在土魯斯（Toulouse）、普瓦提耶（Poitiers）、波爾多（Bordeaux），或是盧昂的男孩子，偷偷地對於首都長征感到渴望，覺得自己的腦子滿滿都是勢利和欲望。你知道嘛，這種心情我了解，因爲我也在外省待過。幾十年前我從艾克斯（Aix）[7]來。從那麼遙遠的地方而來，我看得出其他風塵僕僕者。

古斯塔夫只有二十四歲。對我來說，年齡不是重點；愛情才是最重要的。我根本不需要古斯塔夫存在我的生命裡。就算眞想要個情人的話——我承認我的老公財富不足以炫耀，我與哲學家的友誼當時也的確不太平順——我還是不會選古斯塔夫。但我對於肥胖的銀行家沒有興趣。除此之外，你既不能挑又不能選，不是嗎？你是被選中的；你被一張神祕的愛情選票圈選中了，不選根本不可能。

年齡的差距不會讓我感到害羞？爲什麼會？你們男人在愛情裡眞是保守，想像力眞是局限；這就是爲什麼我必須奉承你，用些小謊言來套住你。我三十五歲，古斯塔夫二十四歲。我說了，然後跳過這件事。也許你不想跳過；如果是這樣，我就回答你還沒有問的問題。如果你想要檢驗參與這段感情關係兩人的心理狀態，你不用檢查我的，應該檢查古斯塔夫的。爲什麼？我先給你幾個日期吧。我是在1810年9月的第15天出生的。你還記得古斯塔夫的施雷辛格女士吧，讓年輕的他首次在心上留下傷痕的女人，和她在一起沒有生機與希望的女人，那個讓古斯塔夫私下誇耀的女人，那個讓他築起心牆的女人。（你還指控我們的性關係是虛榮的浪漫？）嗯，這位伊麗沙·施雷辛格也是1810年出生的，也是9月。晚我八天，也就是23日。是不是有些怪？

11

你看我的方式有點熟悉。我推測你是想要我談一談，古斯塔夫究竟是個怎樣的情人。男人，我知道，渴望談論這類事情，又要裝出輕藐的態度；就像談論最後一餐吃些什麼，要一道一道分開來談。疏離得很。女人就不是，至少她們在敘述時注重的細節和弱點，很少著重在男人感興趣的肉體部分。女人注意的是顯露出性格的部分──不管是好還是壞。男人則只期待聽到諂媚的部分。他們在床上是如此虛榮，比女人虛榮得多。在床笫之外，兩性比較相稱，我承認。

我會更加隨性回答你的問題，因爲你就是你；而且因爲我在談的男人是古斯塔夫。古斯塔夫喜歡訓誡人，他告訴大家，藝術家必須是誠實的，說話千萬別像個布爾喬亞。如果要我掀開來說，他才是最應該被指責的人。

他是飢渴的，我的古斯塔夫。老天可以作證，很難說服他來見我，不過一旦他來了……我們之間的爭端可從來沒有在外省的夜裡發生過。在那裡，我們電光石火地擁抱著；熱烈的渴望與溫柔的愛撫交纏。他帶了罐密西西比河的水，說他要爲我的胸部施洗以證明他的愛。他是個健壯的年輕人，我喜歡他的強壯：有次他在信上署名「你那阿韋龍省（Aveyron）來的野男孩」❽。

沒錯，他像個年輕男人一樣，有著永恆的錯覺，以爲女人衡量熱情的方式，是估算一整晚遭受幾次攻擊。在某種程度上我們都是這樣的：有誰會否認？而且這也算是讚美，不是嗎？但到了最後這不是最重要的。而且一段時間過去，就會變成像軍事出操一樣。古斯塔夫對於他享受過的女人都會有特殊說法。他提到他在西格內路（rue de la Cigogne）常找的一個妓女，向我吹噓：「我對她發了五槍。」這是他常用的措辭。雖然粗俗，但是我不介意：我們都是藝術家。然而，我注意到當中的暗喻。對一個人開越多槍，更容易置一個人於死地。男人是不是都想這樣？他們需要一具屍體來證明自己的男子氣概？我猜想他們確實如此，對女人來說，諂媚的邏輯就是在運輸過程要記得放聲喊叫出「喔！我不行了！我不行了！」這類的句子。在愛的回合之後，我常覺得腦袋變得清明至極；可以把事物看得更清楚；也會覺得詩意湧現。但我懂得不要喋喋不休地打斷我的英雄；假裝自己是心滿意足的死屍。

在外省的夜晚裡盡是和諧。古斯塔夫既不害羞，品味也多樣化。而我無疑是——我也就不謙虛了——在他睡過的女人當中，最美麗、出名、最被渴望的（大概只有一個奇怪的野獸算得上是我的競爭對手，這個我們稍後再談）。他面對我的美貌有時會緊張；其他時候，他很無謂的沾沾自喜。我了解。在我之前，他有過妓女，但還有女店員們（grisettes）[9]，以及朋友們。還有恩尼斯、阿弗列德、路易、馬西姆那群學生幫，這是我對他們的看法。雞姦行爲確定了兄弟情誼。這樣說也許有欠公允，因爲我沒有確切時間、涉入人事的實據。我只知道古斯塔夫從來沒有對煙斗（la pipe）的雙重協定（doubles ententes）感到厭煩，而且他總是不厭倦看我趴在床上。

你看，我是不一樣的。妓女都太頭腦簡單了，女店員也能被錢收買；男人就不一樣——不管交情多麼深，都有其極限。那麼愛情呢？以及迷失自己呢？還有合夥關係、和平等關係呢？他不敢冒險。我是唯一完全吸引他的女人；出於恐懼，他選擇羞辱我。我想我們都應該同情古斯塔夫。

以前他常常送我花。一些特別的花；一個異於傳統情人的傳統心意。有次他送我一朵玫瑰。那是某個星期天，他從家裡花園籬笆摘下的。「我親吻它，」他寫著，「快放到你的嘴裡，接下來放進——你知道我說的是哪裡……再見！一千個吻，從夜晚到清晨，從清晨到夜晚，我都是你的。」誰能抗拒這樣的感情？那晚我親吻著玫瑰，寢臥在床上，將花放在他希望我放置的地方，隔天早上起來，那朵玫瑰因爲夜間的睡姿只遺留香氣的部分。床單聞起來有克羅瓦塞的味道——那時我還不知道會被禁止前往那個地方；我的腳趾間還夾著一片花瓣，我的右腿內側有點輕微的刮傷。原來那個飢渴又笨拙的古斯塔夫忘記除去莖上的刺。

下一朵花可就不是愉快的經驗了。古斯塔夫到不列塔尼去旅遊。我不應該小題大作嗎？一去就是三個月！我們才相識不到一年，而且全巴黎的人都聽聞了我們的激情，他竟然選擇和杜康去遊歷三個月。我們本來可以像喬治・桑和蕭邦（Chopin）那樣，或者比他們更偉大！但是古斯塔夫卻決意和他那個懷野心的男玩童匿跡三個月。我不該小題大作？難道那不是直接的侮辱，爲了羞辱我？他竟然還說，當我在公眾場合表達對他的感情時（我又不以愛爲恥——爲什麼要逃避？如果必要的話，我也會在火車的候車室表現出來），他說我讓他難堪。想想看！他拋下我。在他離開之前，在他寫給我的最後一封信上面寫到，最後通牒

（ultima）。

那當然不是他最後的一封信。他在沉悶的鄉野才沒逛多久，假裝對荒廢的城堡和單調的教堂感興趣（三個月！），然後就開始想念我。信件陸續抵達，有道歉，有懺悔，懇請我務必回信。他老是這樣子，在克羅瓦塞的時候，他夢想著炎熱的沙漠和閃爍的尼羅河；當他到了埃及，又開始幻想著濃霧和閃爍的克羅瓦塞。他並不是那麼鍾愛旅遊，他只是喜歡旅遊的念頭和旅遊帶來的回憶，但並不是旅遊的本身。唯有在這一點上，我和杜康的看法一致，他說古斯塔夫最喜歡的旅遊方式是躺在睡椅上，看著風景在身邊經過。至於在他們倆最出名的近東之旅，杜康（對，就是那個討厭的杜康，不可靠的杜康）堅稱，古斯塔夫在旅行當中都呈現著懶散的狀態。

但總而言之，當古斯塔夫在無聊而落後的外省流浪，和他的壞朋友一起的時候，他又送了我另外的一朵花，那是從夏多布里昂（Châteaubriand）[10]的墓碑旁摘下的。他寫到聖馬洛（St. Malo）寧靜的海、粉紅色的天空、甜美的空氣。場景何其美妙，不是嗎？在多岩石的海角上的浪漫主義者之墓；偉大的人長眠於此，他的頭朝著海洋，聽著永無休止潮起潮落的浪濤聲；而一位年輕作家，內心滿溢著才氣，跪在墓前，看著傍晚傾瀉出的粉紅色天幕，反省著——以一個年輕男人習慣的方式——永恆、生命的難以捉摸、崇高的安慰，他採擷了根植於夏多布里昂身後塵土的花朵，送給他在巴黎的美麗情婦……我能不被這個舉動感動嗎？當然不行。但是，摘一朵墳墓旁的花，送給一個不久前才在收到的信上寫了最後通牒的人，我沒辦法不去品察當中的意涵。而且我沒法不去注意信是從龐托森（Pontorson）寄出的，距離聖馬洛有四十公里。難道他是爲自己摘花不成，然後過了四十公里後開始對花厭煩？也或許是——我會有這樣的想法，都是因爲曾經躺在古斯塔夫身旁，他有著具傳染性的靈魂——他根本是在別處摘的花？他的矯情姿態會不會有點遲？誰能在愛裡面抗拒階梯精神（l'esprit de l'escalier）？

我的花——我記憶中最清晰的一朵——是在溫莎公園（Windsor Park）摘下的，就在我前往克羅瓦塞的悲慘際遇和遭到拒不見客的侮辱之後，在殘酷、痛苦、恐怖全交織在一起之後。無庸置疑地，你一定聽說過另外的版本？事實是很簡單的。

我必須見他。我們必須談談。解除愛情絕對不像開除髮型師那麼簡單。他不願意到巴黎來，所以我去找他。我搭火車到盧昂（這一次總算跨出了芒特），然後搭船順著流水到克羅瓦塞；在我的靈魂裡，希望和恐懼爭鬥，年老的槳夫也與水流對抗。有幢迷人的白色英國式矮房出現在視線裡；在我覺得，是一幢會笑的房子。我下了船；我推開鐵門；卻沒辦法再走近一些。因爲古斯塔夫不准我進門。某個在穀倉工作的老太婆把我趕走。他不想和我在家中見面，也不屑到我的旅館來見我。我的船夫載我回去。古斯塔夫自己則搭上蒸氣船，在河上超越我們，早我一步抵達。眞是鬧劇，也是悲劇。我們到我的旅館去。我在說話，但他不聽。我談到幸福的可能性。幸福的祕訣，他說，在於已經幸福。他不能理解我的痛楚。然後他用壓抑克制的方式擁抱我，那可眞是種侮辱。他叫我和維克多・庫申結婚。

我飛到英國去。我不能忍受繼續待在法國片刻：我的朋友們都明白我所受到的衝擊。我到了倫敦。在那邊我受到熱情的款待。我認識了許多不尋常的人。我遇到馬志尼（Mazzini）⓫、居巧利伯爵夫人（Countess Guiccioli）⓬。和伯爵夫人是在一個令人開心的場合上認識的，我們很快變成朋友——但私底下，同病相憐的朋友。喬治・桑和蕭邦，伯爵夫人和拜倫，會不會也有人提到福婁拜和路易絲・柯蕊？我向你坦白說，這讓我沉默地悲傷很久，我試著藉哲學來排解。我們會有什麼結果？我會變成什麼？我一直問我自己，對愛情有企圖是錯的嗎？是錯的嗎？回答我。

我去了溫莎。我記得有座覆蓋了常春藤的精緻圓塔。我在公園裡徘徊，摘了株三色堇給古斯塔夫。我必須告訴你，他對花的了解所知有限。我不是指植物學方面——他大概都學過，就像他學習其他事物一樣（女人的心除外）——但他對它們的象徵意義不甚了解。花語是最優雅的語言：溫柔、典雅又精準。當花的嬌媚和它所代表的美麗情感呼應了送花者的心意……這種幸福是紅寶石之類的禮物難以超越的。花會凋謝的事實令這種幸福帶著沉痛。也許花兒凋謝時，他已經及時送上新的……

古斯塔夫一點都不了解這些事。他那種人像是勤奮苦讀之後，最後可能從花語裡面學到兩個措辭：劍蘭放在花束中間時，開花的數目表示約會的時辰。而牽牛花則表示信件已被攔截。他也許能學會這麼粗淺而實際的用法。就拿玫瑰來說（不分任何顏色，雖然在花語裡，五種顏色代表了五種不同的意義）：先放在你的唇中，接著放在雙腿間。這就是古斯塔夫所能做到的最強烈的殷勤。我確定他一定不了解三色堇所傳遞的意義；就算他努力去了解，也一定會搞錯。白色象徵：「你為什麼要避開我？」粉紅色象徵：「我應該把我自己送給你。」藍色象徵：「我應該等待更好的日子到來。」猜一猜我在溫莎公園裡面摘的是什麼顏色。

他到底懂不懂女人？這點我常常很懷疑。我記得，有次我們為了他那個尼羅河的妓女庫楚克．哈內姆（Kuchuk Hanem）⓭爭吵。古斯塔夫有寫遊記的習慣。我要求閱讀他的遊記。他一再拒絕，我一再要求，一直僵持不下。最後他終於同意讓我看。那些並不……令人愉快。古斯塔夫對於東方感興趣的地方，我認為很丟臉。一個名妓，一個昂貴的名妓，將自己塗滿檀木香油，藉以蓋住她渾身噁心的臭蟲氣味。我要問，這令人振奮嗎？美麗嗎？稀珍又華麗？還是污穢與令人作嘔的平庸罷了？

這根本非關美學的問題，這點不是。當我向他表達我的厭惡之情，他卻將之解讀成嫉妒情結。（我是有一點點嫉妒——愛人的日記裡面隻字未提到你，卻滿是醉醺醺的省略符號，還有身上有寄生蟲的妓女，任誰都會生氣吧？）也許古斯塔夫會認為我只是嫉妒，也是可以理解的。可是聽聽看他的辯詞，聽聽他對於女性心情的認知。別為了庫楚克．哈內姆而嫉妒，他告訴我。她是個東方女人；一個東方女人只不過是機器，男人對她來說都是一樣的。她對我沒有感覺；她老早就把我忘記了；她的生活是令人昏昏欲睡的循環，抽菸，去浴池，畫眼線，和喝咖啡。她的肉體享受一定很微弱，因爲早在年紀很小的時候，那個著名的按鈕，享樂的座位，已經被啓動了。

這算哪門子的安撫？哪門子的安慰？因爲她不會有所感覺，所以我不應該嫉妒！這個男人竟然自稱了解人心！她是個殘缺不全的機器，而且她已經忘了他：我會爲此而感到舒坦嗎？這種火上澆油的慰藉方法，讓我對尼羅河畔和他性交過的奇怪女人，或多或少有了更多猜測。我和她之間還能差距更多嗎？我是西方人，她是東方人；我是完整的，她是殘缺的；我和古斯塔夫在心靈深處有交流，他們做過短暫的性交易；我是一個獨立自主的女性，而她則被囚禁在出賣肉體的籠子裡；我是一絲不苟、得體和有教養的；她是污穢、發臭和野蠻的。也許聽起來有點怪，但我眞的對她感到興趣，一枚硬幣總是對於反面感興趣。多年後，我去埃及旅行，我試著找她。我去了阿司那（Esneh）。我找到她住過的那幢骯髒小屋，但是她不在那裡。說不定她聽聞我的到來而提早開溜了。說不定我們最好還是不要相見；硬幣不應該看到它的另一面。

古斯塔夫從前總是羞辱我，當然，甚至是打從一開始就是這樣。我不能直接寫信給他，必須透過杜康轉信。我也不能去克羅瓦塞拜訪他。我不能和他的母親碰面，雖然事實上有次我們在巴黎的街頭互相介紹。我剛好知道福婁拜夫人認爲他的兒子待我很差。

他也在其他方面羞辱我。他對我說謊。向他的朋友說我的壞話。我發誓這是眞的，他還取笑大部分我所寫的東西。他假裝不知道我很窮。他吹嘘自己在五蘇錢的妓女身上得到愛的疾病。他對我採取公開的報復，我曾經給他一枚印章作爲愛的象徵，他在《包法利夫人》以嘲弄的方法寫出來。這個人還曾經高談闊論說藝術應該非關個人！

讓我告訴你古斯塔夫還會如何羞辱我。當我們的愛苗初萌，我們會互相餽贈禮物——不過是小紀念品，通常本身沒有什麼意義，但彷彿代表了送禮之人的精髓。我送給他一雙我的拖鞋，他享受了好幾個月、好幾年；不過我猜想他現在已經將它們燒掉了。有次他送我一個紙鎮，就是那個放在他書桌上的紙鎮。我眞的非常感動，這是作家所能致贈另一個作家最完美的禮物，之前壓住他文章段落的紙鎮現在可以壓住我的詩文。也許是我太常對此發表意見，也許是我表達情感的方式太過誠懇。後來古斯塔夫告訴我：他把紙鎮脫手並不感到悲傷，因爲他已經有了新的、一樣好用的紙鎮。我想不想知道它的模樣？如果你想告訴我的話，我這麼回答他。他的新紙鎮，他說，是船桅的一部分——他用手勢做出誇張的尺寸——那是他父親用接生鉗從一名老海員的臀部取出來的。那個海員——他繼續說，彷彿是這些年來聽過最精彩的故事——說他不可能不知道船的桅桿怎麼會在這裡。古斯塔夫他仰頭大笑。這件事情他認爲最有趣的地方是，他人是如何知道這塊木頭是從哪一根桅桿來的。

爲什麼他要這樣羞辱我？在愛情裡面常常發生這樣的事情，我的活力、我的自由、我的男女平等觀念本來是最吸引他的，到頭來卻激怒他。但我相信一定不是這樣的。我知道不是這樣，因爲他怪誕與粗魯的方式在我們相愛的最初就開始了，甚至是他最愛我的時候。他在第二封信上寫著：「我看到搖籃的時候永遠會想到墳墓，看到裸體的女人會讓我想像到她的骸骨。」這些都不是普通愛人的感情。

後世也許會有簡單的定論：認爲他侮辱我，是因爲我是可鄙的，反正他是個天才，他的評論當然是正確的。不是這樣的，根本不是這樣的。他怕我：所以他才會對我殘忍。可以分成熟悉與不熟悉的兩方面來說。第一個層面，他怕我，像大多數男人一樣懼怕女人：因爲他們的情婦（或是他們的妻子）了解他們。有些男人不算是成人。他們渴求女人了解他們，他們會說出所有的祕密；然後，當他們被了解了以後，他們恨女人，因爲太了解他們。

第二個層面——比較重要的一個——他害怕我，因爲他害怕自己。他害怕自己會徹徹底底地愛上我。他不是單純懼怕我會介入他的研究，他的寂寥，而是懼怕我會占據他的心。他無情是因爲要趕我走，他趕我走是因爲怕徹底愛上我。我告訴你，我的祕密想法是：對古斯塔夫來說我代表生命，但他只能理解到一半，這讓他深深感到羞愧，所以他必須激烈地抗拒我。這難道是我的錯？我愛他，我給他機會以愛回報，這是再自然不過了。我不僅僅是爲自己爭取，也爲他爭取；我不明白爲什麼他禁止自己去愛。他說幸福有三項先決條件——愚蠢、自私跟健康——而他只具備了第二項。我爲此爭論，我爲此搏鬥，但他卻執意相信幸福是不可能的；這帶給他奇怪的慰藉。

他是一個很難去愛的男人，這是肯定的。他的心在遠方沉落；他爲此羞愧與謹慎。眞愛可以超越距離、死亡和不貞，他曾經這麼告訴我；他還說眞正的愛人可以十年不相見仍然相愛（我對這種論調沒有興趣；我只是推論出，只有在我消失、不貞、死亡的時候，他才會比較自在）。他想像我們相愛，藉以諂媚自己，但我卻從未體驗如此缺乏耐心的愛情。他有次寫道：「愛像騎馬，以前的我喜歡飛馳，現在卻喜歡用走的。」他寫這個的時候還不到三十歲；他已經決定要比實際年齡更老成。然而，對我來說……飛馳！飛馳！髮際的風，從肺鼓出的笑聲！

想像自己在和我談戀愛，是對他自己的虛榮心阿諛獻媚；我相信，在渴望我的肉體的同時、又禁止自己去得到歡娛，一定也帶給他不可公開的喜悅：自我節制和自我放縱同樣會讓他感到興奮。他總是對我說，我比其他女人更不像女人；我是女人的肉身和男人的靈魂，我是新種兩性人（hermaphrodite nouveau），是第三性。他好幾次提到這個愚蠢的理論，事實上他想藉此告訴自己：讓我少些女人特質，他就少些情人的責任。

我終於開始漸漸相信，他最想要我能成爲他的智性上的伴侶，談場心靈上的戀愛。他認眞埋首《包法利夫人》多年（也許不若他自己說的那麼認眞），到了最後，肉體上的宣泄對他來說太複雜了，有太多事情他不能完全掌控，這時候他會尋求精神上的宣泄。他會坐下來拿張紙，在紙上對我解脫。你並不覺得此情景令人動容？這也不是我的本意。忠誠地相信古斯塔夫的日子消逝了，他從來沒有眞的用密西西比的水爲我的胸部施洗；唯一一個我們交換過的瓶子，是我送給他的泰巴瑞古龍水（Taburel）[14]，那是給他用來防止落髮的。

不過我可以告訴你，精神戀愛比用心戀愛還更不簡單。他是粗魯、笨拙、霸道、自大的；然後他是溫柔、感性、熱誠、奉獻的。他不清楚規則。他成功的否定了我的主意，也成功的否定我的感覺。他當然什麼都知道。他告訴我說他的內在是六十歲，而我只有區區二十歲。他告訴我，如果我老是喝水不喝酒，我將會得到胃癌；他說我應該嫁給維克多・庫申（維克多・庫申當時的想法是，我應該嫁給古斯塔夫・福婁拜）。

他寄給我他的作品。他寄給我《十一月》[15]，這個作品很平庸薄弱；但是我只有告訴自己聽以外，並沒有發表意見。他也寄給我第一版的《情感教育》；我並不喜歡，但我怎麼能不讚美它？因爲我喜歡它，他嚴厲指責我。他也寄給我《聖安東尼的誘惑》，我眞的很喜歡，並且告訴了他。他又再度指責我。說我喜歡的是全書最容易寫作的部分，我小心提出的建言，他說只會更加削弱了這本書。我對於《情感教育》「過度的熱情」讓他深感「驚訝」！這就是無名的、未出書的外省人對於巴黎名詩人（他宣稱的愛人）所表達的感謝之辭！我的建議只有激怒他的用處，讓他可以有藉口對我發表關於藝術的長篇大論。

當然我知道他是個天才。我一直認爲他是個很棒的散文家。他低估了我的才華，但那不會使我也低估他的才華。我可不像卑鄙的杜康，他對於和古斯塔夫稱兄道弟多年感到自傲，卻否認他的天分。我出席討論當代優秀作家的晚餐會，每每有人提出新秀的名字，杜康都會溫文有禮地修正一般大眾的看法。終於有個人失去耐心：「那麼杜康，你覺得我們親愛的古斯塔夫如何？」杜康先是肯定地微笑，一手的手指輕彈另一手手指的指尖，像是法庭禮儀般拘謹。「福婁拜是具有少見的才氣，」他說古斯塔夫的家族姓的方式令我震驚，「但是他的健康狀態卻阻礙了他。」你會以爲他已經在準備他的回憶錄了。

至於我的作品！很自然地，我也會寄給古斯塔夫。他說我的風格太弱、鬆弛和平庸。而我訂的題目總是空泛和刻意，有「藍絲襪」（blue-stocking）⓰的味道。他像是學校教授給我上了堂課，說明了解（saisir）和被了解了（s'en saisir）是不同的。他讚美我的方式，是說我的寫作就好比母雞下蛋般自然，或者是，在他狠狠地以他的評論摧毀了一件作品之後，「我沒有標明的地方堪稱好或是精彩。」他告訴我要用腦袋寫作，而不是用心；他告訴我頭髮要梳理過才會光亮，這跟風格的道理是一樣的。他告訴我不要將自己放入作品中，也別將一切詩意化（我是個詩人！）。他告訴我我對藝術有熱情，但沒有信仰。

他希望的是，我要盡我的努力寫得跟他一樣。我注意到這是在作家身上常見的虛榮心；越是著名的作家，這個虛榮心越明顯。他們相信其他人都應該寫得跟他們一樣；當然不是寫得一樣好，而是學習同樣的風格。就像山脈總是熱望山麓丘陵。

杜康總是說古斯塔夫骨子裡沒有一點點詩意的感覺。認同他給我的快感很少，但我認同。古斯塔夫老喜歡訓誡我們的詩作——不過那些通常是布依雷的意見，而不是他自己的——但是他自己並不懂。他根本不寫詩。他總是說寫散文時他希望有詩的力量和水準；這個計畫似乎首先必須裁減詩作篇幅。他希望他的散文是客觀、合乎科學、避免個人指涉、避免意見評論的；他決定此項原則也套用在詩作上面。告訴我要怎樣寫出客觀、合乎科學、避免個人指涉的情詩，告訴我啊。古斯塔夫不信任感覺，他懼怕愛情，他將此種神經症昇華到藝術的主張裡。

古斯塔夫的虛榮心不只局限於文學。他認爲別人不只要跟他一樣地寫作，也要跟他一樣地生活，他喜歡對我引述艾皮科蒂塔斯（Epictetus）⓱的句子：「斷絕，隱藏你的生活。」竟然對我這樣一個女人，一名詩人，還是寫情詩的詩人說出這樣的話語！他巴不得所有的作家都在外省隱匿地生活，忽略感情的自然衝動，要鄙視名聲，要在微弱燭光底下，花上孤獨、辛苦的光陰閱讀深奧的作品。也許這是養成天才的適當方式；但也足以讓才華窒息。古斯塔夫不明瞭，也看不出來我的才華是建立在擺盪的時刻、突然臨至的感覺；就是人生，這才是我的看法。

如果古斯塔夫有辦法的話，他也想把我變成隱士：住在巴黎的隱士。他總是建議我不要出去認識人；不要回覆某某人的信件；不要把仰慕者看得太認眞；不要把某公爵當成情人。他宣稱是爲了我的工作設想，每多花一小時在社交上，就減少一小時在書桌上的時間；不過那又不是我工作的方式。你總不能叫蜻蜓拖著牛軛去轉磨坊吧。

當然古斯塔夫否認自己是虛榮的。杜康在他的一本書中——我忘了是哪一本，他寫了這麼多——舉證長期獨居對男人的壞處：他稱孤獨爲用胸部哺乳自大與虛榮這對雙胞胎的假看護。古斯塔夫自然會覺得這是人身攻擊，他寫信給我：「自大？隨他去說。但是虛榮？絕不。驕傲是：住在洞穴裡的野獸，在沙漠裡走動。但虛榮是另外一回事，是在枝條上跳來跳去啾啾叫的鸚鵡的放大全景。」古斯塔夫以爲自己是野獸——他喜歡想像自己是隻北極熊，難以親近、野蠻、而孤獨。我稱他是美國大草原上的野牛；但也許他只是一隻鸚鵡。

你覺得我太無情了？我深愛過他，這也是爲什麼我可以無情。聽著，古斯塔夫瞧不起杜康老是想要十字勳章。幾年後，他自己接受了。古斯塔夫一向藐視沙龍團體，直到他被引薦至瑪蒂爾德公主的沙龍才改觀。你聽說了古斯塔夫在那段燭光下洋洋得意的時日裡，手套帳單是多少？他欠他的裁縫兩千法朗，還有五百法朗的手套費用。五百法朗！他的《包法利》才讓他拿到八百法朗的版稅。難怪他的母親要爲他賣地。五百法朗的手套！白熊戴白手套嗎？不，不：是鸚鵡，戴手套的鸚鵡。

我知道他們怎麼說我，他的朋友又是怎麼評論我。他們說我老空想要嫁給他；但是古斯塔夫曾經寫信描述過假如我們結婚後的景況。所以我期待是錯的嗎？他們說我是虛榮作祟南下克羅瓦塞，還在他門前製造出難堪的情景。但是我剛認識他的時候，他經常寫信描寫關於我的即將到訪。我期待是錯的嗎？他們說我虛榮地以爲有一天我能和他共同寫出一本文學傑作。但是他的確說過我的一篇故事是傑作，我的一篇詩作可以感動石頭，又是我期待錯誤了？

我知道我們死後會發展成什麼地步。後世會逕下斷言：這是必然的。人們會站在古斯塔夫那邊。他們太快對我下判斷；用我的寬大為懷來對付我；用我結交過的情人來貶低我；他們認為我曾經短暫地差點害得他們喜歡的書沒被寫出來。也許會有人——說不定是古斯塔夫他自己——將我的信件燒掉；而他的來信（我妥善地保管著，雖然這對我並沒有多大好處）將會留存下來，讓那些懶惰的人誤解我。我是個女人，也是個作家，在生前已經用完聲譽的配額；在這兩方面我並不期待後人更多的憐憫，或者更多的諒解。我介意嗎？當然會。但今晚我沒有報復之心；我放棄了。我向你保證。用你的指尖再摸摸我的手腕。你看；我不是已經告訴過你了⓲。

布萊茲懷特的慣語辭典

Braithwaite's Dictionary of Accepted Ideas

CHILLE 阿西爾

古斯塔夫的哥哥。面容惆悵，蓄有長鬍子。繼承了父親的職業和教名。他扛起了家族的期待，而讓古斯塔夫能不受拘束地成爲一名藝術家。死於腦軟化症。

BOUILHET, LOUIS 路易・布依雷

古斯塔夫文學上的良知、助產士、陰影、左邊的睪丸，和相像的人。中間的名字爲紅鋯石（或風信子，Hyacinthe）❶。每個偉人都需要的那個不太成功的鬼靈（Doppelgänger）❷。在此引述他向一個充滿自覺的女孩獻殷勤的高見，雖然我不甚贊許：「胸部平坦的話，離心比較近。」

COLET, LOUISE 路易絲・柯蕊

a）使人厭煩、纏擾不休、淫亂的女人，自己欠缺才氣，又不了解他人的天才，企圖以婚姻綁住古斯塔夫。想像那些嘰嘰喳喳的小孩！可以想像古斯塔夫會是多麼不幸！想想古斯塔夫會快樂！

b）勇敢、熱情、深受誤解的女性，因爲將愛獻給那個無情、不可理喻的鄉巴佬福婁拜而飽受折磨。難怪她會抗議：「古斯塔夫寫給我的信只會談論藝術和他自己。」最早的女性主義者，犯下希望讓別人快樂的罪行。

DU CAMP, MAXIME 馬西姆・杜康

攝影師、旅行家、野心家、巴黎歷史學家、學者。古斯塔夫還在用鵝毛筆寫作的時代，他已經用鋼筆。爲《巴黎評論》雜誌審查《包法利夫人》。如果布依雷是古斯塔夫文學面的鬼靈，那麼杜康則是他社會面的鬼靈。在回憶錄上指出古斯塔夫罹患癲癇症一事後，成爲文學難民。

EPILEPSY 癲癇症

讓福婁拜這個作家得以逃避傳統行業、讓福婁拜這個人得以逃避生活的詭計。關鍵在於這個策略到底有多少是牽涉心理層面的。他的症狀是否爲嚴重的身心失調？如果他只單純得到癲癇症豈不太平凡了。

FLAUBERT, GUSTAVE 古斯塔夫・福婁拜

克羅瓦塞的隱士。第一個現代小說家。寫實主義的父親。浪漫主義的屠夫。連結巴爾札克和喬伊斯（Joyce）的駁船。普魯斯特（Proust）❸的先驅。一頭蜷曲在自己洞內的熊。是罹患布爾喬亞恐懼症的布爾喬亞。在埃及的時候，他是「八字鬍之父」。被稱作聖保里加布主教（Saint Polycarpe）❹；庫魯蕭（Cruchard）❺；昆拉馮（Quarafon）❻；助理神父（le Vicaire-Général）；士官長；老牧者；還有沙龍裡的白癡。這些頭銜都屬於一個不在乎封號的人：「名譽使人蒙羞，頭銜讓人墮落，受雇讓人愚笨。」

GONCOURTS 龔固爾兄弟

記住龔固爾是怎麼形容福婁拜的：「雖然他性情十分坦率，但從來沒有眞正承認他的感覺、苦楚和情愛。」然後記住別人又是怎麼形容龔固爾的：嫉妒心強、不可讓人信任的兄弟。然後再去記以下這些人的不可信賴之處：杜康、路易絲・柯蕊、福婁拜的外甥女、福婁拜本人。激烈的盤問：「哪有可能認識任何一個人！」

HERBERT, JULIET 茱麗葉・賀伯

「茱麗葉小姐。」這個十九世紀中葉渡海而來的英國女教師的道德操守，還未引起學術人士足夠的注意。

IRONY 反諷

現代模式：要不是魔鬼的印記，就是精神健全之人的換氣裝置。福婁拜的小說提出這樣的問題：反諷會排除同情心嗎？在他的辭典裡面並沒有反諷一辭。也許這就是爲了反諷的目的。

JEAN-PAUL SARTRE 尙－保羅・沙特

在有機會寫毛主義小冊子的時候，卻花了十年光陰來撰寫《家庭白癡》。一個知識分子級的路易絲・柯蕊，對渴望安靜孤獨的古斯塔夫糾纏不休。結論：「寧願浪費你老年的光陰，也不要什麼都不做。」

12

KUCHUK HANEM 庫楚克・哈內姆

石蕊試紙。古斯塔夫必須在埃及妓女與巴黎女詩人之間做選擇——臭蟲、檀香油、剃毛的陰部、摘除的陰核、梅毒對上清潔、抒情詩、相對的性忠誠度和女權。他認爲結果很和諧。

LETTERS 書信集

照紀德的意見，福婁拜的信件是傑作。沙特認爲，這些信件是前佛洛伊德派之自由聯想法最好的診察對象。你自行判斷。

MME FLAUBERT 福婁拜之母

她是古斯塔夫的獄卒、知己、護士、病人、銀行家和評論家。她說過：「對於字句的偏執狂讓你的心枯竭。」他認爲母親的「見解精闢」。對照**喬治・桑**。

NORMANDY 諾曼地

永遠潮濕的地方。住著一群陰險、自負、沉默寡言的人。把頭偏向一邊然後說：「當然，可千萬別忘了福婁拜就是諾曼地人。」

ORIENT 東方

包法利夫人接受火刑的試煉。福婁拜離開歐洲時是個浪漫主義者，從東方回來以後成爲現實主義者。對照庫楚克・哈內姆。

PRUSSIANS 普魯士人

穿戴白手套的文物破壞者，會說梵語的偷鐘賊。比食人族和巴黎公社還可怕。當普魯士人撤出克羅瓦塞時，屋子需要做燻香消毒。

QUIXOTE, DON 唐吉訶德

福婁拜是否爲老派浪漫主義家？他對夢幻騎士被流放到庸俗物質社會有著熱情。「包法利夫人，就是我」可能是間接引述塞萬提斯（Cervantes）❼臨終前對於他筆下著名英雄人物出處的說法。對照變裝癖。

REALISM 寫實主義

福婁拜是否爲新寫實主義作家？他總是公開否認這樣的標籤：「出於對寫實主義的憎惡，我才寫了《包法利夫人》。」此話等同於伽利略（Galileo）公開否認地球是繞著太陽轉的。

SAND, GEORGE 喬治・桑

樂觀主義者。社會主義者。人道主義者。未見面之前受鄙視，見面之後受愛戴。是古斯塔夫的第二個母親，在克羅瓦塞度假後贈予他自己的作品全集（七十七冊版本）。

TRANSVESTISM 變裝癖

古斯塔夫的青年時期：「有的時候一個人會想要變成女人。」在

壯年時期：「包法利夫人，就是我。」曾經有個醫生稱他爲「歇斯底里的老女人」，他認爲醫生的觀察很「深入」。

USA 美國

福婁拜很少提到「自由之地」。他寫下對未來的預測：「未來是功利主義、軍國主義、美國和天主教會——非常地天主教。」他大概喜歡美國州議會大廈勝過梵蒂岡。

VOLTAIRE 伏爾泰

十九世紀最偉大的懷疑論者。對於十八世紀的懷疑論者有什麼看法？福婁拜是不是他那時代的伏爾泰？或是伏爾泰是當時的福婁拜？「人類精神史（Histore de l'esprit humain），就是人類愚蠢史（histoire de la sottise humaine）。」這是哪一個人說的？

WHORES 妓女

十九世紀梅毒傳播的重要媒介，沒有她們就沒有人可以自稱是天才。福婁拜、都德（Daudet）[8]、莫泊桑、龔固爾、波特萊爾等人，都佩帶紅色勇氣標籤。有沒有任何作家沒有感染的？有的話，那些人肯定是同性戀。

XYLOPHONE[9] 木琴

沒有任何紀錄顯示福婁拜聽過木琴。聖桑（Saint-Saëns）[10]在他1874年的交響詩作品《骷髏之舞》（*Danse Macabre*）[11]中，用木琴營造出骨頭作響聲；這應該會激起福婁拜的興趣。或許他在瑞士聽過鐘琴（glockenspiel）⓬表演。

YVETOT⓭伊非多

「到伊非多去送死。」如果有人問你這句極少聽說的雋語的出處，最好保持沉默，以及神祕地微笑。

ZOLA, EMILE 左拉

偉大的作家必須對他的弟子負責嗎？是誰選擇了誰？如果有人尊稱你爲大師，你還可能藐視他們的作品嗎？另一方面來說，他們的讚美會是眞誠的嗎？誰比較需要誰？弟子比較需要大師，還是大師比較需要弟子？爭論但尚未獲致結論。

13

單純的故事

Pure Story

管你怎樣想，這是一則單純的故事。

當她逝世的時候，起先你並沒有太過於震驚。因爲，爲死亡做好準備也是愛情的一部分，你的愛情在她的死亡中獲得證實。你是對的，這只是其中一部分。

瘋狂隨之而來，然後才是孤寂：不是你預期的那種戲劇化的孤獨，也不是那種會令人同情的淒涼鰥居生活，只是很單純的寂寞。你以爲接下來會像由地形所引起的反應一樣——產生有如站在高深峽谷邊緣上的暈眩感——然而並非如此，這種痛苦像工作一樣的規律。身爲醫生的我們會怎麼說？布萊克太太，對此我深感遺憾；會有段哀慟的服喪期，但過一陣子你就沒事了；我建議你每天晚上吃兩片；布萊克太太，不如培養新的興趣吧，譬如說汽車維修，或是去上個舞蹈課，你覺得如何？不用擔心，六個月後你就會回復以往的快樂了；有需要你可以隨時再過來；噢，護士，如果她打電話過來，你就將這些話再重複說給她聽，不，我不要見她，叫她往好處想，死的又不是她不是嗎？她剛剛說她叫什麼名字來著？

這次換你來面對它了，沒什麼好高興的。悲傷裡充滿了時間，除了時間還是時間。布法和貝丘雪在〈書記〉（Copie）裡記錄了一段「如何遺忘過世朋友」的建議：托突拉斯〔來自薩萊諾學校（Salerno school）〕說你應該要吃包餡母豬心以止痛。我大概還不至於得嘗試這招。我嘗試過喝酒，但又有何用？喝酒僅能讓你喝醉，向來也別無他用。也有人說寄情工作可以療傷。才不，往往它連引發疲倦都做不到，頂多也只能讓你神經衰弱。而時間似乎永遠太多；時間過得好慢；慢慢來；多餘的時間；用不完的時間。

有人會認爲你想要聊一聊，他們會問你：「想不想談談艾倫？」暗示著你若是突然崩潰他們也不會怎麼樣。有時候你願意談，有時候你不願意，談與不談的差異不大。說出來的話詞不達意，或者該說，足以表達的字彙並不存在。「人的語言像是碎裂的瓦鍋，我們在其上敲出曲調使熊跳舞，而事實上我們只想感動星辰」，你談著談著，發現那些喪親的詞彙根本無法完整表達你的感受，像在談論著別人的憂傷。我愛她；我們過得很快樂；我想念她。她不愛我；我們過得很不快樂；我想念她。像是選擇性不多的祈禱文一樣，老在幾個音節上打轉。

「傑佛瑞，事情看起來雖然很糟，不過你終究會克服這一切的。我並不是不關心你的悲傷，但是我的經驗告訴我，你會度過這一切的。」你一邊潦草地寫著處方，一邊對自己說著（不，布萊克太太，就算你全部吃掉也不會死的）。的確，最終你一定會走出這個陰影，一年或五年以後吧。但你並不會像火車衝出隧道一般，瞬間豁然開朗，迎著陽光穿越丘陵，然後卡嗒卡嗒地快速衝下坡往海峽飛奔。你比較像是逃出油污的海鷗，一生都無法擺脫沾染了焦油的羽毛。

但你還是會天天想到她。有時候你厭倦了愛著已逝的她，你開始想像她已復活重生，可以跟你對話，可以同意你的看法。福婁拜曾在母親過世後，要求他的管家穿上亡母的舊格子洋裝，以假裝她還在人世。這樣做有用，也好像沒有用：即使時隔喪禮已七年，但只要一看到那件老洋裝在屋裡走來走去，他的眼中還是會湧出淚水。這算是成功還是失敗？是懷念過往還是自我沉溺？能不能知道究竟從什麼時候開始我們緊抓著悲傷不放，無意義地沉醉其中？福婁拜說過：「悲傷是種罪惡。」（1878年）

也或許你會嘗試迴避她的影像。現在每當我想到艾倫，我就會試著去想像1853年在盧昂發生的一場冰雹。古斯塔夫向路易絲評論道：「這眞是一級的冰雹。」克羅瓦塞的樹籬被摧毀了、花兒殘破不堪、菜園裡也一片慘不忍睹。別處的農作物因而泡湯，許多窗戶也都被打破了。這樣的時刻裡頭，大概只有玻璃工人和福婁拜是開心的。混亂的場面令他感到興奮：在五分鐘之內，「大自然」又一次將人類引以爲傲的短暫人爲秩序，回復到它最眞實的狀態。古斯塔夫不禁要問世上還有沒有比瓜果的護罩更愚蠢的東西。他爲打碎玻璃的冰雹鼓掌喝采。「人們太輕易地就相信太陽只是爲了包心菜的成長而存在。」

這封信總能安慰我。太陽並不只是爲了包心菜的成長而存在，而我要告訴你一個單純的故事。

她出生於1920年，1940年結婚，分別於1942年及1946年生小孩，1975年謝世。

我再從頭來一次。人說矮子多靈巧不是嗎：但艾倫可不。她只有五呎出頭，但動作卻總顯得有點笨拙；她很容易撞三倒四。她很容易瘀傷，但自己都沒發覺。有一次我抓住她的手臂阻止她

13

漫不經心地想穿越皮卡狄利（Piccadilly）大道，雖然那時她身上穿著外套和上衣，但隔天她的手臂上還是出現像被機器鉗夾過般的紫色印記。她對那瘀青沒有說什麼，然而當我告訴她到底怎麼回事時，她還是不記得自己曾在馬路上橫衝直撞。

我再從頭來一次。她是個備受疼愛的獨生女，也是個備受疼愛的唯一妻子。她是被愛的，如果我用的字眼沒錯的話，那麼我應該稱她爲「被愛的人」，不過這字眼可能過度抬舉了某些人。我愛她；我們過得很快樂；我想念她。她不愛我；我們過得很不快樂；我想念她。說不定她討厭老是被別人愛。在福婁拜二十四歲的時候，他說他自己「成熟——比我實際年齡成熟，這是事實，因爲我一向生存在溫室的最角落」。難道她被愛得太多太多？大部分人不可能會被愛得太多，但也許艾倫就是如此。又或者她只是對愛抱持著與眾不同的概念：爲什麼我們總是以爲每個人的情況都相同？或許對艾倫來說，愛就像是浮動的墨比瑞港一樣，只是一個在洶湧海洋中可以停靠的地方，你不可能住在那兒的：急急忙忙登上岸，繼續前進。那麼舊愛呢？舊愛就像是由生鏽的坦克所守護的木頭紀念碑一樣：此處，有什麼曾被解放。舊愛就像是十一月的一排海邊小屋。

在一個離家很遠的鄉村酒吧裡，我無意中聽到兩個男人在談論貝蒂・寇萊朵（Betty Corrinder）。不確定名字的寫法對不對，總之是那個名字。貝蒂・寇萊朵、貝蒂・寇萊朵——他們從不稱她爲貝蒂，或是那個姓寇萊朵的女人，或任何其他的稱呼，永遠是貝蒂・寇萊朵。她聽起來有點……手腳很快；不過動也不動的人總愛把移動者的速度誇大。這個貝蒂・寇萊朵手腳很快，而酒吧裡的男人嫉妒地竊笑著。「你知道他們是怎麼說貝蒂・寇萊朵的。」這是個聲明而不是問句，接下來才是一個問句。「貝蒂・寇萊朵和艾菲爾鐵塔有何區別？快說，貝蒂・寇萊朵和艾菲爾鐵塔有何區別？」在解開這個祕密之前暫停了一下，「並不是每個人都登上過艾菲爾鐵塔。」

我爲兩百哩外的妻子感到臉紅。她常去的幾個地方會不會也有得不到她的男人這樣開她的玩笑？我不知道。此外，我太誇張了，或許我沒有臉紅，也或許我不在意。我的太太並不會像貝蒂・寇萊朵，不管貝蒂・寇萊朵是什麼模樣。

1872年法國文學界掀起一場關於如何處置婦人紅杏出牆的論戰，被戴綠帽的丈夫究竟是該原諒她還是懲罰她？小仲馬（Alexandre Dumas）❶《男人女人》（*L'Homme-Femme*）書中提出一個不複雜的建議：「殺了她。」他的書在當年再版了三十七次。

一開始我覺得很難過；一開始我很在意，我看不起自己。我是否該擔心妻子與別的男人上床？我是否該擔心自己沒有和別的女人上床？我是否該擔心艾倫總是待我很好，不是因爲外遇的內疚感才對我好，是眞的對我好？我辛勤工作；而她則是一個好太太。現代人覺得這種說法不太好，不過對我而言，她眞的是個好太太。我沒有發生外遇是因爲我不想；況且風流醫生這種刻板形象又頗令人反感。艾倫出軌過，我猜，是因爲她想。我們過得很快樂；我們過得很不快樂；我想念她。「認眞的看待人生，到底是了不起，還是太愚蠢？」（1855年）

最難形容的其實是她如何不曾因此而改變。她沒有因此而墮落；她的本質沒有絲毫改變；她也沒有負債累累。偶爾她在外逗留的時間稍微久了一點；出去逛了很長的時間，卻讓人忍不住懷疑怎麼才買回來幾樣東西（她並不是「那麼」挑剔的人）；還有她去戲院的次數也太頻繁了些。不過她是正直的：她只有在她的祕密生活這件事情上對我扯謊。而且謊說得很突兀、很魯莽，幾乎會讓人覺得很不好意思；至於其他事情，她都會跟我實話實說。這讓我想起在《包法利夫人》的訴訟中，原告用來形容福婁拜藝術的一句話：「眞實但不夠謹愼。」

妻子因爲外遇而散發出的光彩，會不會讓先生因而更加渴求她？不：不會更多，也不會更少。這是我說她並沒有因此而墮落的一部分原因。她有沒有表現出福婁拜筆下偷情的女人會有的怯懦溫馴？並沒有。那麼，她是否如同艾瑪·包法利一樣「在偷情中再次發現了婚姻的陳腐乏味」？我們沒有談過這個問題（正文注解：第一版的《包法利夫人》寫著「她婚姻的陳腐乏味」，在1862年的版本，福婁拜原本有意將她字刪除，以增加此句所指涉的範圍。布依雷提醒他要注意——上一個官司才不過是五年前的事——因此在1862年及1869年的版本中，這個代表艾瑪和沙勒斯婚姻的所有格代名詞才被保留下來。不過在1873年的版本，這個字終於還是被捨棄了，正式地以此陳述其更爲廣泛的指控）。她是否就像納布可夫所形容的，發現「通姦是突破傳統最傳統的方式」？我很難想像艾倫會有這般想法。她不是一個愛挑戰的人，也不認爲自己活得無拘無束；她是一個倉卒的人、一個只顧向前衝的人、一匹脫韁的野馬、一個騙子。也許我把她形容得太糟了；也或許那些能夠做到寬容和溺愛的人，只是沒有發覺自己的憤怒罷了。「除了不能與所愛的人廝守終生，另一個最痛苦的折磨是和不愛的人共同生活。」（1847年）

她只有五呎出頭；她有張溫和的大臉，臉頰透著淡淡的粉紅；她從來不會臉紅的；她的眼睛——我已經說過了——是藍綠色；她的穿著總是遵照著那既不可思議又快速傳播的婦女時尚指示；她很容易笑，很容易瘀傷；老是匆匆忙忙的。她會匆匆忙忙地跑去我們都知道已經打烊的電影院；她會在7月的時候去搶購冬季大拍賣；她會去某個親戚家過夜，但隔天早上我卻收到那個親戚去希臘玩寄來的明信片。比起欲望來說，更讓我難受的是這些行爲中的突兀。在《情感教育》一書中，腓德列克對亞努夫人說，他會選擇羅珊妮特作爲情婦，其實是「出於絕望，就像是想自殺的人一樣」。完全是詭辯；但又貌似有理。

她的祕密生活在孩子出生後就停止了，但在孩子開始上學以後又重新展開。有時候某個可有可無的朋友會把我帶到一邊說話。爲什麼他們會認爲你想知道？或者我應該說爲什麼他們以爲你不知道——難道他們不知道愛情也包括了無窮的好奇心嗎？這些可有可無的朋友們爲什麼不向你透露那個更重要的消息——就是你已經不再被愛了？我變得善於轉變話題，說艾倫如何比我更擅長社交活動；暗示說我的醫學背景總是引來無謂的毀謗中傷；或者說，你看過委內瑞拉大洪水的報導了嗎？在這些場合裡面，也許不是很恰當，但我反而會覺得是自己對艾倫不忠。

我們已經夠幸福的了；他們不總是這麼說的嗎？怎樣的幸福才算夠幸福？聽起來像是文法有誤似的── *happy enough*，跟 *rather unique* 一樣，仔細看都覺得怪怪的──但這句話正是你所需要的。如我所說，她沒有因此而負債累累。兩個包法利夫人（人們常忘記沙勒斯結了兩次婚）都是被債務所拖垮的；而我的太太從不會這樣。就我所知，她是連禮物都不收的。

我們過得很快樂；我們過得很不快樂；我們夠幸福的了。絕望是種錯誤嗎？人到了一定年紀不都是如此嗎？我現在感覺到了，而她則比我更早體會。人生在幾次的大起大落之後，除了不斷地重複和衰減之外，還能剩些什麼？誰還要繼續生活下去？只有那些古怪的人、虔誠的人、藝術家們（有些時候）；還有那些錯認自己價值的人。軟質乳酪會爛，乾質乳酪會硬化，兩者都會發霉，結果都一樣。

我必須假設一些情況，我必須想像一些情節（然而我並非因此才說它是一個單純的故事）。我們從來沒有討論過她的祕密生活，所以我必須用自己的想像去建構事實。艾倫大約在五十歲時開始出現這種情緒（不是你想的那種：她的身體一向健康，她的更年期也很快就過去了，幾乎沒有什麼影響）。她有一個丈夫、兩個小孩、一份工作和幾個情人。孩子們已經離家，丈夫則一如往常。她有自己的朋友，還有她所謂的興趣；雖然並不像我對某個作古外國人的狂熱一般，卻足以帶給她支撐的力量。她去過的地方夠多了。她沒有未完成的野心（儘管對我來說，用「野心」一詞來形容驅策人們做事的動力，往往太過強烈）。她不是虔誠的信徒。我到底怎麼了？

「像我們這樣的人一定都信仰著絕望。什麼樣的人就有什麼樣的命運，換句話說，要能對什麼都無動於衷。藉著說出『就是這樣！就是這樣！』的話、藉著凝視著腳底下的黑洞，我們才能夠繼續保持鎮靜。」艾倫根本沒有這種信仰。她應該要有嗎？看在我的分上嗎？絕望驅使我們放棄利己的想法，先爲他人設想。這似乎是不公平的，爲什麼在已經承受不了自己的責任時，還要肩負起爲別人謀福祉的責任？

也許還有些別的因素。有些人似乎年紀越長就越能夠取得自我認同，有些人卻因此更加懷疑自己。對我來說有什麼意義？難道說，總結我平庸的一生去和那些沒那麼平庸的人相比，就一點意義都沒有了嗎？我並不是說，我們有義務要在那些所謂的精彩人生前面否定掉自己的人生。不過，人生從這個角度看來，和閱讀倒有點類似。就如我之前所說：如果專業評論已經詳細地描述過你對這本書所會產生的各種反應，那麼你閱讀的意義是什麼？只因爲這個感覺是屬於你的。同樣地，爲什麼你要生活下去？因爲那是你的人生。但是當你越來越不相信這樣的答案時該怎麼辦？

請不要誤會。我並不是說艾倫的祕密生活導致了她的絕望，看在老天爺的分上，她的人生又不是道德故事，沒有人的人生是道德故事。我要說的是，她的祕密生活和她的絕望都藏在她心房裡的密室，那是我觸碰不到的地方，兩者我都無法接近。我嘗試過嗎？我當然試過。但她會有這樣的情緒反應我並不驚訝。「幸福的三個必要條件——愚蠢、自私和健康；不過若是少了愚蠢，其他兩項便也無用了。」我的妻子僅僅合乎健康這個條件。

某天晚上，我在電視上面看到桂冠詩人問這樣一個問題：「生活改善了嗎？」他回答：「我覺得現代生活中唯一可取的就只有牙醫了」；想不出任何其他例子。這僅僅是老骨董們的偏見嗎？我不苟同。當你年輕的時候，你覺得老人家悲嘆生活的漸趨惡化，只不過是因爲他們只有如此才能更容易地死而無憾。等你上了年紀以後，年輕人對於最無關緊要的發展大肆讚揚的種種舉動，讓你感到不耐煩——什麼新型活門的推出，還是什麼扣鍊齒輪的發明——他們對世上的種種野蠻卻視而不見。我並不是說一切都已經變得更糟了，我只是說就算一切都變糟了，年輕人也不會注意到。過去的美好是因爲當時我們還年輕，而且不知道年輕竟然如此無知。

生活改善了嗎？讓我告訴你我的答案，這個和牙醫相等的答案。現代生活中唯一可取的就是死亡。當然還可以有改善的空間，但我想到的是那些十九世紀的死亡。作家的死亡並沒有什麼特別之處，只是碰巧留下死亡的描述。我想到躺在沙發上的福婁拜，被癲癇症、被腦溢血、被梅毒，又或者是這三種疾病的綜合併發症所擊倒——這麼久以前的事誰能說得準呢？左拉稱它爲美好的死亡（une belle mort）——像一隻昆蟲被巨大的手指所壓扁。我想起布依雷在他精神錯亂的末期，狂熱地幻想著自己正在編排一齣新戲，還嚷嚷著說一定要念給古斯塔夫聽。我也想起朱勒·龔固爾（Jules de Goncourt）的逐漸衰弱：一開始的徵兆是說話時子音咬字不清，c's變成了t's；接下來他記不起任何一本他自己寫的書的書名；然後「由弱智而生的憔悴面具」（他哥哥的用語）悄悄的占據了他的臉；再來就是臨終前的幻影和驚恐，病床上整夜刺耳的呼吸聲聽起來像是「切鋸濕木頭的聲音」（又是他哥哥說的）。我想起莫泊桑也是被同樣的疾病所逐漸侵蝕，身上包裹著瘋子用的束衣被送到布蘭奇（Blanche）醫生所主持的帕西（Passy）療養院，而布蘭奇醫生則用他這位名人病患的近況來娛樂巴黎的藝文沙龍。波特萊爾的死也一樣地無情，他無法說話，在與納達爾爭辯上帝是否存在的時候，只能無聲地指著日落。韓波，他的右腿被截肢，剩下來的肢幹也漸漸失去知覺，再加上他還自我否定、斷絕他所擁有的寫作天分——「去他的詩（Merde pour la poésie）」。都德則是「直接從四十五歲跳到六十五歲」，他的關節日漸衰退，一整晚的詼諧活潑代價是他得連續注射五次嗎啡，非常想自殺——「但是人並沒有這個權利」。

「認眞的看待生命到底是了不起，還是太愚蠢？」（1855年）艾倫躺在床上，一根管子通向她的咽喉，另一根管子插進她的手臂裡。白色橢圓形箱子裡的呼吸器提供她規律的生命跡象，一旁的監視器則加以確認。當然這都是因爲一時的衝動；她衝過了頭、她逃開了一切。「但是人並沒有這個權利」？她有。她甚至不曾討論過這事。對絕望的信仰並無法提起她的任何興趣。螢幕上心電圖的波形持續著，有如熟悉的筆跡一般。她的狀況很穩定，卻沒什麼希望。如今我們已經不會在病歷上注明NTBR了——不需要心肺復甦——因爲有些人覺得這看起來太過於冷酷。

所以我們寫上「不要333」，以示最後的委婉。

我低頭看著艾倫，她並沒有墮落，而這是一個單純的故事。我關掉她的維生器，雖然他們曾問我是否需要由他們來動手，但是我想艾倫會希望由我來執行的。當然，我們以前也沒有討論過這種事。這並不複雜，你按下呼吸器上的一個開關，然後心電圖輸出最後一個跳動的波形：直線的起點即是確定永別的訊息。你把插管拔掉，重新調整她的手和手臂。你的動作迅速，像是努力不去造成病人太多困擾似的。

這位病人，艾倫，你可以說是我殺了她，以回應你稍早前的疑惑。你的確可以這麼說。是我關掉她的維生器，是我停止了她的生命，是的。

艾倫，我的妻子：我自認對她的了解，比我對某個一百年前死去的外國作家的了解還少，這究竟是一種偏差還是正常？書本上會說：她這麼做是有原因的。人生則說：她這麼做了。你可以從書本上找到事物的原由，但人生則不能告訴你為什麼。我並不意外有些人寧願愛書，書把人生都合理化了。唯一的問題是，書中看起來合理的人生永遠是別人的人生，而不是你的人生。

也許我太認命了。我的狀況很穩定，但卻沒什麼希望。也許這只是性格上的問題。要記取《情感教育》書中那次笨拙的妓院之行，以及其中所隱含的教訓。不要參與：幸福只存在於人們的想像之中，而不在行動裡面。歡樂最先出現在預期之中，而後在記憶之中，這是福婁拜式的性格特質。讓我們來比較一下都德的遭遇和性格，他在學生時代的妓院之行可說相當成功，以至於他在妓院裡面待了兩三天之久。女孩們因爲怕警察來查抄，所以大部分時間都把他藏起來；她們餵他吃扁豆並盡量滿足他。他後來承認，這種令人暈眩的折磨引出了他對女人肌膚觸感的終身迷戀，以及對扁豆的終身厭惡。

有些人對期待落空和願望實現同樣感到害怕，他們選擇棄權，在一旁當個旁觀者。有些人則是勇往直前，盡情享受而且寧冒風險：最壞的情況是他們可能會染上某種可怕的疾病；最好的情況則是他們也許能夠全身而退，只是從此擺脫不了對豆類的嫌惡而已。我知道自己屬於哪一個陣營，也知道到哪裡可以找到艾倫。

一句人生的格言。「圓滿的結合是罕見的（Les unions complètes sont rares.）。」你無法改變人性，你只能了解它。幸福就像是邊緣已經殘破的鮮紅色外衣。愛人們就像是暹羅雙胞胎❷一樣，兩個身體共用著同一個靈魂；如果其中一個人先死，存活下來的另一個人無論到哪兒，都得拖著那人的屍骸。自尊使我們渴望凡事都能夠加以解釋——像是一個解答、一個原因、一個最終的理由。但望遠鏡越好，你能發現的星星就越多。你無法改變人性，你只能了解它。圓滿的結合是罕見的。

一句格言中的格言。寫作的眞理可以在印成文字之前就已經建構，而人生的眞理卻只能在它再也無法改變的時候才能彰顯。

根據《薩朗波》裡的敘述，迦太基大象騎伕的工具曾經包括了木鎚和鑿刀這兩樣東西。如果在戰役之中象隻突然失控，騎伕便受命要用工具敲開大象的腦袋。這種情況發生的機率一定相當高：爲了讓它聽起來更殘忍，象隻會先被一種混合了酒、焚香和胡椒的飲料下了毒之後，再用長矛來加以驅趕。

很少有人敢用木鎚和鑿刀，但艾倫用了。有時我會對別人的同情感到很難爲情，我想說「她實在太糟糕了」，但是我沒有；然後，在他們的體貼和像安撫小孩子般地答應同我一起出遊之後，還唐突地試著想讓我多說些話，說是爲了我好（爲什麼他們會以爲我不知道怎麼對自己好呢？），然後我才能坐下來小小的回想她一下。我想起了1853年的那場冰雹，想到了破裂的玻璃窗、毀損的農作物、倒塌的樹籬，以及被砸碎的瓜果護罩。還有比瓜果護罩更愚蠢的東西嗎？讓我們替敲碎它的石頭喝采吧。人們對太陽的功能太輕易地就下了定論，太陽並不只是爲了包心菜的成長而存在的。

14

測驗卷

Examination Paper

應試者必須回答四個問題：A選項的問題兩者都須作答，B選項需作答兩題。答案以正確度來評分；字跡及視覺呈現不列入評分標準。太過滑稽或自負的簡短答案將遭到扣分。作答時間：三小時。

A選項：文學評論題

第一部分

近幾年來，應考者越來越分不清楚**藝術**和**生活**的界線。每個人都宣稱明瞭兩者的差別，但認知範圍的差距非常龐大。對某些人來說，生活是厚實黏稠牛奶狀的，是根據老農夫食譜做出來的自然產品；藝術則是毫無光澤的商業糖果，主要成分是人工色素和香料。對其他人來說，藝術比較眞實、飽滿，提供情感上的滿足，而人生比一本最爛的小說還糟糕：毫無敘事可言，裡面的角色無聊又粗俗，缺乏機智，有著冗長又令人不快的情節，窮耗工夫導出可預測的收場。後者的擁戴者會引用勞根・皮爾索・史密斯（Logan Pearsall Smith）❶的話：「人們說生活就是一切；但我寧願選擇閱讀。」應試者的答案裡面不得引述此句。

從下列任選兩則聲明或情況來討論藝術與人生之間的關係。

a) 「前天，我在杜克（Torques）附近的森林裡，泉水旁一處優雅地方，看到熄滅了的雪茄菸頭和吃剩的肉醬。必定有人前來野餐！十一年前我在《十一月》裡面就已經寫到了！當時純粹是想像，但當天卻親身體驗。你所創造的都會成眞：你可以很篤定。詩是種像幾何學一樣精確的實體……不消說，我可憐的包法利，正在全法國二十個村莊裡面受罪、哭泣。」

—— 1853年8月14日致路易絲・柯蕊的信

b) 在巴黎的時候，福婁拜搭乘密閉的廂型馬車來避免路易絲・柯蕊的偵查及（大概是）誘惑。在盧昂，里翁在密閉馬車裡誘惑艾瑪・包法利。在漢堡（Hamburg），就在《包法利夫人》出版不到一年的時間裡，出租馬車被使用在性用途，它們被稱爲「包法利包車」（Bovarys）。

c) （當時他的妹妹卡洛琳即將病逝）「我的眼睛像大理石那般乾涸。眞是奇怪，虛構的悲傷讓我打開心胸，情緒滿溢，而眞實的悲傷卻在我的心中堅硬、苦澀，一被激起就立刻變成水晶。」

—— 1846年3月15日致馬西姆・杜康的信

d) 「你說我太無可救藥地愛著那個女人〔施雷辛格夫人〕❷，我沒有，這不是眞的：只有在我寫信給她的時候，藉由執筆書寫的能力，情感被製造出來，我才對她認眞：只有在我寫作的時候才是認眞的。許多我聽到或看到時不感興趣的事情，在我談論起來時，會讓我關切、討厭，或是感到痛苦——特別是——寫作的時候。這算是我江湖術士天賦裡的一種異稟。」

——1846年10月8日致路易絲・柯蕊的信

e) 喬瑟沛・馬可・費吉（Giuseppe Marco Fieschi, 1790-1836）因爲曾經設計謀害法王路易・菲力浦（Louis Philippe）❸而惡名昭彰。他利用寺院大道（Boulevard du Temple）上的房間，在兩名人民權利黨（Société des Droits de l'Homme）員的協助之下，建造了一座「地獄機器」，包括二十支可以同時發射的槍桿。1835年7月28日，當路易・菲力浦與他的三個兒子及多名隨行人員騎馬路經此處，費吉發動全面攻擊，對抗既有社會。

多年過後，福婁拜搬進寺院大道上其中一幢房子。

f) 「是的，的確如此！〔拿破崙三世❹帝制〕時代爲某些重要書本提供素材。畢竟也許，在宇宙和諧的世界裡，政變（coup d'état）及其結果，只是文人墨客的精彩場景罷了。」

——杜康《文學回憶錄》記載福婁拜的說法

第二部分

從以下摘錄，試述福婁拜對文學評論及書評人逐漸軟化之態

14

度的來由：

a) 「有些事情真的愚蠢無比：⑴文學批評，不管評得好或壞；⑵禁欲的社會……」

——《私人手記》

b) 「憲兵就是這麼古怪，我實在無法忍住不笑他們；這些法律的捍衛者所發揮的喜劇效果對我來說，就像律師、地方法官和文學教授。」

——《穿越海灘和平原》(*Over Strand and Field*)❺

c) 「你可以用一個人所擁有的敵人數目來計算他的價值，用藝術品被攻擊的數量來評估其重要性。評論家就像跳蚤一樣，他們喜歡乾淨的床單和任何蕾絲形式的織品。」

——1853年6月14日致路易絲・柯蕊的信

d) 「評論在文學的階梯裡面占了最低下的位置：就形式方面，幾乎總是低下；道德價值方面，更是不容置疑的低下。它甚至比押韻遊戲及字母詩的地位還低，至少後兩者還有少量的創意。」

——1853年6月28日致路易絲・柯蕊的信

e) 「評論家！詆譭天才剝削天才的永遠平庸之輩！把最優秀的

文學藝術撕成碎片的金龜子類！我已經受夠印刷術以及人們對於印刷術的誤用。如果皇帝明天能夠頒召廢止印刷，我會步行到巴黎去，感激地跪下來親吻他的臀部。」

——1853年7月2日致路易絲・柯蕊的信

f)「文學感是多麼稀有的東西！你或許認爲擁有語言、考古學、歷史學等等的知識能有所幫助，但一點也不！通常受過教育的人對藝術會越來越遲鈍。他們根本連藝術是什麼都不知道。他們覺得注解比文本還有趣。他們使用枴杖多過自己的雙腳。」

——1869年1月1日致喬治・桑的信

g)「知道自己所言何物的評論家實屬鳳毛麟角。」

——1876年7月19日

致烏切涅・法洛蒙汀（Eugène Fromentin）❻的信

h)「他們因爲嫌惡舊的評論風格，於是去找熟悉新風格的朋友，要他們寄報社的劇評來，多麼厚顏！多麼頑固！多麼欠缺廉恥！傑作受到污辱，平庸反而受到鼓勵！本該是學者卻犯下這種大錯，該是機智之人卻如此愚蠢。」

——《布法與貝丘雪》

B選項

經濟學題

福婁拜與布依雷去同樣的學校上課；他們分享相同的想法和相同的妓女；他們有著相同的美學原則；他們有相似的文學企圖，均將戲劇視爲發揮的第二領域。福婁拜稱布依雷爲「我的左睪丸」。1854年布依雷在芒特旅館過了一夜，就在福婁拜和路易絲・柯蕊經常光顧的房間：「我睡在你的床上，」他說，「還有我在你的公共廁所裡面排泄（何等奇怪的象徵法！）。」這位詩人一直必須爲謀生而工作，小說家卻從來不用。試分析，若兩人的經濟狀況對調，會對他們的寫作和名聲造成怎樣的影響。

地理學題

「再沒有其他地區的氣氛比這裡更讓人昏昏欲睡的了，我猜想這可能是導致福婁拜工作進度緩慢的主要煩憂。他以爲自己在和字句搏鬥，其實他是與天空對抗；說不定在別的氣候底下，乾燥的空氣會提振他的精神，他可能就不會要求這麼多，或是不必如此辛苦工作才能得到成果。」〔紀德，1931年1月26日寫於塞納省濱海的庫佛維勒（Cuverville）〕試申論之。

邏輯題（包含醫藥學）

a) 阿西爾—克雷歐凡・福婁拜與他的小兒子競技，要他解釋文學是做什麼的。古斯塔夫把問題丟給他的外科醫生父親，要他解釋脾臟的功用：「你對它一無所知，我也是，我只知道脾臟是身體不可或缺的基本器官，好比詩是我們的精神器官。」當場福婁拜醫生敗下陣來。

b) 脾臟❼包含著淋巴組織（或稱白髓）和血管網（或稱紅髓）。重要性在於移除血液中老化或受損的紅血球。並且能夠主動製造抗體：脾臟切除者製造的抗體較少。證據顯示，某種稱爲促吞噬素（tuftsin）❽的四胜，是由脾臟所產生的蛋白質衍生出來的。雖然移除脾臟，特別是幼童身上少了它，罹患腦膜炎和敗血症的機率將會增加，但脾臟已然不再被視爲重要器官：切除後，並不會嚴重減少個體活動機制。

對此你有何結論？

傳記題（包含倫理學）

馬西姆・杜康爲路易絲・柯蕊寫下如下的墓誌銘：「入土者連累了維克多・庫申，讓阿弗列德・德・繆塞出醜，辱罵古斯塔夫・福婁拜，並試圖暗殺阿方斯・卡爾（Alphonse Karr）❾，願靈魂安息吧（Requiescat in pace）[1]。」杜康在出版的《文學回憶錄》

一書列出此墓誌銘。試比較：杜康和柯蕊，究竟是誰比較會羞辱人？

心理學題

E1 出生於1855年。

E2 部分出生於1855年。

E1 有個無憂的童年，成年後卻出現神經系統的危機。

E2 有個無憂的童年，成年後卻出現神經系統的危機。

E1 在衛道人士眼中，性生活紊亂。

E2 在衛道人士眼中，性生活紊亂。

E1 想像自己有財務困難。

E2 知道自己有財務困難。

E1 吞氫氰酸自殺。

E2 吞砒霜自殺。

E1 是艾蓮娜・馬克思（Eleanor Marx）[10]。

E2 是艾瑪・包法利。

《包法利夫人》英文譯本的初版由艾蓮娜・馬克思出版。

試申論之。

---

1 拉丁文，願靈魂安息吧！相當於英文的May Be Rest in Peace，此句常常被刻在墓碑上。

心理分析題

思索福婁拜1845年在拉瑪格（Lamalgue）所記載的夢境當中的含義：「我夢見和母親走進一座滿是猴子的森林。當我們越朝裡面走去，猴子就越多。牠們在樹枝上開心跳躍。牠們的數量越來越多，也越變越大；牠們擋住我們的去路。牠們一直看著我，我變得很恐慌。牠們將我們團團包圍住：其中一隻想要攻擊我，並且拉扯我的手。我用我的來福槍打中牠的肩膀，牠流血了，開始淒慘地大叫。然後我的母親對我說：『你爲什麼要傷害牠，牠是你的朋友，牠到底對你做了什麼？你難道看不出來牠很愛你嗎？況且牠長得跟你一樣！』那隻猴子注視著我，我覺得自己的靈魂快被撕裂了，然後我就醒來了……我感覺到自己也是動物當中的一員，和他們如同兄弟般參加一個溫柔的泛神論者的教派聚會。」

集郵題

古斯塔夫・福婁拜曾經現身在1952年的法國郵票上（面額分別爲8和2法朗）。那是一張根據E・季侯（E. Giraud）不太重要的肖像畫，畫裡的作家（依面相學來看，有一點點像中國人）隨便穿上一件現代款式的西裝衫和領帶。這是「國家救濟基金」一系列慈善郵票裡面額最低的一張，照面額高低排列的名人順序是：馬奈（Manet）⓫、聖桑、龐佳萊（Poincaré）⓬、霍斯曼（Haussmann）⓭、梯也爾（Thiers）⓮。

龍薩（Ronsard）[15] 是最早出現在郵票上面的法國作家。雨果則在1933到1936年間，現身在三款不同的郵票上，有一次是屬於「失業知識分子救濟基金」的系列；安納托爾・法朗士（Anatole France）[16] 的肖像也於1937年贊助過這個慈善機構；巴爾札克則在1939年。都德的磨坊在1936年被印在郵票上。貝當（Pétainist）[17] 掌權時代，推出了佛雷德里克・米斯特拉（Frédéric Mistral）[18]（1941）和斯丹達爾（Stendhal）[19]（1942）的郵票。之後，聖－修伯里（Saint-Exupéry）[20]、拉馬汀、夏多布里昂出現在1948年；波特萊爾、魏爾倫和韓波則是在1951年。之後集郵者還可收藏阿弗列德・德・繆塞的郵票，雖然他在福婁拜之後才上了路易斯・柯蕊的床，卻比他早一年出現在公共信封上。

a) 我們是否該覺得福婁拜受到怠慢？如果是的話，下列人物受到的怠慢更多，還是更少：米歇萊（Michelet）[21]（1953），那華爾（Naval）[22]（1955），喬治・桑（1957），維涅（1963），普魯斯特（1966），左拉（1967），聖勃夫（1969），梅里美（Mérimée）[23] 和大仲馬（1970），戈蒂埃（1972）？

b) 預估路易・布依雷、馬西姆・杜康，或路易絲・柯蕊出現在法國郵票上的機率。

發音題

a) 1850年在開羅，福婁拜下榻的尼羅旅社的老闆之一叫作「布法利」(Bouvaret)。他第一本小說的主角叫作「包法利」(Bovary)，最後一本小說的主角之一叫作「布法」(Bouvard)。在他的劇作《參選人》裡面有個布菲尼公爵(Comte de Bouvigny)，在另外的劇作《心城》(*Le Château des cœurs*)[24] 裡面有個布菲納 (Bouvignard)。是不是他的刻意安排？

b) 福婁拜的名字被《巴黎評論》錯印成「佛拜」(Faubert)，李希留路上有間雜貨店叫作「佛拜」(Faubet)。《日報》報導《包法利夫人》受審的新聞，把他的名字登作「福拜」(Foubert)，在喬治・桑所著的《自信的女人》(*femme de confiance*) 裡瑪汀稱他爲「福郎伯」(Flambert)，而住在貝魯特的畫家卡密・胡吉耶稱他「瘋伯」(Folbert)，福婁拜寫信告訴他的母親說：「你讀得出來當中纖細的玩笑嗎？」(什麼玩笑？大概是雙關語針對了小說家的自我形象：卡密曾叫他是發瘋的熊。然後布依雷也開始稱他爲「瘋伯」。而在芒特，福婁拜與路易絲幽會之地，有一家咖啡店就叫作福郎伯，是不是太巧合了？

c) 根據杜康的說法，包法利夫人—Madame Bovary當中的 “o”

應該發成短音的“o”，就和bother的o一樣[1]。我們應該遵照他的指示嗎？如果要的話，又是爲什麼？

戲劇史題

評估《心城》第六幕第八景在舞台指導上的技術性困難度：

> 湯鍋的握柄變成翅膀，往空中騰升並且翻了過來，體積一再增大，看起來好像在俯瞰全鎮，而蔬菜——蘿蔔、蕪菁和韭菜，從鍋裡掉出來以後還懸浮在空中，變成發光的星座。

歷史題（包含天文學）

申論下述古斯塔夫·福婁拜所做出的預言：

a) （1850年）「對我來說，我絕對相信英國不用花太多時間就可以拿下埃及，亞丁（Aden）已經到處都是她的軍隊。這實在再簡單不過了：只要穿過蘇伊士運河㉕，開羅就會充滿紅袍軍。而新聞會在數週後傳抵法國，然後我們將會非常驚訝！記住我的預言。」

---

1 譯注：bother，英文是麻煩困擾之意。

b) （1852年）「當人性越趨完美，人類就會越墮落。當一切都被縮減到經濟利益的考量時，哪裡還有美德容身的空間？當大自然被過度征服，已經喪失原本的樣貌，塑膠藝術哪還有空間？這樣發展下去，所有的事物都變得很黑暗。」

c) （1870年，有關普法戰爭爆發）「這表示種族衝突會再起。這個世紀結束以前，我們會看到上百萬的人同時被殺。東方與西方對抗，舊世界與新世界對抗，有何不可？」

d) （1850年）「有的時候我打開報紙，發現事物以令人頭暈目眩的速度在前進。我們不是在火山邊緣跳舞，而是在公廁的木製馬桶座上跳舞，我覺得非常糟糕。很快的社會就會墜落，淹死在十九個世紀的糞便裡。屆時一定會有很多尖叫。」

e) （1871年）「共產國際黨員（The Internationals）就是未來的耶穌會信徒（Jesuits）。」

15

那麼鸚鵡……

And the Parrot......

那鸚鵡怎麼了？這個嘛，我花了幾乎兩年的時間才解決**鸚鵡標本案**。我第一次從盧昂返回後所寫的信件無濟於事；有些信甚至無人回覆。任何人都會覺得我是個怪胎，是個業餘老學究，成日追逐小道消息，可悲到要藉此來建立自己的名聲。其實年輕人的古怪程度勝過老頭——他們更自負，更具有自我毀滅傾向，甚至就只是要命的怪異。只不過他們得到更多的縱容。當一個八十歲、七十歲，或者五十四歲的人自殺，就會被叫作腦軟化症、後更年期憂鬱症，或是卑鄙的虛榮心作祟，爲了使他人慚愧而使出的最後一擊。要是換成二十歲的年輕人自殺，則代表高尚地拒絕接受瑣碎生活，這個行動不僅需要勇氣，也是道德上和社會上的反抗。活著？讓老人家去活著吧。當然，他們是怪異的。我以醫生的身分在說話。

既然我們兜到這個主題，我該說，福婁拜自殺身亡這說法，眞是再離奇不過的了。有個怪人：一名叫作愛德蒙・雷杜（Edmond Ledoux）的盧昂人，曾經兩次出現在福婁拜的傳記裡；每一次都只是在散播八卦。他第一個不受人歡迎的言論是，福婁拜事實上曾和茱麗葉・賀伯訂婚。他宣稱曾經看過《聖安東尼的誘惑》的一個版本，古斯塔夫題獻給茱麗葉的字句是「給我的未婚妻」。怪的是，他是在盧昂看到的，而不是在茱麗葉居住的倫敦。怪的是，從來沒有別人看過這個版本。怪的是，它竟然沒有被保留下來。怪的是，福婁拜從沒提過訂婚的事。怪的是，這個舉動和福婁拜的信念完全相反。

另外也很怪的是，雷杜另一個誹謗性的宣言——關於自殺——也和作家最深刻的信念背道而馳。他曾經這麼說過：「讓我們擁有如受傷的動物般的謙遜，牠們會安靜地躲到角落裡去。偏偏世界上充滿了忤逆天意的人，任何懂禮貌的人士，千萬要避免此等行徑。」另外，還有深植在我的腦裡的這句話：「像我們這樣的人一定要信仰絕望，藉著大聲說『就是這樣！就是這樣！』的話，然後看看腳下的黑洞，來保持鎮靜。」

會自殺的人不會說這種話。會說這種話的人，他斯多葛主義的程度和悲觀主義一樣深。受傷的動物不會戕害自己。而且如果你了解，往黑洞的深處看會讓人心情平靜的話，那麼你就不會想往裡面跳。也許這就是艾倫的弱點：她沒有辦法往黑洞裡面直視。她只能不斷地瞇著眼看，瞥見一眼都會令她沮喪，而沮喪感會讓她尋求毀滅。有些人對黑洞視而不見，有些人根本不看，而有些人持續瞥視，然後被其左右。她選擇適當的劑量：這是身為醫生妻子給她帶來好處的唯一場合。

雷杜對於福婁拜自殺的描述是這樣的：*他在浴室裡上吊自殺*。這說法可能比他吃安眠藥致死來得眞實；但實在很……這個才是事實經過：福婁拜從床上起身，洗個熱水澡，中風發作，蹣跚地走到工作室的沙發；就在那裡，醫生發現他已然斷氣，然後開出死亡證明。這就是事情的經過，故事到此結束。早期的福婁拜傳記學者已經和該醫生討論過，就是這樣。而在雷杜的版本當中，需要補充額外的連續事件：福婁拜起床泡熱水澡，以到今日還未經說明的方式自縊，然後爬出浴室，藏好繩索，蹣跚地走到工作室，倒在沙發上，當醫生來的時候，還要裝出中風發作的症狀。眞的，豈不是太可笑了。

人家說看到煙就一定有火。恐怕眞的是有獨立存在的煙。愛德蒙・雷杜就是自來煙的絕佳實例。這個雷杜究竟什麼來頭？似乎沒有人知道。他不是什麼權威。他徹底的無足輕重。他只以兩個謊言的造謠者身分存在著。也許福婁拜家族裡面曾經有人加害於他（是阿西爾沒治好他的大趾內側腫脹嗎？），他才會採取如此報復行爲。因爲這表示，有好幾本關於福婁拜的書竟然都不是以討論結束，而是去駁斥那個自殺理論。你可以看到，現在又發生一次了。長篇大論的離題書寫，而且語氣憤慨，非常沒有用處。我的企圖是寫關於鸚鵡的事情。還好在這方面牠沒有任何主張。

但是我有。而且不光只是理論而已。如我所說，這花了我整整兩年的時間。不對，那太誇張了：我的意思是，從問題發生到獲致解答，其間流逝掉兩年的光陰。在我寫信求教的對象裡面，有個勢利眼的學者，他竟然說這件事情一點都不重要。嗯，我猜他總得維護自己的領土。不過也有人給了我盧西翁・安德歐（Lucien Andrieu）先生這個名字。

我決定放棄寫信給他了；畢竟，我到目前所寫的信件徒勞無功。我反而在1982年8月到盧昂做了一趟夏季旅行。我住在緊鄰大鐘樓（Gros Horloge）的北方大旅店，在我房間的角落裡，有條從天花板通到地板的排污管，由於隔音設計欠佳，每隔大約五

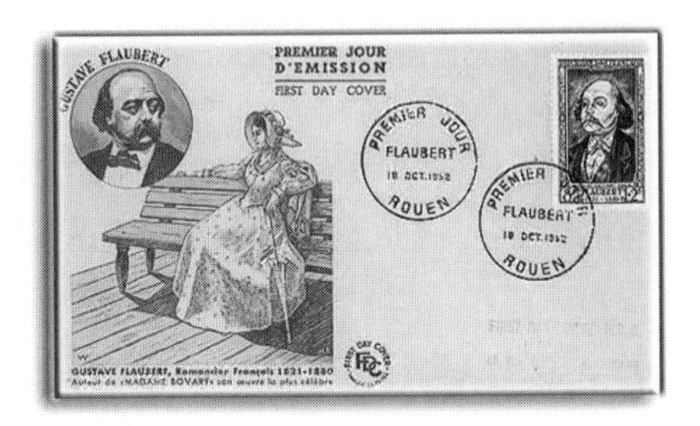
GUSTAVE FLAUBERT
PREMIER JOUR
D'EMISSION
FIRST DAY COVER
PREMIER JOUR
FLAUBERT
ROUEN
PREMIER
FLAUBERT
ROUEN
GUSTAVE FLAUBERT, Romancier Français 1821-1880

分鐘就會對我吼叫，流過的彷彿是整座旅社的穢物。晚飯後，我躺在床上，聽著偶然發生的「高盧大撤退」的喧囂。還有大鐘樓報時的大聲響，尖細得就在近旁，聽起來就像從衣櫃裡面傳出來的。我懷疑自己是否睡得著。

可能是我多慮了。十點以後，排污管安靜下來，大鐘樓也不吵了。白天的敲鐘是觀光的賣點，但是盧昂市政府也體貼地在觀光客入睡時，把樂鐘關掉。我關燈躺在床上，想著福婁拜的鸚鵡：對菲莉絲黛來說，怪誕卻符合邏輯，牠是聖靈的化身；對我來說，牠是作家心聲的象徵，飄動而又忽隱忽現。當菲莉絲黛在床上行將就木的時候，鸚鵡化作華麗形象回來，接她去天堂。在我即將入睡之際，我想著自己會作什麼樣的夢。

不是鸚鵡的夢。我作的是鐵路的夢。我夢見自己在伯明罕（Birmingham）轉車，時間是戰時。遠方護衛車從月台的盡頭開出。我的行李箱摩擦著我的小腿。鐵路實施燈火管制，車站裡面朦朧昏暗。我看不懂時間表，上面的數字一片模糊。一切都沒有希望；沒有火車；只有荒蕪和黑暗。

你以為夢境會知道它的目的達成了？但是夢不知道它對作夢者的影響，也沒有半點優雅。車站的夢——差不多每三個月我都會夢一次——夢境自己會重複，已經跑完的片匣又重新再來一次，直到我胸口沉重沮喪地醒來才結束。那天早上我被時間和穢物的雙重聲響吵醒：大鐘樓和排污管。時間和穢物：是否會讓古斯塔夫發笑？

在市立醫院裡，同一個穿白色外袍消瘦的男管理員，又帶我參觀了一圈。在博物館裡面的醫學區，我注意到以前忽略的物件：一個自助式灌腸幫浦。不正是古斯塔夫・福婁拜厭惡的東西：「鐵路、毒藥、灌腸幫浦和鮮奶油派……」的其中一項。幫浦由狹窄的木製凳子、一個空心的大釘和一個筆直的手把所構成。你跨坐在凳子上，慢慢坐到大釘上，將你自己灌滿水。起碼，它還給你一些隱私權。男管理員給我一個會心的笑容；我告訴他，自己從前是醫生。他微笑後跑去拿些我可能感興趣的物品。

他拿了個很大的厚紙板鞋盒過來，裡面裝了兩個人頭標本。皮膚還保持得很完整，只是因爲時間久遠的緣故而呈現出咖啡色：那種顏色，也許有點像是過期的紅醋栗果醬吧。大部分的牙齒還在，但是眼睛以及頭髮沒有保留下來。其中一顆頭顱被裝上品質粗劣的黑色假髮和一雙玻璃眼珠（是什麼顏色？我已經不太記得；不過我確定，絕對不像艾瑪・包法利的眼睛那麼複雜）。將人頭逼眞還原的舉動似乎很失敗，反而讓它看來像小孩子的恐怖面具，就是那種賣新奇玩具店櫥窗的萬聖節面具。

男管理員向我解釋，這些頭顱是盧莫尼耶（Jean-Baptiste Laumonier）的傑作，他是阿西爾—克雷歐凡・福婁拜就任前在市立醫院的外科主任，致力尋求保存屍體的方法；市政府同意讓他拿死刑犯的頭來做實驗。這讓我想起古斯塔夫童年的一件事，在他六歲的時候，有次和他的舅父帕漢（Parain）一起外出散步，意外經過剛使用過的斷頭台，鵝卵石路上還沾染著新鮮的血漬。我抱著希望講述這件事；不過男管理員搖了搖頭。如果和我推測的一樣，這會是個很過癮的巧合，但日期並不吻合。盧莫尼耶死於1818年；而箱子裡那兩個標本看起來也不像被斷頭台斬過的。男管理員讓我看下顎底下很深的皺痕，劊子手的絞索曾經套得死緊。莫泊桑在克羅瓦塞看到的福婁拜屍體，頸子顏色很深而且腫脹。這是中風的症狀，不會是在浴室裡自縊的痕跡。

我們繼續穿越博物館，來到陳設鸚鵡的小房間。我拿起我的拍立得相機，他同意我拍攝鸚鵡。當我把顯影中的照片夾在腋下的時候，男管理員指著一張影印紙，我第一次參觀的時候就注意到了。福婁拜寫給布萊恩夫人（Mme Brainne）的信，1876年7月28日：「猜猜看過去的三星期，我在案頭上放了什麼？一個鸚鵡標本。牠坐在那裡執行牠的哨兵任務，我開始受不了看到牠在那裡，但我還是把牠留著，唯有這樣我才能知道鸚鵡的特質，此刻我正在寫一個老女人與鸚鵡之間愛的故事。」

「這是眞的那一隻，」男管理員敲著面前的玻璃罩這樣說，「這隻是眞的。」

「另外那隻呢？」

「那隻是贋品。」

「你確定？」

「很簡單。這一隻是從盧昂博物館來的。」他指了棲木末段的圓形標籤，然後叫我看一張博物館的登記單。上面列了一連串曾經出借給福婁拜的物品。大部分的項目是我不能解讀的博物館速記，不過亞馬遜鸚鵡的出借紀錄可以清楚辨認。最後一欄的打勾記號表示福婁拜已經歸還的物品。其中包括了鸚鵡。

我覺得有點失望，我一直很感性地以爲——沒有合宜的原因——這隻鸚鵡應該是從作家的遺物裡找出來的（無疑地這解釋了，我偷偷地偏好克羅瓦塞的那一隻鸚鵡）。當然這份影印文件並不能證明什麼，除了指出福婁拜曾經向博物館借過鸚鵡，而且也還了。博物館的標籤有點麻煩，但並沒有關鍵性……

「我們的鸚鵡是眞的。」男管理員送我出去的時候，又無謂地向我再炫耀一次。我們的角色似乎有所對調，需要被保證的是他，不是我。

「我肯定你是對的。」

但我心裡卻沒這麼想。我駕車到克羅瓦塞去，也爲另外一隻鸚鵡拍照存證。牠也有博物館標籤，我向這邊的女管理員表示同意，她的鸚鵡是眞的，而市立醫院那隻一定是僞品。

午餐後，我去了紀念墓園。寫下「憎惡布爾喬亞是所有美德的開端」的福婁拜，還不是被葬在盧昂最尊貴的幾個家族之間。在一次英倫之行，他參觀了高門墓園（Highgate Cemetery），覺得太整潔了：「這些人似乎是戴著白手套死的。」在紀念墓園，他們穿著燕尾服和整套裝飾配件，他們的馬匹、狗兒還有英國家庭教師一起陪葬。

古斯塔夫的墓小而不矯飾；在環境的包圍下，這個效果讓他看起來不像個藝術家，更像是個不成功的布爾喬亞。我靠著包圍家庭墓區的扶手——死後也可以擁有不動產——拿出我的《簡單的心》。在第四章的開端，福婁拜用很短的篇幅來描述菲莉絲黛的鸚鵡：「牠叫作露露。牠的身體綠色，翅膀末端粉紅色，額頭藍色，喉嚨金色。」我比較兩張照片。兩隻鸚鵡都有綠色的身體；兩隻的翅膀末端都是粉紅色（市立醫院那隻粉紅色的部分比較多）。但是藍色額頭和金色喉嚨：無庸置疑，這是市立醫院的那一隻。克羅瓦塞那隻完全反過來：金色的額頭和藍綠色的喉嚨。

大概就是牠了，真的。不管怎樣，我打電話給盧西翁・安德歐先生，大略向他解釋我的興趣。他邀請我隔日再打。他給我地址的時候——盧汀路（rue de Lourdines）——我開始想像他現在身處的房子，福婁拜學者的布爾喬亞式堅固房屋。上面有一個小圓窗（oeil-de-boeuf）的雙重斜坡屋頂；粉紅色的石磚，還有第二帝國的裝飾風格；屋裡，沉著的嚴肅性，有著玻璃門的書櫃，蠟面木板和羊皮燈罩；我彷彿可以聞到那種類似男性俱樂部的氣味。

在我腦海裡面暫時營造出來的房子，是個僞品，是場幻夢，是本小說。福婁拜學者的眞正房子位於河岸對面盧昂市的南部，小型工廠和有紅磚陽台的房舍相間，盤據在這個沒落地區。卡車看起來大到無法開上路；店家很少，酒吧的數目幾乎差不了多少；有一家標示著今日特餐（plat du jour）供應的是小牛腦（tête de veau）。快要到盧汀路前有一個盧昂屠宰場的路標。

安德歐先生在門口等我。他是個矮小的老人，穿著斜紋軟呢夾克，斜紋軟呢的毛拖鞋，戴著斜紋軟呢帽。在他的翻領上，有三種不同顏色的絲。他脫掉帽子和我握手，旋即又把帽子戴上；他的解釋是，自己的腦袋瓜在夏天特別脆弱。所以在屋內也必須時時戴著他的呢帽。有些人或許會覺得他的行徑古怪，但是我不會。我以醫生的立場說話。

他提醒我他七十七歲了，是福婁拜之友會社（Société des Amis de Flaubert）的祕書，而且是尚在人世的會員裡年紀最大的一個。我們坐在前廳一張桌子的兩邊，牆上掛滿了骨董：紀念盤、福婁拜獎章、他自己畫的大鐘樓像。房間小而擁擠，希奇古怪又個人化，像是菲莉絲黛房間的整潔翻版，或是福婁拜的陽台。他指了一幅朋友爲他畫的漫畫肖像給我看；上面將他畫成是一個帶槍的人，褲子後口袋有一瓶卡瓦多士蘋果烈酒（calvados）跑出來，我應該問這名溫和親切的主人，怎麼會被描繪成這般兇殘；但我沒有開口。我反而拿出艾妮德・史塔基所寫的《福婁拜：製造大師》（*Flaubert: the Making of a Master*），指給他看前頁的照片。

「這是福婁拜嗎？」（C'est Flaubert, ça?）我問了，爲了最後一次確定。

他輕笑。

「這是路易・布依雷。是的，是的，這是布依雷。」（C'est Louis Bouilhet. Oui, oui, c'est Bouilhet.）很明顯他不是第一次被問到這個問題，之後我又向他查對了一兩項細節，然後提到鸚鵡。

「嗯，鸚鵡總共有兩隻。」

「請問哪隻是眞的？哪隻是贗品？」

他又輕輕一笑。

「他們在1905年將克羅瓦塞改建成紀念館，」他回答。「那一年我出生。我自然不會在那裡出現。他們收集了所有可以找到的東西──你已經參觀過了。」我點了頭。「他們能夠找到的很有限，許多東西不知散落何方，但是根據館長的決議，有項東西務必尋獲，那就是福婁拜的鸚鵡，露露。所以他們到自然歷史博物館去，說我們是否可以把福婁拜的鸚鵡要回來。我們要將牠陳列在紀念館裡頭，館方說，當然可以，請跟我們來。」

安德歐先生已經說過這個故事，他很清楚要在哪裡暫停。

「所以他們將館長帶到儲藏收藏品的地方。你需要一隻鸚鵡？他們說。那我們到鳥類區。然後他們將門打開，出現在他們面前的是……五十隻鸚鵡。整整五十隻鸚鵡！（Une cinquantaine de perroquets!）

「他們要怎麼做？他們做了聰明合乎邏輯的事情。他們帶了一本《簡單的心》回來，翻讀福婁拜對露露的描述。」跟我昨天所做的一模一樣。「然後他們選了最接近書本描述的那一隻。」

「四十年後，最後一場戰爭結束了，市立醫院也著手展開自己的收藏。輪到他們去博物館索求福婁拜的鸚鵡。博物館方面表示，選吧，如果你們能選到正確的那一隻的話。於是他們也參考了《簡單的心》，選了最接近福婁拜描述的那一隻，這就是爲什麼會有兩隻鸚鵡的存在。」

「所以在克羅瓦塞的那隻先被選走，應該是眞的？」

安德歐先生看起來並不想表態，他將呢帽往後腦勺推了一點。我拿出我的相片。「如果是這樣的話，這又怎麼說？」我引述了熟悉的鸚鵡描寫，指出克羅瓦塞那隻的前額與胸部不符合之處。爲什麼第二隻會比第一隻更接近書中的描繪？

「嗯，你必須記住兩件事情。首先，福婁拜是個藝術家。他是個有想像力的作家，必要的話，他會裁切事實來符合音律；他就是這樣。而且他只不過借了隻鸚鵡回去，幹嘛非得描述它的長相？如果音念起來好聽點的話，爲什麼他不能夠擅自更改顏色？

「其次，福婁拜在完成故事後將鸚鵡還給博物館。那是在1876年，展覽館是在三十年後才成立的。動物標本會長蛀蟲，這點你應該很清楚。它們還會支離破碎。菲莉絲黛那隻就是這樣，不是嗎？內部塡充物會跑出來。」

「是的。」

「也許隨著時間推移，顏色早就有所改變。當然，我並不是動物標本專家。」

「所以你的意思是說，兩隻裡可能有一隻是眞的？或者很有可能都不是眞的？」

他慢慢將手攤在桌上，像是巫師的冷靜姿勢。我還有最後一道問題。

「那五十隻鸚鵡是否都還在博物館？五十隻都在？」

「這我不清楚。我並不這麼認爲。你必須知道，在1920、30年代，那個時候我還年輕，當時很流行製作動物或鳥的標本。人們把標本放在客廳，認爲標本很漂亮。因此，許多博物館乘機傾銷那些不需要的館藏品。他們爲什麼要保留五十隻亞馬遜鸚鵡？到頭來只會腐爛。我不知道現在到底還剩下多少隻，我想博物館已經將大部分都處理掉了。」

我們握手告別。在門邊，安德歐先生又脫帽行禮，他那脆弱的腦勺，短暫地暴露在8月的太陽底下。我感到既滿足又失望。好像找到答案又不是答案；好像是結局又不是結局。就像菲莉絲黛最後的心跳，故事的結束「好像泉水逐漸涸竭，好像回聲逐漸消散」。或許就該是如此吧。

是該說再見的時候了。我又去三尊福婁拜雕像前兜了一圈，像是個謹慎的醫生。他的狀況是否安好？在都維勒，他的小鬍子仍需要修補，不過大腿的修補處則沒那麼明顯了。在巴亨廷，他的左腿似乎開始分裂，上衣角落有破洞，上半身有一塊也長了青苔；我盯著那塊綠色污痕，半瞇起眼睛，將他想像成一名迦太基翻譯官。而在盧昂卡姆廣場上，他那93%銅和7%錫的合金身體依然穩健，但是留下時間的痕跡。每一年他都會流出銅的眼淚，在頸子上留下明亮如血管的痕跡，這樣不會不妥當：福婁拜向來是個偉大的哀哭者。眼淚也流過身體，讓他穿了一件花俏的背心，腿旁邊多出幾條紋路，好像穿了禮褲一樣。這樣的形容不會不恰當：提醒了我們，他享受沙龍生活，也享受隱居在克羅瓦塞的生活。

在北方幾百碼外的自然歷史博物館，有人帶我上樓參觀。我有點意外：我一直以爲預備收藏品都放在地窖裡。也許那裡現在改成了休閒中心了吧：有自助餐廳、有掛圖、有電玩遊戲、有一切幫助學習的東西。爲什麼他們會這麼熱切地將學習變成遊戲？不管對象是大人還是小孩，全都設計成幼稚的遊戲。尤其針對成人更是如此。

那是一個小房間，大概只有八呎乘十呎見方，窗戶在右邊，收藏櫃一直排列到左邊。天花板上雖然有幾盞燈，室內依舊相當陰暗，像個頂樓的墓穴。不過我猜，它也不全然是個墓穴：也許當中有些生物能夠出去重見天日，去替換一身蛀蠹或是退流行的同事。所以這個房間身分不明，半是停屍間、半是煉獄。這裡也有一股不確定的氣味，介於外科手術室和五金行之間。

視線所及全是鳥。整櫃整櫃的鳥，每一隻身上都覆蓋著白色的殺蟲藥粉。我被領到第三排通道。我小心地穿過儲藏櫃，稍微往上瞧。上面站成一排的，就是亞馬遜鸚鵡。原本五十隻鸚鵡只剩下三隻。它們身上俗麗的羽毛已經被殺蟲藥粉蓋住。牠們盯著我瞧，像是三個惡作劇、眼光銳利、滿是頭皮屑、不名譽的老頭兒；牠們看起來實在是——我不得不承認，有點古怪。我盯著牠們瞧一兩分鐘之後，就把目光避開了。

也許就是其中哪一隻。

ii

*

1
福婁拜的鸚鵡
Flaubert's Parrot

❶ 擲boule爲法國南部的休閒活動，是種在平坦沙地上的擲球遊戲，多半是上了年紀的老先生在玩。

❷ 盧昂（Rouen）爲諾曼地（Normandie）首府，是塞納河下游的大城，是福婁拜出生和待過童年的地方，二次大戰期間曾嚴重受損，但右岸仍維持許多歷史景點。在《包法利夫人》當中的一些著名場景即設在本市。

❸ 里奧博特・柏恩史坦姆（Leopold Bernstamm, 1859-1939），爲定居法國的俄國雕塑家，除了福婁拜雕像之外，其他作品還包括莫斯科國家冬宮博物館的俄皇尼古拉二世像，以及巴黎蒙梭公園的雕塑，主要作品在巴黎近郊的摩頓雕塑美術館成列展覽。

❹ 在波赫士（Jorge Luis Borges, 1899-1986）全集（台灣商務，2001）第四卷當中所收錄的《序言集》（此爲他爲大量的西班牙文翻譯書寫序）當中，他在《聖安東尼的誘惑》最前面寫道：「古斯塔夫・福婁拜對文學創作堅信不疑。他落入了可能會被懷海德稱之爲『完美辭典』把戲的那種圈套，相信這個紛繁世界的每事每物都有一個與之對應且早就存在的『確切的詞』（le mot juste），作家的責任就是找到這個詞。他相信自己已驗證這個詞必定是最悅耳的一個。他從不倉卒下筆，沒有一行字句不仔細推敲、反覆琢磨。他追求而且做到了眞實，也常突發靈感。他說：『散文剛剛誕生。』『韻文主要是古代文學的形式。韻律的各種組合已經窮盡，散文卻並非如此。』在另一篇文章中又說：『小說正在等待他的荷馬。』」（盛力，崔鴻儒／譯）

❺ 古斯塔夫・福婁拜死於1880年5月8日。葬禮過後不久，他的外甥女卡洛琳就把舅舅的房子給賣掉了。到福婁拜晚年時，一心向著丈夫厄尼斯・康姆維爾的卡洛琳給年老的

福婁拜帶來一大堆麻煩，福婁拜爲她賣了一些父親的遺產，像是巴黎的公寓、都維勒的地，還得請求她別要他把克羅瓦塞的家賣掉。在愛德蒙・龔固爾（Edmond de Goncourt）參加葬禮後所寫的日記裡，提到這位康姆維爾先生，先是扒了福婁拜口袋裡要給鎖匠的25法朗，以卡洛琳的未來不斷提到福婁拜桌上的作品可以用來賣錢，特別暗指那些往來書信，龔固爾因而懷疑他會給這些來信的夫人們下黑函，好訛詐一筆錢。福婁拜死後，卡洛琳立刻賣掉房子，出版未完成的《布法與貝丘雪》，還編輯了好幾冊福婁拜不同通信者的書信集。在她1881年寫給荷婕（Roger）夫人的信中寫著：「我們已經把克羅瓦塞的房子賣掉了，我丈夫從來也不喜歡那裡，況且財務狀況過於沉重。我們賣了不錯的價錢。……就在幾天之內我發現我得離棄我童年的記憶，而且特別是——那些對我更親愛的——將我和我最摯愛的舅舅緊連在一起的種種，對我這簡直像是再死一次。」福婁拜克羅瓦塞的故居賣掉後，紙工廠於1882年設立。於1907年成立的紀念福婁拜的「克羅瓦塞之家」則由他的僕人、廚子以及好友們所贊助。古斯塔夫・福婁拜的哥哥阿西爾承繼父業，依舊住在他們童年的住所——盧昂市立醫院，那裡有規模比較大的福婁拜紀念博物館。

❻ 沙特（Jean-Paul Sartre, 1905-1980），被譽稱爲「二十世紀最重要之人」，爲著名的哲學家、文學家、社會活動家。海軍之子，父親在他出生之後不久死於熱病，他的童年全在語言學教授的外祖父家度過。曾參加二次世界大戰，期間被俘虜，獲釋後轉而參加地下反抗活動，1960年代以降，全力投入社會政治活動，立場極爲左傾。以存在主義文明問世，對戰後的青年一代有著非常巨大的影響，哲學

文學著作有《想像》、《嘔吐》、《存在與虛無》、《自由之路》三部曲等等。1964年以自傳《詞語》（*Les Mots*）獲諾貝爾文學獎（原因是：「他的作品——想法豐富，充滿自由精神以及對眞理的探求——已經無遠弗屆底深深影響我們這個時代」），他拒絕領獎（原因是：這樣的榮譽與作家對讀者的責任有所違背）。他曾說：「人除了他自己所製造的之外，什麼也不是」，「他人即是地獄」。他於1980年去世時共有兩萬人參加他的葬禮。在《詞語》當中他寫道：「我的運氣是我屬於一個死者，這位死者只是灑下了幾滴精液，這通常是一個孩子的代價。我是太陽的封地，外祖父能和我作伴，但卻不能占有我：我是他的『奇才』，因爲他希望能做一個使人稱奇的老人而了其餘生。他打算把我視爲命運給予的一個特殊的恩寵，一件無償的病隨時可以撤回的禮物……我認爲他並沒有對他的孫兒們表示過多熱情，他的確很少看到他們，而他們也完全不需要他。而我則一切都需要依靠他：他在我身上崇拜的是他自己的寬厚爲人。」「所以，我是一條被寄以厚望的捲毛狗，我正在發布預言。我說著幼稚的話語，其他人則記著這些話，對我反覆嘮叨沒完：我又學著說別的話。我還說成年人的話，那些『超出我年齡』的話，雖然我並不了解其中的奧妙。這些話都是詩，製作方法很簡單：只須相信魔鬼、運氣、虛無，只須整句地借用成年人的話，把它們連結起來，並不停地重複它們，且無須懂得其中的意義即可。總之，我在宣讀眞正的神諭，而每個人都按著自己的意願去理解。善在我的內心深處誕生，眞則在我年幼無知的領悟能力之中產生……我依然毫不動搖地把拒絕給我的那種微妙的快樂賦予他們。我的滑稽可笑的動作披著慷慨大方的外衣：一些可憐的人正爲沒有孩子而傷心，出於同情，我在利他主義的驅使下從虛無中抽身而出，又再度做出種種小孩子的舉動，以便使他們幻想自己有一個兒子。」（潘培慶譯，木馬出版）。

底下的網站，收有一些沙特資料的連線：

http://www.sartre.org.uk/

❼ 納達爾（Nadar，本名爲Gaspard-Felix Tournachon, 1820-1910），不僅是十九世紀最偉大的攝影師之一，同時也是他的年代最偉大的人物之一。畫家之子，生於巴黎，父親死後，他開始以納達爾之名活躍於巴黎社交圈，當時最時髦的人士都是他的顧客，他也完成了首座攝影名人祠，爲里昂的報紙撰寫戲劇評論，隨後到達巴黎，是法國第二共和時期貧窮但精力旺盛的波西米亞人。在晚年他曾在回憶錄中寫到自己曾經做過偷獵者、走私犯、賣泥炭的夥計和祕書。1840年代他寫了大量的論文、隨筆、故事和書本，然後參加波蘭獨立運動被逮捕，送回巴黎。1840年代他畫了很多諷刺漫畫，署名Nadar，在倫敦看見世界博覽會，興起製作Nadar萬神殿的主意，原先想要畫三百幅巴黎知識分子的漫畫，隨後鼓勵弟弟學拍照，買了器材，兩人有各自的工作室，但納達爾的攝影技術突發猛進，他隨後爲許多文人名士，如雨果、波特萊爾、喬治・桑、馬奈、羅西尼、德拉克魯瓦拍攝肖像；除了肖像攝影之外，他也常有大膽創新的舉動，以閃光燈拍攝世界最早的下水道攝影和地下墓穴照片，在1863年他的興趣轉向氣球，《環遊世界八十天》的作者凡爾納（Jules Verne）就是他當時氣球協會的祕書，他在普法戰爭期間，因爲巴黎被封鎖，他以氣球運送郵件，並拍攝法國最早的空中照片。在班雅明所寫的〈巴黎，十九世紀的都城〉中寫到納達爾或西洋景：「攝影導致了微型肖像畫這一偉大職業的消亡，這並非純

粹碰巧是經濟的緣故。早期的攝影在藝術上優於微型肖像畫，技術的原因是曝光時間長，這需要主題部分高度的集中。社會的原因是，早期攝影師屬於西方資產階級藝術中的先鋒派，他們的主顧也大都來自這一派。當納達爾在巴黎下水道拍照時，於是首次對鏡頭的發明造成了需求。從新的技術和社會現實著眼，當人們對繪畫和素描知識的主觀貢獻越來越不可靠時，攝影的意義就更顯重大。」(《發達資本主義時代的抒情詩人》，張旭東、魏文生譯，臉譜)
http://www.masters-of-photography.com/N/nadar/nadar.html

❽ 史蒂文生（Robert Louis Stevenson, 1850-1894），英國著名的散文作家、小說家，作品種類繁多，尤其愛好幻想和冒險故事，《金銀島》即為他最受歡迎的小說之一，而其《化身博士》（*Dr. Jekyll and Ms. Hyde*）已是人格分裂之驚聳小說的經典原形。因爲身體健康的原固定居在薩摩亞群島，大半輩子幾乎都不在英國居住。

❾ 克羅瓦塞（Croisset）是福婁拜的家鄉，他的父親在此有房產，福婁拜一直住到去世爲止。

❿《布法與貝丘雪》爲福婁拜最後的長篇小說，他生命中最後的十年都在爲這部小說的材料進行巨大的準備功夫，開始的構想是：用滑稽劇的形式寫成一種類似批判性的百科全書，作者本人從社會人文及自然科學知識領域大量借用題材，來諷刺文明進步的危機，整個對於文化和科學發展的成果是抱持著更大的懷疑態度。

⓫ 沙特7歲時就讀了《包法利夫人》，但是福婁拜7歲的時候還不會看書。沙特曾說：「福婁拜是我的反面，他的文學與我的相反」。沙特從1943年就有意研究福婁拜，而其研究專書於1971至1972年出版，共三卷。這個大部頭的書《家庭白癡》（*L'Idiot de la famille*）最初的標題爲《沙龍白

癡》(*L'Idiot des Salons*),取自福婁拜早年寫給恩尼斯・夏瓦耶信件裡,提到他跟他的一群小朋友們終日在玩愚蠢的宴會幻想遊戲。而後改名《家庭白癡》,則是因爲他才幾歲時,常模仿醫院裡精神病患的那種白癡相——一個人坐著發呆,嘴巴含著手指,目光空洞,旁邊的人在說話他沒在聽,常常說不出完整的句子,他父親簡直認爲他就是個白癡。到了他晚年傾進全力所寫的《布法與貝丘雪》也寫了兩個永遠抄抄寫寫所有知識的白癡。沙特假借傳記體的形式,採取佛洛伊德精神分析及馬克思主義來辯證其哲學思想。他全神關注研究福婁拜的童年,透過福婁拜的大量書信——他認爲這成千上萬封的信就是福婁拜自己的最佳傳記,遠比他精雕細琢的小說作品更接近他本人——研究社會現實性是如何作用在一個作者身上,天才又是如何勃發的,他認爲是家庭與社會造就了福婁拜。在《家庭白癡》寫作期間,沙特曾服食藥物,不過作品仍欠缺最終完結篇章,但根據沙特自己的說法,重要的理念已經寫在前三卷當中。

⓬ 1880年5月8日,福婁拜突然腦溢血發作,撒手長辭,未完成的《布法與貝丘雪》還在工作桌上。

⓭ 沙特自小因眼疾導致右眼失明,但到了1973年,雙眼皆瀕於失明,無法看書寫字,健康情況急轉直下,但仍活躍於社會事務,1980年4月15日肺水腫過世。

⓮ 《情感教育》(*L'Éducation Sentimentale*, 1869)故事敘述青年主人翁腓德列克的命運,他在1848年革命時期私生活的故事,他進入了「情感教育」的學校,經歷了各式各樣的遭遇,在上層社會精神衰頹的歷史土壤上,會產生腓德列克這種生不逢時的騎士,又毫無作爲的浪漫英雄。

⓯ 著名的軍事行動「諾曼地登陸」發生在1944年6月6日的

清晨，英國和加拿大特遣部隊從黃金、朱諾、史沃德海灘登陸，美國部隊則登陸西側的猶他及歐馬哈海灘，這些海灘仍沿用當年的軍事代號。聯軍的慘烈犧牲，可以從電影《搶救雷恩大兵》（*Saving Private Ryan*, 1998）的開場想像得知。底下網站：http://www.dday.co.uk/有各海灘的細節介紹，或請參看D-Day紀念館的網站：

http://www.ddaymuseum.org/，或是底下網站：

http://search.eb.com/normandy/

http://www.isidore-of-seville.com/d-day/

⑯ 爲英國拖曳而來的人工碼頭，方便盟軍於D-Day順利登陸，墨比瑞爲其軍事代號，至今殘骸仍存放在諾曼地。

⑰ 拜佑（Bayeux）的刺繡掛毯長達70公尺，其最早的記載文件始於1476年，稱之：狹長的懸掛物，刺繡人物和銘文，主要描寫英王戰勝的情景。一般說法此掛毯是1070年拜佑的主教收到委託所製作的，他是英王威廉的兄弟，主要說明英格蘭國王哈洛德在哈斯丁的戰役，掛毯具有藝術品、歷史文獻及觀賞的樂趣。說是掛毯，其實是在亞麻布上以羊毛刺繡而成。

全圖細部請參看網站：

http://www.hastings1066.com/baythumb.shtml

每段歷史故事請參看網站：

http://www.bayeuxtapestry.org.uk/

⑱ 盧昂市立醫院是福婁拜出生的地方，福婁拜的父親是醫院的外科主任，他們就住在醫院的特別宿舍，離病院只隔一座花園。

⑲ 標緻（Peugeut），法國汽車品牌。

⑳ 喬治・桑（George Sand, 1804-1876），本名Amandine Lucile Aurore Dupin，法國女小說家，父親是第一帝國的軍官，

從小由祖母帶大，在家鄉與人結了婚，卻與情人私奔到巴黎，為了在巴黎生存下去，遂開始寫作為生，她文筆清麗流暢，風格婉約，其筆名的來源是她其中一位情人桑多（Jules Sandeau），她簡化其姓氏為桑（Sand），而喬治則是一個適用男女兩者的名字，早年她還喜歡穿男裝，作品有《安蒂麗娜》、《莫普拉》、《侯爵夫人》。喬治・桑身邊追求者一直不斷，尤其和文學家繆塞以及和音樂家蕭邦的豔史，頗為後人津津樂道。她主張女人不應該成為男人情欲的發洩對象，應該追尋自主的情欲滿足，是早期女性主義先驅。她和蕭邦的傳奇愛情是電影上最喜歡的題材，包括有茱蒂・戴維斯（Judy Davis）／喬治・桑和修葛蘭／蕭邦的中規中矩的《即興曲》（*Impromptu*, 1991），其中朱利安・桑德斯演年少輕狂的鋼琴家李斯特。而最近的版本，則是波蘭導演蘇勞斯基（Andrzej Zulawski）近乎雞飛狗跳的田園詩古裝片《藍色樂章》（*La Note bleue*, 1991），由蘇菲・瑪索主演喬治・桑愛惹禍的女兒蘇朗姿。請參看下面的網站：http://www.george-sand.info/

㉑ 諷刺畫當中，福婁拜還用墨水瓶接下包法利那顆被挖出心臟所留下來的鮮血，這幅雷摩特所畫的諷刺畫1869年刊登在12月5到12日的*La Parodie*週刊上。

㉒《簡單的心》（*Un cœur simple*, 1876）樸質地描繪一個鄉間的窮女孩子菲莉絲黛的故事，福婁拜著墨於她對勞動的高尚信心及為身邊的人付出的忘我精神，又是福氏描寫眞實的心理細節藝術造詣極高的典範。在1875年10月，福婁拜起念要寫個故事，他曾經寫信告訴喬治・桑，他要「寫一些東西更貼近人世讓每個人喜歡」。這個短篇故事被視為或許是他自《包法利夫人》以來最被熟知的作品。在寫這個故事時，福婁拜沉浸在童年的記憶中，其中一些人

物、場景都由他記憶中的原形逐漸融解化入虛構的字句當中。

㉓〈路加福音〉第三章：「眾百姓都受了洗，耶穌也受了洗，正禱告的時候，天就開了，聖靈降臨在他身上，形狀彷若鴿子。」

㉔《包法利夫人》(*Madame Bovary*, 1857) 繪畫式描寫之精巧細膩，戲劇結構之精確完整，是十九世紀寫實文學的典範之作。福婁拜以深刻入微的觀察力，描繪了一個鄉下醫生的妻子艾瑪·包法利，天生的浪漫情懷使然，使她不甘於單調的生活，而一再地沉溺戀愛的感受與夢想，數度發生與人通姦的行爲。《包法利夫人》的電影版則是一拍再拍的題材，包括有尚·雷諾 (Jean Renoir) 1933年的版本，近年來最受矚目的就是夏布洛 (Claude Chabrol) 1991年的，由依莎貝·雨蓓 (Isabelle Huppert) 主演，其他國家不同的版本也甚多，包括有阿根廷版、德國版、印度版、蘇聯版（蘇古諾夫導演，1989，標題爲Save and Protect)、明生·米尼利 (Vincente Minnelli) 的美國版 (1949) 等等。

㉕大衛·霍克尼 (David Hockney, 1937-)，英國畫家。在藝術皇家學院求學時即得獎成績輝煌，參加普普藝術重要的「當年青年藝壇」，更奠定其國際成功的地位，他明快的筆法和色彩，及其大膽的人物造像、題材，還有突破觀念的多種媒材使用，讓他在現代藝術史上占了獨特的位置。大衛·霍克尼最出名的作品包括有游泳池的男孩系列，或是以照片細部拼貼（或以其概念繪畫）。

㉖《薩朗波》(*Salammbô*, 1862)，福婁拜以實際發生在西元前三世紀的歷史，作爲小說基礎，在一次宗教戰爭後，迦太基不得不和反對它而起義的傭兵作戰，穿插其中的是軍事

統領的女兒和野蠻人的戀愛故事。不過更大的用心是，福婁拜是藉著歷史來影射共和政府的矛盾。

㉗ 這隻叫作露露（Loulou）的鸚鵡是公的；而福婁拜也經常在寫給他外甥女卡洛琳的信中，直接稱呼她「露露」。

㉘ 在他1876年7月寫給荷婕・蝶・勒內（Roger des Genettes）夫人的信上寫著：一個月來，我桌上總放著鸚鵡標本，可以用來照實物描寫。標本我已經看煩了。沒關係，我還留著，要讓自己意念裡充滿鸚鵡。

㉙ 喬治・桑死於1876年6月8日。4月5日，喬治・桑寫給他的信中問道：「你何時要讓我讀些福婁拜（新作呀）？」而在5月28日他回給喬治・桑的信中提到：「我已經開始寫另外一個故事，題爲《簡單的心》。……你將從我的《簡單的心》——你將認出受你的直接影響——看出我並不如你所深信的那般頑固。我想你會喜歡這個小作品裡的尋常，或者更喜歡其中隱藏的人性。」而在此信之前幾天，他寫給荷婕夫人的信中說到：「我《簡單的心》預付款來得很慢。我已經寫了十頁……爲了其中的眞實性，我到了主教橋市和翁弗勒小旅行。這段行程把我拉進惆悵當中，我難免沉浸在回憶當中。我眞老，老天呀，眞老。」在喬治・桑的葬禮上——「我像頭失怙的小牛一般啜泣」（給屠格涅夫的信上）——他將《簡單的心》獻給喬治・桑。1976年10月31日他在《簡單的心》完成，三個故事都得到預付款時，寫信給喬治・桑的兒子墨希斯，說道：那一部分是你母親充滿見地的建議。她尋獲重建我自我意識的捷徑。在1877年8月當三個故事收成一本出版時，他把書寄給墨希斯，他在信中寫道：「你提到你那摯愛而光彩燦爛的母親。除了你，我想沒人比我更想念她的了。我眞想念她呀！我多需要她呀！我是爲了她而開始寫《簡單

的心》的，爲的就是要取悅她。她在我寫這本書的時候去世，像是伴隨著我們的夢而去。」

㉚ 米其林指南（Michelin Guides），是去歐洲時最佳的旅遊指南，分兩種不同顏色，紅色米其林提供餐廳和旅館的資訊，而綠色米其林則提供旅人目的地的有用的主要訊息，內含詳細地圖，主要提供給來自世界各地的遊客，所以也有世界不同語言的版本。

*

2
年表

Chronology

❶ 恩尼斯・夏瓦耶（Ernest Chevalier, 1820-1887），福婁拜幼年時期的摯友，他們從9歲開始就書信往來，當恩尼斯結婚的時候，福婁拜有一種被背叛的感覺。儘管成年以後各有各的人生，他們卻從來沒有眞正斷交過，因爲童年時候的回憶太過美好。

❷ 阿弗列德・勒・波提凡（Alfred Le Poittevin, 1816-1848），也是福婁拜青春期的好友，在路易・布依雷出現之前，對古斯塔夫頗具影響力。勒・波提凡家與福婁拜家是世交關係，福婁拜醫生是阿弗列德的教父，而勒・波提凡先生也是古斯塔夫的教父，而阿弗列德的妹妹婚後生下莫泊桑，受到古斯塔夫的提攜。

❸ 路易・布依雷（Louis Bouilhet, 1821-1869），法國詩人。是福婁拜最好的朋友，福婁拜還特別將《包法利夫人》一書獻給他，他們倆在盧昂中學時期即相識，卻是在畢業以後才成爲好友，布依雷和福婁拜不同，他的功課非常好，進入優秀的醫科大學，後來爲了寫詩而放棄當醫生的念頭，和福婁拜始終保持密切頻繁的書信往來，他的過世對福婁拜是很大的打擊。

❹ 雨果（Victor Hugo, 1802-1885），被譽爲十九世紀法國浪漫主義最傑出的代表，一生經歷了漫長而動盪的歷史時期，他所主張的人道主義思想以及爲民抒發的諷刺劇作屢次釀成嚴重風波，在拿破崙三世帝政時期被迫離鄉。雨果一生詩作和小說豐富多彩，雄渾有力，他反對古典主義，力主浪漫風格，他的浪漫主義作品，以磅礡的氣魄、豐富的想像力和華麗的辭藻傲視文壇，更以離奇曲折的情感震撼讀者心弦；作品有《悲慘世界》、《鐘樓怪人》、《東方集》、《論莎士比亞》等。參看網站：

http://www.victorhugo.culture.fr/

http://www.victorhugo.education.fr/

http://www.kirjasto.sci.fi/vhugo.htm

❺ 波特萊爾（Charles Baudelaire, 1821-1867），法國詩人，是法國象徵派詩歌先驅、現代主義創始人之一。著有《惡之華》詩集及其他散文集，並花半生精力翻譯美國作家愛倫・坡（Edgar Allan Poe）的選集。幼時生活並不愉快，母親改嫁的事實令他難以忍受；長大後，經濟情況並未好轉，堅持過著波西米亞式的生活，一生窮困。參看網站：http://www.poetes.com/baud/

❻ 致力小說創作的龔固爾兄弟。哥哥是愛德蒙・龔固爾（Edmond de Goncourt, 1822-1879），弟弟是朱勒・龔固爾（Jules de Goncourt, 1830-1870），他們是「文獻小說」的創始人，強調以事實爲根據，著重描寫人物的病理和生理的低級本能。法國文壇每年頒發的重要獎項——龔固爾文學獎，是根據愛德蒙・龔固爾的遺囑以及文學基金所設立的。

❼ 戈蒂埃（Théophile Gautier, 1811-1872），法國浪漫詩人，也是十九世紀歐洲唯美主義運動的最初提倡者，後來也得到波特萊爾、福婁拜等作家朋友的支持，提出爲藝術而藝術的主張，影響到後來的英國作家王爾德（Oscar Wilde, 1856-1900）。戈蒂埃著有詩集《奇人誌》，他的女兒茱蒂絲（Judith Gautier, 1845-1917）也是知名女作家。

❽ 屠格涅夫（Ivan S. Turgenev, 1818-1883），俄國最重要的寫實作家之一，其作品文筆優美，而內容兼具社會性與政治色彩，著作有《父與子》、《羅亭》、《貴族之家》、《前夜》、《初戀》、《煙》以及《處女地》，與托爾斯泰和杜思妥也夫斯基爲俄羅斯最知名的三大小說家。屠格涅夫一

生顚沛流離，長年被放逐國外，從1860年代起，大部分時間在西歐度過，結交了許多著名作家，如左拉、莫泊桑、都德、龔固爾等。參加了在巴黎舉行的「國際文學大會」，被選爲副主席（主席爲雨果），促進俄羅斯文學和歐洲文學的的溝通交流。參看網站：

http://www.tourgueniev.info/

❾ 孔皮耶涅（Compiegne），是路易十六與瑪麗皇后居住的城堡，也是拿破崙三世和尤琴妮皇后最喜歡的住所，現在有皇后博物館及第二帝國博物館。

❿ 亨利・詹姆斯（Henry James, 1843-1916），是美國小說家、文學批評家、散文家。他出身高貴，深受歐洲文化影響，描寫上層資產階級精神面貌的代表作家。他的風格高雅精緻，講究表現形式，在心理分析精細微妙的程度上達到前所未有的境界。另外他也以懂得享受生活情趣出名，跟名流騷客夜夜酬酢，半夜回家後還是文字產量驚人。亨利・詹姆士近年來也是電影界的最愛，改編小說的電影甚多，包括有導演詹姆斯・艾佛利（James Ivory）的《歐洲人》（*The Europeans*, 1979）、《波士頓人》（*The Bostonians*, 1984）、《金色情挑》（*The Golden Bowl*, 2000），紐西蘭女導演珍・康萍的《眞愛一世情／妮可基曼之風情萬種》（*The Portrait of a Lady*, 1996），波蘭女導演賀蘭（Agnieszka Holland）所拍的《華盛頓廣場》（*Washington Square*, 1997）以及英國導演Iain Softley所拍的《欲望之翼》（*The Wings of the Dove*, 1997）等等。

⓫ 左拉（Emile Zola, 1840-1904），受到實證主義哲學影響，是自然主義的始作俑者，其著名作品有《小酒館》、《娜娜》、《萌芽》等等，全面揭露反映法蘭西第二帝國和第三共和時期的社會現實，曾發表致共和國總統的公開信

〈我控訴〉，聲援被陷害的德雷福上校，被判一年徒刑，而流亡英國一年，細節請見《法國與德雷福事件》（麥田）。參看底下一些網站：
http://pages.globetrotter.net/pcbcr/zola.html
http://emilezola.free.fr/

⓬ 莫泊桑（Guy de Maupussant, 1850-1893），享有短篇小說之王盛譽的法國小說家。生於諾曼地省的貴族中落之家，他的舅舅阿弗列德・勒・波提凡是福婁拜的好友，兩家人爲世交。莫泊桑經福婁拜引入文學界，兩人之間是師生關係，也是互相欣賞的忘年之交。莫泊桑觀察力細微，也極具敏銳的感受性與銳利，著有300多篇小說，知名作品有《脂肪球》、《好朋友》、《兩兄弟》、《女人的一生》等等，難逃文藝人士常見的雙重人格傾向，最後死於瘋顛。請參看網站：http://maupassant.free.fr/

⓭ 方斯華・寇波（François Coppée, 1842-1908），法國詩人劇作家，1869年以獨幕劇《過客》（*Le Passant*）一舉成名。晚年皈依天主教曾寫就一本宗教小說《有益的病》（*La Bonne Souffrance*）（1898）。

⓮ 卡蒙貝（Camembert）乳酪。卡蒙貝是諾曼地的小村莊，位居法國西北。此小鎮的歷史遠自中世紀黑暗時期，以卡蒙貝小鎮爲名的起士，Marie Harel所製作出來的，傳說有人給了她祕方，在1789年法國大革命時期，有位教士躲到她的農場，把祕方傳給她。圓形的卡蒙貝起士上頭有一層白白的粉狀物，是製造時撒了青黴菌所產生覆有白黴的乳酪皮。底下的網站有其歷史。http://www.camembert-france.com/

*

3

找到就是你的

Finders Keepers

❶ 這裡指的是艾德蒙・戈斯爵士（Sir Edmund Gosse, 1849-1928），他著有與屠格涅夫傑作同名的自傳小說《父與子》（*Father and Son: A Study of Two Temperaments*），曾經是劍橋大學英國文學系講師，他曾將易卜生等其他地區的歐洲作家介紹給英國讀者，他擔任過英國上議院的圖書管理員，並且和大英圖書館的管理員理察・加奈（Richard Garnett），一起廣爲蒐集當時文人的信件和藏書，合著《英國文學：附件報導》（*English literature: an illustrated record*）。作者有意將戈斯的形象轉借套用在編撰人物艾德的身上。

❷ 布倫明司柏雷（Bloomsbury），是倫敦市區其中一個的名稱，這區域曾是共產主義宣言的發表地，是二十世紀初的文藝會社組織（Bloomsbury Group）社交圈的根據地，此團體自視甚高、立場左傾、並嚴格唾棄各領域任何代表封建保守勢力的圖騰，舉凡宗教、藝術、社會、性別議題皆然，布倫明司柏雷派討論會延續至二次大戰左右。最早只是一些劍橋畢業生和他們最親密的朋友的週四茶會，喝酒談天，從1904年到二次大戰前夕爲止。他們隨後自稱爲Bloomsbury Group，其實充滿了開玩笑的氣味，指稱孤立而自大的菁英主義。成員中有經濟學家凱恩斯、女作家吳爾芙以及她的丈夫和她畫家姊姊凡妮莎，她弟弟亞德里安，以及其他好友，他們相互錯綜複雜的情感關係結成一個大網，後來的奧登、伊修伍德等都算是深受他們影響的晚輩。可謂是當時英國文學界的代稱；這裡也是大英博物館、倫敦大學亞非學院、倫大熱帶醫學學院坐落處，還有印行《哈利波特》的布倫明司柏雷出版社的坐落處。Bloombury Group成員還包括前幾年的電影《玻璃情人》

（*Carrington*, 1995）裡的史學家斯特雷奇（Lytton Strachey）和女畫家卡林頓（Dora Carrington）。請參看：http://therem.net/bloom.htm

❸ 茱麗葉・賀伯（Juliet Herbert）的名字於這幾年才為福婁拜學研究學者所重視，學者將福婁拜上千封的私人信件加以解釋，推論於1855至1857年在克羅瓦塞任教的茱麗葉・賀伯也有可能是福婁拜的情婦之一，特別是福婁拜於1865年的英倫之行引人臆度，不過並沒有確鑿的證據，只有傳記學者的假設。

❹ 《TLS》，為英國《泰晤士文學週刊》（*The Times Literary Supplement*）。1902年開始發行，每週一次，原本只是書評，隨後加入不少重要論文，二十世紀最重要的作家幾乎都曾在此發表文章，從早年的吳爾芙、喬伊斯到最近的，如米蘭・昆德拉、艾可等等，當然，朱利安・拔恩斯也是重要撰稿人。參看其網站：http://www.the-tls.co.uk/

❺ 魏爾倫（Paul Verlaine, 1844-1896），法國象徵主義代表詩人。第一部詩集《感傷集》已透露他惶惶不安的情緒和富涵的音樂性，他對於詩藝的看法是：「首先是音樂性，其次是明朗與朦朧的結合」，曾與詩人韓波流浪比利時和英國，流浪時期所寫的《無題浪漫曲》是其創作的高峰。參看網站：

http://www.poetes.com/verlaine/

❻ 馬拉美（Stéphan Mallarmé, 1842-1898），法國象徵主義代表詩人。擅長田園詩，音樂家德布西將其詩作《牧神午後》改成管弦樂曲，馬拉美在巴黎創立藝文沙龍，與當時各個領域的藝術家交流頻繁。根據馬拉美的說法，象徵主義運動首要目標就是：畫，不是畫那東西，而是畫它所產生的效果。象徵主義的焦點是呈動詞狀態的印象的使用。參看

底下網站：http://mallarme.nemoclub.net/

❼ 維利耶·德·利爾—亞當（Villiers de l'Isle-Adam），法國作家，也是普魯斯特的朋友。

❽ 福婁拜想編辭典的思想，在1850年就已經萌芽了，《辭典》在很長的歲月裡只作爲他的手稿保留下來，按作家的意思，在這部按照字母編排的《套語辭典》（*Dictionnaire des idées reçues*），可以找到一切在社交裡面應該談論的東西，以便教人彬彬有禮和藹可親，在福婁拜整個創作生涯期間，對於這部《辭典》可謂念念不忘。

*

4
福婁拜動物寓言集
The Flaubert Bestiary

❶《赫魯狄亞絲》是福婁拜《三故事》中最後寫成的，其他兩個故事分別是《慈悲修士聖朱利安傳奇》、《簡單的心》。《赫魯狄亞絲》的寫作動機與盧昂大教堂上的雕欄有關，在《包法利夫人》第三卷也略微提及。

❷ 小說中寫道：「但他的聲音再度響起：『我將繼續呼喊，像熊、像發狂的驢、像分娩中的婦人！上帝對你亂倫的懲罰已經降臨，祂要你像騾子一樣地絕後！』」

❸ 大仲馬（Alexandre Dumas Père, 1802-1870），法國小說家。十九世紀最多產以及最受歡迎的法國作家，30歲時便以劇本創作而名聲大噪，開啓了法國浪漫主義戲劇的序幕，與雨果同被譽爲戲劇界的雙傑。陸續發表通俗小說《三劍客》與《基度山恩仇記》等，小說情節緊湊、人物性格鮮活，舞台感豐富，風靡全世界的讀者。

❹ 福婁拜總是以「紅袍英軍前來襲擊」，謝天謝地，來指涉柯蕊月事有來，她並沒有懷孕。福婁拜非常害怕他會當爸爸，他總是小心翼翼提防。

❺ 帕默斯頓勳爵，出任英國首相、三度出任英國外相的十九世紀英國大政治家。

❻ 拉封丹（Jean de la Fontaine, 1621-1695），法國寓言詩人。幼年在農村度過，對大自然充滿興趣，懷抱著當傳教士的理想來到巴黎，最後潛心作詩，1668年發表《寓言詩》第一集（共6卷），蜚聲文壇。1678 年至1679年發表第7至11卷，最後的第12卷於1694年完成。《寓言詩》是拉封丹的代表作，共有239首，題材大部分取材自伊索寓言、古希臘羅馬和印度神話傳說，詩篇簡短精鍊，擬人似的動物對話富有戲劇效果，吸取民間語言的特點，深入淺出，流暢自然，韻律變化多樣。

❼ 亞里斯多德（Aristotle, B.C. 384-322），是世界古代史上最偉大的哲學家、科學家和教育家。他創立了形式邏輯學，豐富和發展了哲學的各個分支學科，對科學做出了巨大貢獻。

❽ 畢林尼（Pliny, 23-79），羅馬作家，寫了37冊的《自然史》，包羅了各時代的全部科學，他以宇宙理論開始，講述一系列被遺忘的希臘羅馬的知識和信念，歿於龐貝。

❾ 布封原名Georges-Louis Leclerc De Buffon，法國作家（1707-1778）。

❿ 紐芬蘭犬（Newfoundland），屬大型犬，性情溫和，不會表現得遲鈍或暴躁。牠們是忠實的伴侶，也是多用途的犬隻，無論在陸地或水中，牠們都能拖曳重物和擁有天生救生的本領。通常皮毛豐厚，骨骼強壯，肌肉發達，身體厚實，且充滿威嚴，顯露精神奕奕的姿態。

⓫ 俗名灰狗的靈猩（Greyhound），是獵犬的一種，嗅覺十分靈敏，生性溫和，速度快，時速可達60公里，適應野外和沙漠中的奔馳，喜好追逐會動的東西，也是人類的好玩伴。在埃及四千九百年前的墳墓裡，曾發現靈猩的雕刻，可確認爲骨董級的犬種，今日以英國的靈猩爲大宗。

⓬ 納布可夫（Valdimir Nabokov, 1899-1977），俄裔美籍小說家、文學評論家。出身貴族家庭，1919年離俄，先後在英、德、法、美居住，1945年正式入美國籍，曾在美國常春藤聯校教授「歐洲文學比較」，福婁拜也是他課程中的研究對象之一。他起初用俄文創作小說，1938年開始用英文寫作，代表作有《羅麗塔》、《普寧》、《黯淡之光》，而他的論述、學報、翻譯，甚至還有昆蟲研究都是備受學界推崇肯定。

⓭ 引號部分整段引自《包法利夫人》第一部第七章的敘述。

⓮ 馬拉松（Marathon）、埃琉西斯（Eleusis）、薩拉米斯（Salamis）爲雅典市西北方的歷史遺跡。

⓯ 米索隆吉（Missolonghi），是十九世紀初希臘抵擋土耳其入侵的戰役，英國詩人拜倫曾領軍作戰，1824年死於當地。

⓰ 拜倫（George Gordon, Lord Byron, 1788-1824），英國浪漫時期詩人，他爲了尋求心靈的依歸，投身於義大利與希臘的解放戰爭，呼喚各民族的獨立與解放，成爲一個行動實踐家；當時人們多批評他憤世嫉俗，性格衝動暴烈，事實上他個性抑鬱孤僻，常陷入絕望的孤寂感。

⓱ 阿基里斯（Achilles），是古希臘傳說中的一位傑出英雄，也是荷馬史詩《伊里亞得》的男主角，阿基里斯在特洛伊戰爭中屢建奇功，據説出生時只是一個普通孩子，母親爲了鍛鍊他堅強的意志以及鋼鐵般的身軀，將他的身體倒放在地獄冥河中浸泡，果然經過浸泡後刀槍不入，唯獨一雙腳因爲被母親抱在手裡，沒有泡到冥河之水，而成爲身體上唯一致命的缺點。

⓲ 普魯塔克（Plutarch），希臘哲學家、劇作家，寫過《西塞羅》（*Cicero*），當中有戰爭史詩的描寫。

*

5

對對碰！

Snap!

❶ snap，是玩喊對兒紙牌遊戲時，見到相同兩張牌的呼喊聲；見到兩件一模一樣的事物，說snap以引起注意。另外snap也有彈手指的意思。

❷ 安東尼・鮑威爾（Anthony Powell, 1905-2000），英國小說家。生於倫敦。牛津大學畢業。1926至1935年在倫敦一家出版社工作。1935年爲華納兄弟電影公司撰寫劇本，而後成爲全職的小說家，當中最知名的是長達12卷的長篇小說《與時代合拍的舞蹈》，在報章上所發表的評論爲數驚人。

❸《與時代合拍的舞蹈》（*A Dance to the Music of Time*, 1951-1975）爲安東尼・鮑威爾所著的12卷長河小說，超過一百萬字，每本的書名分別爲*A Question of Upbringing*（1951）；*A Buyer's Market*（1952）；*The Acceptance World*（1955）；*At Lady Molly's*（1957）；*Casanova's Chinese Restaurant*（1960）；*The Kindly Ones*（1962）；*The Valley of Bones*（1964）；*The Soldier's Art*（1966）；*The Military Philosophers*（1968）；*Books Do Furnish a Room*（1971）；*Temporary Kings*（1973）；以及*Hearing Secret Harmonies*（1975）。因爲這12卷的巨冊，讓他被視爲是英國的「普魯斯特」，且被美國藍燈書屋選入「二十世紀百大英文小說全覽」書系中。1997年10月連續四週，英國第四頻道播出評價極佳的電視改編版，每週一集，每集兩小時，每集含括三本小說內容，共四集的電視連續劇。演出演員中著名的包括有吉爾古德（John Gielgud）、貝內特（Alan Bennett）以及理查森（Miranda Richardson）等等。

❹ 正式法國餐裡，乳酪盤在主菜之後，甜點與咖啡之前，也可被視爲第一道飯後點心。

❺ 狄更斯（Charles Dickens, 1812-1870），英國傑出小說家。出生於一個貧窮的家庭，12歲即至工廠打工，正式學校教育只有中學程度。天生體弱多病，經常臥病在床，閱讀遂成了他主要的消遣和興趣。性格纖細敏感，寫作時格外注重情節的眞實與細膩，曾爲了描寫流浪漢，而裝扮成乞兒在街頭流浪。他的小說不但寫實，更有浪漫主義、象徵主義的色彩，至今仍受到世人推崇，代表作有《大衛考伯菲／塊肉餘生錄》、《雙城記》、《孤雛淚》。電影版本多得不勝枚舉。最新的版本則是由《舞動人生》（*Billy Elliot*, 2000）小男生Jamie Bell主演的*Nicholas Nickleby*（2002）。一生共創作了14部長篇小說，以及許多中短篇小說和雜文、遊記、小品，以妙趣橫生的幽默，佐以入微的心理分析，以現實主義描寫與浪漫氣氛巧妙結合。

❻ prosaic，是prose散文（有別於韻文）的形容詞，指「像散文的」；又有「平庸的、無想像力的」之意。而fiction「小說」一字，則有「虛構」的意思。

❼ 伏爾泰（Francois-Marie Arouet de Voltaire , 1694-1778），法國作家、歷史學家以及哲學家，伏爾泰是筆名。是十八世紀法國啓蒙運動的開拓者和巨擘，伏爾泰贊成開明君主制度，把依靠開明君主進行自上而下的改革，當作達到消滅等級制度和封建特權，實現自由、平等和理想王國的基本手段。以六十餘年的畢生精力，致力於揭露和打擊封建專制制度及參與資產階級思想革命運動，他的自由思想兩百年來爲人所傳誦。

❽ 梅尼耶（Ménier），是法國貴族世家的名字，而巧克力在當時也是貴族所食用的。

❾ 《惡之華》（*Les fleurs du mal*, 1857）爲波特萊爾詩集，出版之後被法院判爲「不道德」的猥褻之作，波特萊爾還因此

入獄，自此成了頹廢派的代言人，他的作品中充滿著放蕩、怪異、脫離道德規範、甚至有暴力傾向，但是他將錘鍊的詩句轉化成可品、可味、可嗅、可觀、可吟、可唱、可聽的綜藝體，詩的表現技法在他筆下樂趣馳騁。莫里亞克早年有篇論文曾爲《惡之華》提出辯護，因爲天主教批評家想以詩人的生活，或是他對上帝不經意的褻瀆爲理由而排斥這首詩。莫里亞克進一步斷言，一個半懷懊惱的罪人，或者像波特萊爾這樣以悔恨和痛苦來詛咒自己的人，比起許多像哲學家泰恩（Taine）這樣有德行而過著純潔生活的人，更像是眞正的基督徒。而日本小說家芥川龍之介曾說：「人生還比不上一行的波特萊爾詩句。」班雅明曾寫過波特萊爾的專論，《發達資本主義時代的抒情詩人——論波特萊爾》，張旭東、魏文生譯，臉譜。

⑩ 藥劑師（Pharmacien）指的是《包法利夫人》裡的歐梅（Homais），他喜歡賣弄學問，自以爲是進步的表徵，是名力爭上游的布爾喬亞。Farcie是拉丁文，意思是臉像。

⑪ 古夫（Cheops）金字塔屬於埃及第四王朝（2549-2467B.C.）的遺物，旁邊還有卡夫拉（Chephren）金字塔以及孟考爾（Mycerinus）金字塔，獅身人面像（Sphinx）在右邊。

⑫ 此處指的是納布可夫備受爭議的小說《羅麗塔》。

⑬ 納布可夫小說《羅麗塔》的男主角叫作亨拜・亨伯特（Humbert Humbert），是歐洲後裔，也教授歐洲文學，由於青春期的愛情挫敗經驗，他對9歲到12歲的女孩有種不能解釋的特殊迷戀。

⑭ 菲利・詹姆斯・貝利（Philip James Bailey, 1816-1902），英國詩人，最知名的詩集爲《非斯都》，Festus是聖經裡面的人物，是統治猶太地區的羅馬輔佐，外表勤政愛民又秉公辦事，實際敷衍塞責，全爲保護自己，不敢釋放無罪的保

羅，他對屬靈的事完全無知，藉作品對人性進行諷刺。

⑮ 法國大革命，十八世紀末由於法國封建制度極端腐朽，國王路易十六所代表的第一等級（僧侶）和第二等級（貴族），與廣大的第三等級（資產階級、城市平民、農民）之間的矛盾日益尖銳，群眾運動不斷高漲。1789年5月國王被迫召集三級會議，繼而改爲國民議會和制憲議會。7月14日巴黎人民起義，攻占巴士底獄，革命爆發。

⑯ 亨利·摩頓·史丹利（Henry Morton Stanley, 1841-1904），英國探險家。在非洲探險，歷經千辛萬苦到剛果的深奧內地，尋找失蹤的李文斯頓（Livingstone）探險隊，出版多本關於中非的冒險遊記。

⑰「荒島之碟」（Desert Island Discs）爲英國國家廣播電台（BBC）一個自二次世界大戰開播的廣播節目，節目當中採訪來賓：「如果即將把你丟在一個荒島上，你將隨身攜帶什麼物品上島呢？允許的物品包括十張唱片，一本書（不包括聖經和莎翁全集，假設島上會提供），還有一件無實用價值的奢侈品，你的最後清單上會有什麼？」

⑱ 蒙田（Michel de Montaigne, 1533-1592），法國思想家，出版《散文集》（*Les Essais*, 1580-1592），對於道德與心理的問題進行獨立思考，雖然曾經擔任過行政官，之後自公共生活中引退，著手發展出一套以內省與自我省察的專注形式以獲得有關自己與世界的知識之方法，主張惡與善是個人與國家的必然成分，對後世思想家及著作者影響深遠。

⑲ 1946年3月25日，在寫給馬西姆·杜康的信上，福婁拜寫到他妹妹卡洛琳的葬禮：「昨天上午我們埋葬了她，可憐的女孩。他們將她的婚紗穿上，環繞著玫瑰花環、菊花和紫羅蘭。我在她身旁整晚望著她。她躺在她的床上，你過去可以聽見她在那間房裡彈鋼琴。她似乎比在世的時候更

高一點更漂亮一些，白色長長的紗蓋到她的腳踝。到了早上，當一切就緒，我在她的棺上致上深深的訣別吻。我向她彎身，當我低下頭靠向棺木時，我感覺到鉛框在我的雙手底下彎曲……我看見鄉下佬的大手碰觸她，將她撒上灰泥。我會保留她的玉手和她的容顏。我會請普拉第耶爲我塑一尊她的半身雕像，把它放在我房裡。我已擁有她彩色的大披肩，一束頭髮，她的書桌和寫字台。這就是一切了——這一切讓我回想著我們的愛。哈瑪（卡洛琳的丈夫）堅持要跟我們同行。在此，在紀念墓園（我經常下了課在圍牆外邊漫步，就在此我和哈瑪第一次相遇），他跪在墳墓邊緣，向她丟送他的吻，泣不成聲。墳墓挖得太窄，棺木放不進去。他們搖晃它，想把它拉出來，翻來翻去；他們取來了鏟子和鐵橇，最後有一個挖墓人再用力踩——正好就在卡洛琳的頭頂上方——想用蠻力把它推進去。我站在一旁，我的手握住帽子；我把它丟下放聲大哭。」

⑳《羅麗塔》（*Lolita*, 1958），是納布可夫最引爭議的小說，40歲的男主角與12歲少女羅麗塔發生不倫戀情，曾在當時引起許多誤會，特別是戀童癖（Pedophilia）的聯想，連作者本人都懷疑過自己究竟寫的是不是骯髒的故事，曾二度被好萊塢改編成電影，在許多國家仍然禁印或禁演。今日，羅麗塔這個名字已成爲一個迷思，泛指年輕而挑逗的女孩。羅麗塔的電影版，除了庫伯力克1962年的版本《一樹梨花壓海棠》之外，1997年有由Adrian Lyne導演的新版本，依舊鬧得滿城風雨。

*

6
艾瑪・包法利的雙眸
Emma Bovary's Eyes

❶ 巴爾札克（Honor de Balzac, 1799-1850），法國小說家，被公認是現實主義巨擘，他的一生都在創作，他智識學養豐富，觀察深刻精密，小說結構多元多樣，不拘一格，並善於集中概括與精確描摹相結合，以外在反映內心本質等手法來塑造人物，並且以精細入微、生動逼眞的環境描寫再現時代風貌，知名作品《人間喜劇》是由九十六篇長中短品構成，道出了貴族階級的沒落與資產階級的興起，也是十九世紀前半法蘭西的社會狀態、政治經濟狀態及人情風俗最詳實的文學描述。

❷ 史塔基博士（Dr. Enid Starkie）確有其人，爲一專擅法國文學的英國研究學者，曾著述評論過韓波、波特萊爾、紀德等諸多近代法國作家，其中特別是針對福婁拜的研究，論述便有三大本：《大師福婁拜：1856至1880年評論暨傳記研究》（*Flaubert the master: a critical and biographic study, 1856 -1880*），《從戈蒂埃到艾略特：法國對英國文學的影響》（*From Gautier to Eliot: The Influence of France on English Literature*, 1841-1929），《大師福婁拜：續增版評論暨傳記研究》（*Flaubert the master: a critical and biographical study*, 1856-1885）。

❸ 米爾頓（John Milton, 1608-1674），十七世紀英國詩人。其史詩鉅作《失樂園》借用聖經故事，講述夏娃受撒旦引誘，說服亞當一同吃下知識之樹的果實，終於帶著罪惡、羞愧和命定的死亡被逐出伊甸園。

❹ 華茲華斯（William Wordsworth, 1770-1850），英國浪漫主義詩人。他一反十八世紀講究形式完美的詩風，注重英雄描寫與用字典雅的積習，而利用日常字彙描寫鄉村平民生活，他早年曾醉心法國革命，後立場轉趨保守，專事寫

作。在藝術上，華茲華斯對於雪萊、拜倫、濟慈都有影響。

❺ 葉夫杜申柯（Yevgeny Yevtushenko, 1933-），俄羅斯著名詩人、小說家、導演。作品中譯本有《漿果處處》，其他爭議作品有《第三場雪》、《濟馬站》、《娘子谷》，因涉及政治觀點和反猶太主義，曾引起廣大抨擊。

❻ 普希金（Aleksandr Pushkin, 1799-1837），俄羅斯詩人。出生於莫斯科貴族家庭，自小立志當詩人，曾在外交部工作，熱中社會改革的他成爲文學界激進人士，因而激怒政府，被流放外地。他創作了八百多首抒情詩，也是俄國流亡文學的濫觴，並對後來的托爾斯泰有著深遠的影響。

❼ 約翰・文（John Wain, 1925-），英國作家、詩人、評論家。曾編選過《現代詩選》，主要文學成就在於小說，著有《每下愈況》、《謀殺父親》、《競爭者》。

❽ 科律治（Samuel Taylor Coleridge, 1796-1834），英國浪漫主義詩人。用超自然現象與異國風情爲題材，作品內容饒富變化，與華茲華斯於1800年共同出版詩集《抒情歌謠集》（*Lyrical Ballad*），英國文學擺脫新古典主義，眞正邁向浪漫時代。

❾ 葉慈（William Butler Yeats, 1865-1939），愛爾蘭詩人、劇作家。生於都柏林的畫家家庭，自小喜歡詩畫藝術，就讀於都柏林藝術學院，不久後放棄畫布油彩，專情於詩詞創作，陸續出版多本詩文集，1923年獲得諾貝爾文學獎。他曾說：「我們與人爭吵得到的是辯才，與自己爭吵得到的則是詩篇。」在貓頭鷹中譯版的圖文專書中寫著：「『我最早的記憶，』詩人寫道，『是從一扇愛爾蘭窗户往外窺視一片斑駁剝裂的牆。』這指的當然是山迪蒙。稍後他從另一扇窗户往外窺視——在葉慈以及許多有教養的愛爾蘭

人身上，都有一種矜持的氣息；他在孩提時似乎總是從窗户內往外窺視——而這一次，他看到『一些男孩在倫敦大街上玩耍』，這裡指的應該是攝政公園。但是他對倫敦的記憶卻遠不及拜訪他外祖父位於斯萊果的房子梅維爾來得豐富，那幢房子『如此寬敞，總是有房間可以躲藏』。在梅維爾有一匹紅色的小馬會跟小男孩玩耍，有一處花園可以溜達，還有兩隻狗總是身前身後地跟著他。即使他只有在長假時才會造訪斯萊果，但卻是斯萊果——而非倫敦（甚至也非都柏林）——深深地影響小男孩的心思，留下一生綿長的影像。因爲斯萊果充滿繪聲繪影的神仙和鬼魅傳說，而小男孩總是喜歡凝神靜聽。在斯萊果他聽到一位僕人告訴母親，說她聽到『班西』在他弟弟羅伯死前一晚哭喊他的名字。雖然他自己不記得，別人卻說他曾經說他在斯萊果外祖父家裡的房間角落，看到一隻神祕的小鳥。」

❿ 布朗寧（Robert Browning, 1812-1889），英國抒情詩人。與大他6歲女詩人伊麗莎白・巴瑞特（Elizabeth Barrett Browning, 1806-1869）的戀愛結縭故事最爲後人津津樂道，他們也留下爲數驚人的情詩創作。

⓫ 《蒼蠅王》（*Lord of the Flies*, 1954）是個探討人性處境的寓言故事，描寫一群6歲到12歲的英國男童，在核子戰爭的威脅下，飛機在疏散時遭到擊毀，被棄置荒島的故事。全書充滿複雜的象徵手法，在虛構的時空場景，上演一齣人性墮落的實驗劇。1990年由《廚房小廝》（*The Kitchen Toto*, 1987）導演胡克（Harry Hook）拍成電影版，由大衛・林區《驚狂》（*Lost Highway*, 1997）裡的小男孩格蒂（Balthazar Getty）主演。

⓬ 威廉・高汀（William Golding, 1911-1993），英國小說家。

出生於知識分子家庭，父母希望培養他成爲科學家，但他偏偏醉心於文學，高汀創作頗豐，繼長篇小說《蒼蠅王》後，還有《賓徹・馬丁》、《金字塔》、《航程祭典》，由於他的小說具有清晰的寫實主義敘述技巧及虛構故事的多樣性，闡述了今日世界人類的狀況，1983年獲諾貝爾文學獎。

⓭ 但尼生（Alfred Tennyson, 1809-1892），英國桂冠詩人。主要作品有詩集《悼念集》、《越過沙洲》，獨白詩劇《莫德》，長詩《國王敘事詩》，與羅伯・布朗寧合稱維多利亞詩壇雙星。

⓮ 雷蒙・錢德勒（Raymond Chandler, 1888-1959），偵探推理小說作家。出生於芝加哥，後因父母離異，隨母親搬到倫敦，45歲才正式發表第一本小說《勒索者不開槍》，共寫了7個長篇小說以及20個短篇，他擅長描寫社會黑暗面，特別能反映大城市的罪惡與墮落，戲劇張力十足，對白精準犀利，曾應好萊塢之邀專門修改劇本對白，而他的小說也多部改拍成黑色類型電影（Film Noir），而其筆下偵探馬羅（Philip Marlowe）獲作家協會票選爲史上最佳男偵探，代表作包括有《漫長的告白》、《大眠》等。

⓯ 1891年，韓波（Arthur Rimbaud）在斷腿的舊疾復發之後沒多久就死了，得年37歲。就從他死的那一天開始，他的傳奇才正式誕生。隨後一百年內，關乎他作品的翻譯，關於他的傳記、論文以及聖使者列傳，還有爲數不下十部的電影。而這些電影幾乎全在他和魏爾倫的同性戀關係上大作文章，例如由李奧納多主演的《全蝕狂愛》（*Total Eclipse*, 1995）——而在電影裡被引用朗誦詩句的，則更數不勝數，例如歐容（François Ozon）的電影《挑逗性謀殺》（*Les Amants criminals*, 1999），或是泰西內的電影《野

戀》(*Les Roseaux sauvages*, 1994)。似乎唯有有絲分裂的生產可以比擬，他「子孫」的名單可以超過衛生紙紙筒的長度——正如同羅蘭．巴特所說的，韓波角色是文學饗宴的鬼魂。但在韓波生平，他只出版一本詩集，《在地獄的一季》，隨後他焚燬一切，從此不再寫詩，那一年他才21歲。這個詩史最出名的不良少年，在16歲時寫下他的最經典詩作——〈醉舟〉，到了21歲時，隨著和魏爾倫關係的極度惡化，被他槍傷之後，這位天才對詩做了最最決裂的舉動：就是對詩完全的拒絕，而這個舉動卻是「詩」的激進行動。韓波(1854-1891)，象徵派詩人，被視爲不知從何而來的天才。另一代表作是17歲所寫的《色彩十四行詩》，將每個字母都賦予色彩和聲音，這首詩中「色」與「音」的交感，被公認是象徵主義詩歌的奠基石。1871年結識詩人魏爾倫，兩人一起流浪比利時和英國，1875年，韓波退出詩壇，投入冒險家生涯，周遊歐洲列國，1891年病逝於馬賽。雖然其創作生涯不長，但對現代詩發展的影響非常深遠。參看網站：
http://www.poetes.com/rimbaud/

⓰ 艾略特(George Eliot, 1810-1880)，英國女作家。維多利亞時代與狄更斯和薩克雷並稱當代三大小說家，本名爲瑪麗．安．依文斯(Mary Anne Evens)，因翻譯工作而開始文學生涯，曾擔任《西敏寺評論雜誌》的編輯，她年近40歲才開始寫作，慣以誠實地表現平凡事物，深刻剖析平凡小人物之心理，開創現代小說通常採用的心理分析創作方式。著名作品有《亞當比德》、《織工馬南傳》與《福洛斯河上的磨坊》，奠定了她在英國文壇的地位。

⓱ 紀德(André Gide, 1869-1951)，法國小說家。風格明淨精純，具有古典主義作品的完美形式，心理刻畫入微，揭露

人物的靈魂，知名小說《窄門》《僞幣製造者》強烈反抗各種政治形式或軍事行動的壓制，曾遞交抗議書給希特勒，其文學評論集在學術界很有影響力，1924年獲諾貝爾文學獎。

⑱ 福婁拜小說情節取材於當時眾所熟知的醫生尤金·德拉馬（Eugène Delamere）和他的妻子德蕾芬（Delephine Couturier）之間不幸的家庭生活，福婁拜還爲這部小說加了一個副標題：「外省的生活」，用以暗示書中的情節是有廣泛的概括意義，特別是對比外省與巴黎的生活。1952年得到諾貝爾文學獎的法國小說家莫里亞克（François Mauriac, 1885-1970），在1926年所寫的小書《外省》中寫道：「外省是僞善的。」「只有在外省裡，人才眞正懂得恨……外省裡大多數的女人都被判以服貞節之刑……每一個離棄自己的省到巴黎的作家，都是每一個亡命的艾瑪·包法利。」

*

7
橫渡海峽
Cross Channel

❶ 福婁拜的姓氏在法文是Flaubert，巴黎評論少印了"l"一字，而faubert，在法文中有「擦甲板的拖把」之意。

❷ 哈士汀市（Hastings）、馬蓋特市（Margate）、伊斯特伯恩市（Eastbourne）爲英國海濱度假勝地，位於倫敦東南方，車程約一個多小時。其中哈士汀市還保有1066年諾曼人入侵的史蹟。

❸ pétanque傳統滾球遊戲，又稱滾球（boule）。

❹ 葛倫・顧爾德（Glenn Gould, 1932-1982），加拿大鋼琴家。14歲與多倫多交響樂團演奏貝多芬「第四號鋼琴協奏曲」開始演奏生涯，最出色的表現還是在巴哈上面，從巴哈到爵士樂無所不包，當他興奮時會邊彈邊哼，在他所錄製的唱片裡面經常可以聽到這種獨特的「雜音」，但絲毫不減他演奏的光輝。其最精美的巴哈《郭德堡變奏曲》是人類將音樂傳向太空的代表。很年輕時他就拒絕再做現場演奏，而改以錄音室錄音，要求每個音符必須極度準確。他甚至導演了幾部完全由人聲所組構的「紀錄劇」交響曲，他一生的傳奇，彰顯在加拿大導演法杭蘇瓦・吉哈（François Girard）精彩影片《顧爾德的三十二個短篇》（*Thirty-two Short Films about Glenn Gould*）。

❺ 這份「我喜歡，我不喜歡」的名單出自巴特的《羅蘭巴特論羅蘭巴特——鏡相自述》，桂冠中譯本的全文片段爲：「**我喜歡**：沙拉、肉桂、乳酪、辣椒、杏仁麵條、乾稻草的味道（眞希望專家可製造出此種味道）、玫瑰花、牡丹花、薰衣草、香檳酒、在政治上的輕盈立場、顧爾德、冰凍的啤酒、平的枕頭、烤麵包、哈瓦那的雪茄、韓德爾的音樂、有節制的散步、梨子、白色或酒色的桃子、櫻桃、各種顏色、鋼筆、鵝毛筆、附加菜、生鹽、寫實主義的小

說、鋼琴、咖啡、波洛克、湯普利（Twombly）、所有浪漫派的音樂、沙特、布萊希特、維爾恩、傅立葉、愛森斯坦、火車、梅多克葡萄酒、有零錢、福婁拜的最後一本小說《布法與貝丘雪》、晚上穿著拖鞋在西南部山區的小路上散步、從L.醫生家窗口看亞杜爾河的拐彎處、麥斯兄弟的喜劇片、早上七點鐘從沙拉孟克出來時一眼看到前面的群山……等等。」隨後他繼續寫道：「我**喜歡**，我**不喜歡**：這對別人並沒什麼重要性，顯然沒任何意義。這只是說明：**我的身體和你不一樣**。因此，在這種品味的一團混亂的泡沫裡，像是不經意的塗抹，卻逐漸地升起某種形體之謎，也藉此喚起共鳴和反響。這樣做會引發某種反彈，有人會支持，有人會緘默不語，更有人不會加以認同，但這迫使人自由開放地忍受一種他無法分享的愉悅或拒斥。」（頁147-8）

❻ 《包法利夫人》書中，藥劑師歐梅念藥學的表親住在家中，被當成助理。

❼ 藥劑師歐梅並沒有行醫的文憑，但他仍然大張旗鼓在雍維勒鎮上行醫，這是違反共和國11年6月19日頒發的法律。不僅如此，他還打壓其他新來的專科醫生。但是在《包法利夫人》一書中以歐梅的近況作爲結尾，最後一句是「他剛收到十字勳章」。

❽ 瓦茲（G. F. Watts），爲反皇家美術院的「拉斐爾前派」畫家。主張必須遵從拉斐爾以前的畫家精神，用敏感、潑辣的筆調直接描寫自然，意即主張清新的自然主義和寫實主義。

❾ 普法戰爭是普魯士和法國爭奪歐洲霸權在1870到1871年所進行的一場規模巨大、影響深遠的戰爭，這場戰爭直接導致法蘭西第二帝國的垮台和巴黎公社的無產階級革命的

爆發，促使普魯士完成了德意志的統一，建立了德意志帝國，法國方面則建立了法蘭西第三共和政府。

⑩ 埃及王子摩西率眾過紅海（Red Sea）出埃及，紅海的出處在《聖經・出埃及記》14章2節以及〈加拉太書〉4章25節。

⑪ 布丹（Eugene Boudin, 1824-1898），法國印象派畫家。出生於翁弗勒，是諾曼地知名畫家，擅長當地風景畫，是莫內的啓蒙恩師。

⑫ 帕夏（pasha），昔日土耳其文武大官的稱呼。

⑬ 貝都因（Bedouin），阿拉伯的遊牧民族，歷史上長期與回教徒、猶太教徒及外來者維持對峙的緊張關係，民風極其剽悍，驍勇善戰。

⑭ 在創作《包法利夫人》期間，福婁拜寫信給路易絲・柯蕊說道：「在我的作品中，我不要有作者的一個動向，一句話語……這本書裡，沒有任何東西是來自我身上的，我的個性對這本書毫無用處。這本書裡，沒有作者的個性，沒有作者的話語。」

⑮ 王爾德（Oscar Wilde, 1856-1900），英國劇作家、散文家、詩人。十九世紀與蕭伯納齊名的英國才子。知名作品有：《溫夫人的扇子》、《微不足道的女人》、《理想丈夫》與《不可兒戲》，王爾德最後一部劇本《莎樂美》是以法文寫作。他的戲劇、詩作、小說留給後人許多慣用語。在他去世近百年時，英國曾拍了一部他的傳記片《王爾德》（*Wilde*）（1997）由吉爾伯特（Brian Gilbert）導演，《冷山》、《天才雷普利》的演員勞（Jude Law）飾演波西。王爾德的舞台劇作，近年則是電影導演的最愛，改編電影甚多，像是帕克（Oliver Parker）導演的《情人搭錯線》（*An Ideal Husband*, 1999）由凱特・布蘭琪，茱莉安・摩爾

和魯伯特・艾瑞特主演，近乎原班人馬，於2002年又拍了《不可兒戲》。

⓰ 卡繆（Albert Camus, 1913-1960），法國存在主義作家。生於阿爾及利亞，父親是法國人，母親是西班牙人，小學起半工半讀，終於獲得哲學學位，投身新聞事業，並參加地下抗德組織，其哲學思想是「荒謬」與「反抗」，1957年獲得諾貝爾文學獎，1960年因車禍去世，代表作品有《異鄉人》、《西齊弗的神話》。

⓱ 機械神蹟（Deus ex Machina），語出希臘戲劇用語，在古希臘時期，起重機是用來作爲特殊效果的器材之一，可能是一根起重桿半藏匿於觀眾看不到的景屋後，作用是將演員由地面帶離到空中，或將劇中角色（多半是神祇之類）由空中降臨到舞台上。希臘戲劇後期，由於起重機濫用的結果，因而有機械神蹟一詞的產生，指的是爲了強扯情節而加入的人物事件。

⓲ 高盧（Gaul）是法國舊稱。西元前4世紀，當羅馬已是一個龐大帝國時，高盧還只是部落蠻邦，主要居民是越過阿爾卑斯山的塞爾特人，羅馬人稱他們爲高盧人，他們個頭矮小，但體格健壯，把時間都花在打仗和耕田上面，唯一的財產就是黃金和牛隻。

⓳ 尤斯頓車站（Euston Station），倫敦四個主要火車站之一，主要聯絡英格蘭西北部的利物浦、曼徹斯特和蘇格蘭西部格拉斯哥等地。

⓴ 聖潘克拉斯車站（St. Pancras Station），倫敦四個主要火車站之一，1868年啓用，有著莊嚴的哥德式外貌，發出列車主要通往英格蘭中部諾丁罕、雪菲爾等地。

㉑ 聖拉薩車站（Gare St-Lazare），巴黎市內六個主要火車站之一，主要通往諾曼地地區。

㉒ 曼徹斯特（Manchester），是英國第三大城市，也是西北部首府，城市裡面保有許多年代久遠的維多利亞式建築物，文化氣息濃厚。而在第二次世界大戰期間，成爲德軍重點轟炸的地方，大戰結束後，曼徹斯特人民在廢墟上重建自己的城市。

㉓ thumb是大拇指，童話裡面有一個拇指仙童的故事（Tom Thumb），也可用來形容任何的小東西矮東西。

㉔ 書中艾瑪·包法利搭上了車，從早晨一直走到傍晚，福婁拜描寫了馬車行經之處的景物，對於車廂內發生的細節全無交代，頂多只有「一隻赤裸的手從帆布帷幕中伸出」，最後結束於「一個女人從馬車裡走了下來，面紗拉得低低的，頭也不回」的句子，留給讀者許多遐想的空間。

㉕ 布魯默爾（Beau Brummell），十九世紀英國時尚的創造者，是威爾斯王子的貴族好友，相當注重外貌，舉止高貴優雅，喜歡用牛奶淨身，並創立了時尚工會。

㉖ 莫里亞克（François Mauriac, 1885-1970），法國作家。曾受過教會教育，深受十七世紀天主教作家及拉辛、波特萊爾、韓波影響，作品中古典主義和現代主義兼容並蓄，文風簡潔深刻，具有高度洞察力和藝術激情，曾擔任法蘭西學院院士，也曾榮獲榮譽團的十字勳章，1952年獲諾貝爾文學獎，著有《愛的荒漠》、《和痲瘋病人親吻》、《蝮蛇結》，晚年著有《回憶錄》、《內心回憶錄》、《政治回憶錄》。

㉗ 福婁拜所謂的「百科全書」其實就是《布法與貝丘雪》，他在構思之時即說過：「要用滑稽劇的形式寫成這部具批判性而又類似百科全書的東西」。而《套語辭典》與《布法與貝丘雪》之間是有非常密切的關係，兩者的材料都是福婁拜平日所累積所蒐集的廣闊知識，同樣都是對文明與

科學進行諷刺。福婁拜原定要將《套語辭典》納入《布法與貝丘雪》的第二部分，不過未能完成，現在兩者多分離出版。

㉘ 威爾斯（Herbert George Wells, 1866-1904），英國科幻小說家。出生於英國中下階級，憑著聰明才智與過人的想像力，還有生物學的教育背景，創造了文學裡面重要的小說類型：科幻小說，他被譽爲現代科幻之父，多部好萊塢科幻電影皆取材自他的作品，代表作有《時光機器》、《隱形人》、《諸神的食糧》、《登上月球的第一批人》。

㉙ 赫胥黎（Aldous Huxley, 1894-1963），英國小說家、詩人、劇作家。祖父是捍衛達爾文「演化論」和「天體論」的老赫胥黎，家學淵源的影響，阿多斯・赫胥黎最出名的作品爲科幻預言長篇小說《美麗新世界》。

㉚ 蕭伯納（George Bernard Shaw, 1856-1963），英國劇作家、評論家兼熱心之社會主義者。生於愛爾蘭的都柏林，在倫敦從事新聞、美術、藝文、戲劇評論工作，爲人機智，才思敏捷，他創作的劇本是對社會的批評，常用諷刺的話去刺激讀者，作品深具理想主義與博愛的色彩，作品中的諷刺性還結合了獨特的詩意。1925年獲諾貝爾文學獎。著作有《人與超人》、《武器與人》、《華倫夫人的職業》、《巴巴拉上校》等。

㉛ 薩克雷（William Makepeace Thackeray, 1811-1863），英國小說家。十九世紀的批判現實主義作家（English critic realism），對社會觀察細微，對人生和人類的心靈了解深刻，幽默精準地刻畫人物，《浮華世界》是他的名著。

㉜ 喬治・歐威爾（George Orwell, 1903-1971），無疑是英國最偉大的政治諷刺評論作家。他那一篇篇清晰透徹的不朽之作，將政治性的作品化爲藝術經典，不但震撼當時，更影

響後世甚深。感同身受的經驗與世界政局的關心，作品透露出鮮明的體驗和精闢的見解，甚至親自參加西班牙戰爭，一向體弱多勞、憂國憂民的歐威爾深受肺病所苦，仍堅持臥病創作，希望藉此大聲疾呼，以喚醒人們對戰爭的原因與加諸別人身上的殘酷行爲、獨裁政治下的僞善等等，代表作爲《動物農莊》、《一九八四》。

㉝ 哈代（Thomas Hardy, 1840-1928），英國詩人、小說家。是英國批評現實主義代表人物。本來是建築學徒，22歲到了倫敦之後，開始鑽研文學與哲學。著有《遠離塵囂》、《無名的裘德》、《黛絲姑娘》。其小說被改編成電影甚多，其中以波蘭斯基（Roman Polanski）1972年的《黛絲姑娘》最爲知名，由娜塔莎·金斯基主演。參看網站：http://www.yale.edu/hardysoc/Welcome/welcomet.htm

㉞ 霍斯曼（Alfred Ed. Housman, 1859-1963），英國學者、田園詩人。生於伍斯特郡一個律師家庭，從小喜愛寫詩。12歲時喪母，精神上受到很大打擊。曾在牛津大學任教。

㉟ W. H. 奧登（Wystan Hugh Auden, 1907-1973），英國在二十世紀最強壯的詩的靈魂，Bloombury group晚輩。出生於英國約克郡一個篤信英國國教的名醫家庭，1922年開始寫詩，1925年入牛津大學攻讀文學。在二次大戰前夕，和他的同學兼長期夥伴伊修伍德（C. Isherwood）一同離開英國，入籍美國。早年在美國紐約，一直過著波西米亞人的生活，在美國各地流轉講學。其中還包括一次「騙婚記」，就是爲了拯救湯瑪斯·曼（這家人也是出了名盛產同性戀作家和劇作家）的女兒於納粹的刀口下，由「皮條客」伊修伍德牽線促成。奧登死於1973年9月28日，死前數小時就在維也納朗誦自己寫的詩。他曾說：「『你爲何要寫詩呢？』要是這個年輕人回答：『我有重要的話想要

說。』那麼他就不會是一個詩人。要是他回答：『我喜歡在字句之間懸宕，好傾聽它們要說什麼』，那麼他可能會成爲一個詩人。」他的名字達到最普及，是在他去世接近二十年後，一部叫作《你是我今生的新娘／四個婚禮和一場葬禮》的電影。在電影的結尾，一個同性戀朋友在他的情人葬禮時朗誦了奧登的詩：〈葬禮藍調〉（Funeral Blues）：

Stop all the clocks, cut off the telephone,
Prevent the dog from barking with a juicy bone,
Silence the pianos and with muffled drum
Bring out the coffin, let the mourners come.

Let aeroplanes circle moaning overhead
Scribbling on the sky the message He Is Dead.
Put crepe bows round the white necks of public doves,
Let the traffic policemen wear black cotton gloves……

隨後法國導演派翠斯・夏侯（Patrice Chéreau）的電影《愛我的人就搭火車》（*Ceux qui m'aiment prendront le train*, 1998），又手上清楚的拿了本奧登詩集，並念了一首奧登的詩。底下這個《紐約時報》上的連線收錄了奧登將近一個鐘頭的朗誦；地點在紐約九十二街的「Y詩社」（Y's Poetry Center）；時間是1972年3月27日。

http://www.nytimes.com/books/01/02/11/specials/auden.html

「九十二街Y詩社」的正式網站爲：

http://www.92ndsty.org/index.html

㊱ 史班德（Stephen Spender, 1909-1995），英國詩人、文藝評

論家。在牛津大學學習期間，加入奧登爲首的左翼詩人團體。他的詩集反映了詩人對社會問題的關切和激烈的政治觀點，主要作品還有《廢墟與憧憬》、《獻詩》、《慷慨的日子》、《落後的兒子》。

㊲ 伊修伍德（Christopher Isherwood, 1904-1986），英國小説家。出生於英國柴郡一個軍官的家庭，1924年入劍橋大學學習，1925年輟學以後開始從事寫作，與奧登、史班德等人一樣政治立場左傾，也都有同性戀傾向，正因爲喜歡同性的緣故，後來定居到他所謂的世界性都——柏林，創作了《柏林故事》，後來被百老匯改成歌舞劇《酒店》（*Cabaret*），電影版（1972）由《爵士春秋》導演鮑伯・佛西（Bob Fosse）導演，麗莎・明尼利（Liza Minnelli）的表演爲她贏得一座奧斯卡最佳女演員獎。伊修伍德在二次大戰前和老友奧登遷居美國，入籍美國，其經典小説《一個單身漢》（*A Single Man*）至今仍是同志百大小説之一。

㊳ 吳爾芙（Virginia Woolf, 1882-1941），英國作家。是意識流小説的代表，也是二十世紀最具影響力的知識女性之一，她提出的女性爭取自主權利的觀點，使她成爲女權運動的思想先鋒，個性不受拘束，文思敏捷馳騁，兩度瀕臨精神崩潰，最後溺水自殺；她一生因其特立的性格及豐沛的文學創作，贏得許多熱愛文學或是對性別議題有興趣之讀者好奇，代表作有《戴洛威夫人》、《海浪》、《走向燈塔》、《自己的房間》、《歐蘭朵》。吳爾芙不少小説在近年來一一拍成電影，最近更因爲電影《時時刻刻》（*The Hours*）而重新引發熱潮。

㊴ 《解放報》（*Libération*），每天在巴黎出版的法國報紙，是左派人士喜好閱讀的報紙。

㊵ 《巨人傳》（*Pantagruel*, 1532）是拉伯雷（Francois Rabelais,

1494-1553）的諷刺文學，藉巨人龐大固埃荒謬言行與其所屬的奇怪故事，提供了新的自由觀念，他認爲理想的社會應由享有完全自由的人所組成，他也主張，書本只是知識的一個來源，觀察、談話、遊戲、參觀、旅行也是獲取知識的重要途徑。

㊶《無名的裘德》（*Jude the Obscure*, 1895），托瑪斯·哈代著，是《黛絲姑娘》的姊妹篇，裘德是個孤兒，與表妹相遇同居生有子女，因不結婚同居而爲理法所不容，求職無門生活中落，表妹重新回到前夫身邊忍受屈辱折磨，裘德則慢性自殺殉情。1996年由英國導演溫特鮑頓（Michael Winterbottom）拍成電影，由《魔鬼一族》、《二十八天毀滅》的演員埃克斯頓（Christopher Eccleston）和凱特·溫絲蕾主演。片名Jude。

㊷卡夫卡（Franz Kafka, 1883-1925），捷克籍作家。是二十世紀存在主義的啓蒙者，也是世界文學史上最令人捉摸不透的文學家之一，一生用德文寫作，他承襲了祁克果、杜思妥也夫斯基等人的哲學思想，進而發展出獨樹一幟的文學風格，深深影響了後世的沙特、卡繆等存在主義文學大師，被尊稱爲「現代文學之父」，也有人贊許他是「繼尼采之後，德語世界最偉大的文學思想家」。作品總是挾帶著濃厚的憂鬱色調，又透露出合理的荒謬與詼諧，代表作有《城堡》、《審判》、《變形記》、《美國》與其他爲數不少的詩集與評論。

㊸《雪山盟》（*The Snows of Kilimanjaro*, 1938）是美國作家海明威（Ernest Heminway, 1899-1961）的作品，是關於作家哈利一意孤行前往非洲去追尋自我，懷孕的妻子不顧阻攔他而獨自客死異鄉，陸續在哈利身邊出現的紅粉知己也都各有失落，曾改編成電影。

㊹ 艾米爾・伐格（Emile Faguet, 1847-1916），法國文學批評家。1899年出版《福婁拜研究》一書。

㊺ 燉鍋菜（pot-au-feu）是一種法式傳統家鄉砂鍋，算是鄉村菜餚，冬天在農村裡，家家户户都要煮上一大鍋。據說起源於亨利四世時期，由於平常人民都吃不起肉，他便下令讓人民一星期吃一次火鍋，包含了各式肉類、蔬菜，還有湯，料多又大碗，流傳到後來的法式砂鍋，配方世代相傳，風味每家不同。

㊻ 畢卡索（Pablo Picasso, 1881-1973），二十世紀最爲人熟知而又最有影響力的畫家。他出生於西班牙的巴塞隆納，從小便展露出傑出的藝術才華，但更重要的是在他九十二年漫長的生命中，他一次又一次地突破個人的創作局限，歷經藍色時期、粉紅色時期，立體派、野獸派，不斷嘗試創作各類型之藝術，把藝術推至更高的境界，終老於法國。他的個人生活和藝術創新都同樣地多姿多采。

㊼ 安格爾（Jean Auguste Dominique Ingres, 1780-1867），法國畫家。他生於蒙特龐省，17歲到巴黎，投入拿破崙首席畫師達維特門下，是法國古典主義畫派的最後繼承者，也是新古典主義畫派的佼佼代表。他始終以「崇高的單純」作爲繪畫原則，每幅畫力求構圖嚴謹、色彩單純、形象典雅，作品有《泉》、《宮女》、《土耳其浴池》等一系列表現人體美的繪畫。

㊽ 埃塞克斯（Essex）是英格蘭中部的大學城。

㊾ 埃帕米農達（Epaminondas, B.C. 410-362），是古希臘城邦底比斯的統帥和政治家，曾師事畢達哥拉斯派哲學家（塔蘭托的）呂西斯，善辯，英勇驍戰，是名軍事強人。派羅比德斯（Pelopidas）是他的參謀兼情人。

㊿ 艾克斯雷邦（Aix-les-Bains），法國阿爾卑斯山區的小城，

位在布荷傑湖畔，以溫泉療養所出名，前來溫泉療養的人數居全法之冠。

51 惠勒・凱瑟（Willa Cather, 1873-1947），美國女小說家。出生於維吉尼亞州，成長於美國中西部內布拉斯加州移民社區，對十九世紀後期美國中西部大草原開墾生活的胼手胝足，以及當時女性的堅忍不拔，有深刻的描繪，這彰顯美國立國的移民精神及拓荒意志，是普立茲文學獎得主，著有《總主教之死》、《亞歷山大之橋》、《石上的暗影》。

52 整段引言出自沙特的《沙特的詞語》，潘培慶譯，木馬出版。

*

8

對福婁拜的猜火車指南

The Train-spotter's Guide to Flaubert

❶ 在《煤礦》(*Coal: A Human History*) 當中提及最早的鐵路是用馬車來拉的,「因為相較於一般道路,光滑的鐵路可以讓馬匹拉動更多貨物,而且鐵路可以通往運河不能到達的地方。」而蒸氣火車頭由崔維特希斯克(Cornishman Richard Trevithick)所發明,隨後由史蒂芬生成功的結合火車頭、貨艙和鐵道,1825年,他「建造26英里的鐵道,聯繫了煤鎮達林頓和水鎮史塔克頓。參加落成典禮有數千人,他們看到三十四輛貨車不只載滿了煤,還載了六百名乘客。蒸氣火車頭在平滑的軌道上向前拉動貨車,但車速很慢,乃至於領在蒸氣火車頭前面的竟是人牽著馬匹緩慢行走;走到陡峭的地方時,還需要動用固定的蒸氣機協助往上拉動」。1830年,利物浦到曼徹斯特的鐵路開通,很多人覺得蒸氣火車很恐怖,像是頭憤怒的巨獸,內臟滿是燃燒的煤。甚至有位教士的書記被火車嚇壞了:「當火車轟隆經過、吐出『濃密的硫磺煙柱』,書記『彷彿被雷打到,趴倒在河岸邊!後來,他的腿重新有了力氣,但腦子還是昏昏沉沉的,舌頭牢牢地頂住上顎,驚恐地站著,表情還是一副說不出話來的驚訝。』」(芭芭拉·芙瑞絲著,黃煜文譯,麥田)這就是全世界最早的鐵道。

❷ 珍妮東是一名農婦,是路易絲·柯蕊長詩〈鄉下女〉的主人翁。福婁拜常給予她很多寫詩方面的建議,而柯蕊寫的詩也有好幾首得過法蘭西學院的獎金。

❸ 巴斯卡(Blaise Pascal, 1623-1662),法國神學家、科學家、文學家。他證明了大氣壓力及高度的關係,創立了數學上的機率論與排列組合,開拓了三角幾何的演算空間,成為數學上的巴斯卡原理。但是他影響後世最深的是宗教文學作品《默想錄》。

❹ 普黑沃（Abbé Prévost，原名Antoine François Prévost, 1697-1763），法國教士。曾著有《旅遊記述》二十卷，還有《瑪儂雷斯考》（*Manon Lescaut*），又譯作《情婦瑪儂》，後有普契尼改爲歌劇作品，並且有大量版本的電視影集。

*

9
福婁拜想像書
The Flaubert Apocrypha

❶ 原題中的Apocrypha一字，指的是舊約外典，也被稱爲僞經或次經，應該說它們原本是聖經的組成部分，中世紀以後，新教徒們才將之排除在正典之外。指的是不被承認的書，或不存在的書。在此譯作想像書，指那些停留在福婁拜想像裡尚未獲諸實現的寫書計畫。

❷《情感教育》背景設在1848年法國革命時期的巴黎。

❸ 1870年，普法戰爭爆發，在色當（Sedan）一役，拿破崙三世率同部隊將領繳械投降。消息傳回巴黎，群情激憤，巴黎人民於9月4日占領市政廳，宣告成立法蘭西第三共和，終結了路易·波拿巴的第二帝國。然而這個革命成果很快被保皇派和資本家聯合的勢力所篡奪，組成了「國防政府」，是普魯士在法國境內扶植的傀儡政府。

❹ 這裡的資本家指的是法王路易·菲力浦，他出身於波旁王朝旁系奧爾良家族，在1830年7月革命之後，被資產階級自由派擁立爲國王，代表了金融貴族利益的資產階級君主立憲制度在法國確立，其政權又稱七月王朝。隨著1830至1840年代工業快速發展，無產階級與資產階級鬥爭日益尖銳，在1848年，巴黎的工人、學生、平民走上街頭，示威遊行演變至武裝起義，路易·菲力浦逃亡英國，七月王朝覆滅，法蘭西第二共和國被建立，政權仍然把持在資產階級分子手上。

❺ 佐阿夫兵團是法國外籍兵團的一支，法國在殖民地徵募兵員，由阿爾及利亞人、摩洛哥人、塞內加爾輕步兵所組成的法國軍隊就是佐阿夫兵團。

❻ 1870年德法戰爭爆發，法國在蘇丹的失敗導致第二帝國滅亡，將阿爾薩斯及洛林兩省割地給德國，1871年成立了法蘭西第三共和，並建立了國防政府，同年發生著名的巴黎

公社起義，但無產階級的起義又被血腥地鎮壓了。

❼ 斯多克城（Stoke-upon-Trent）坐落於英格蘭中部，位於伯明罕和曼徹斯特中間，是英國最爲知名的陶瓷故鄉，出產許多名牌瓷器，包括被維多利亞女王譽爲「世界上最美麗瓷器的製造者」——明頓（Minton）。

❽ 勒薩日（Alain-rene Le Sage, 1669-1747），法國作家。最初翻譯外國文學作品，之後轉向創作，1707年發表小說《跛足魔鬼》，同年喜劇《主僕爭鋒》上演成功，他的代表作是《吉爾布拉斯》，以西班牙爲歷史背景，寫一個城市青年一生冒險的經歷，被譽爲法國十八世紀上半最優秀的現實主義小說。

❾《吉爾布拉斯》（*Gil Blas*），小說的第一、二部分發表於1715年，第三、四部分發表於1724年和1735年，雖然以十六世紀末至十七世紀中期的西班牙爲背景，但作者在前言暗示，實際寫的是當下的法國社會，透過主角吉爾的遭遇，眞實地反映朝廷腐敗、貴族荒淫、金錢權勢行將崩潰的封建社會樣貌。

❿ 查爾斯·拉皮耶（Charles Lapierre, 1828-1893），他是福婁拜的朋友，曾於1859到1892年間在日報擔任盧昂小說家專欄的主編，任內刊載過《包法利夫人》，他還自行印製了好幾本小說，贈與盧昂的商會。

⓫ 博斯普魯斯海峽（The Bosphorus Strait）是土耳其的伊斯坦堡跨歐亞兩洲的分線。

⓬ 斯麥納（Smyrna）今天的名字是伊芝密爾（Izmir），是土耳其的第三大城市，斯麥納早在西元前一千年以前，已聞名天下，第一個希臘社會群體就是在這裡發展，據說詩人荷馬（Homer）也是在這裡出生。在奧圖曼帝國時代，因擁有優良港口，對外貿易地位佳，成爲當時美麗絕倫和宏

大城市之首。

⑬ 婆羅門（Brahmin），印度古代的僧侶貴族，居四種姓之首，信奉大乘佛教，主張出世又出家。

⑭ 本篤隱修會（Camaldolese）又稱加莫度里隱修會，加莫度里（Camaldoli）是義大利中部距離佛羅倫斯不遠的山上，由宗教聖者創建了隱舍和隱修院，曠野形式的隱舍兼顧個人獨居與團體性的好處，靈修格外著重兄弟友愛及個人靜修兩個特點，獨修的隱士彼此間培養了深摯的友誼，及兄弟的共融。

⑮ 洪堡（Alexander von Humboldt, 1769-1859），德國博物學、礦物學、天文學家。1799年他踏上美洲探險之旅，足跡遍及委內瑞拉海岸、亞馬遜河、哥倫比亞、古巴和厄瓜多爾等等，測量經緯度和地磁等物理現象，返回歐洲後，繪出全球等溫線表，又率先研究動植物群落與地理環境的關係，寫下科學巨著《宇宙》。

⑯ 尼祿（Nero, 37-68，在位54-68），羅馬暴君，行爲乖張、恣睢暴戾，致引起數省總督叛變（高盧、西班牙……），元老院也指斥其爲「公共敵人」，西元67年在羅馬焚城，嫁禍給基督徒，藉此迫害基督徒，隔年眾叛親離，自殺而亡。

⑰ 培里克里斯（Pericles），雅典著名的統治者，將雅典帶向民主政治時代，所有雅典男性都具有參政權。

*

10
駁辯
The Case Against

❶ Wolf Cubs，幼童軍小狼隊，成立於1916年，並出版了小狼手冊。選擇狼爲象徵，是希望訓練孩童機智、靈敏，有創造力。

❷ Boy Scout是童子軍，由貝登堡發明，世界第一個童軍總會1909年在倫敦成立。

❸ 泰恩（H. Hippolyte Taine, 1828-1893），法國哲學家、史學家、文學家。生於阿爾丁省，自幼聰穎好學，最初專攻哲學，後改向文學評論方面。他擅長抽象思維，認爲一切事物的產生、發展、演變、消滅，都有規律可尋，他研究學問的目的是解釋事物。

❹ 1870 年3月18日巴黎工人階級起義革命，占領市政府，並於3月26日由人民投票，選舉產生工人自己的政權——巴黎公社。原國防政府於5月武力反擊，對公社社員進行了血腥鎮壓，大屠殺整整延續了一個多月，2萬人未經審訊就被槍殺，加上在戰鬥中犧牲的，總計死難了3萬多人，逮捕、監禁、流放、驅逐的人達10萬以上。巴黎公社雖然只存在兩個多月，但它是無產階級推翻資產階級統治、建立無產階級專政的歷史事件。

❺《查泰萊夫人的情人》（*Lady Chatterley's Lover*），二十世紀最受爭議的情色文學作品，1960年代同時遭到英國和美國以內容過多性愛描寫，而被查禁，作者是D. H.勞倫斯。自從以改編勞倫斯小說《戀愛中的女人》（*Women in Love*, 1969）成電影的英國導演肯・羅素（Ken Russell）在多年後因爲預算很少，拍了續作《彩虹》（*The Rainbow*, 1989），更在1992年將心想多年的《查泰萊夫人的情人》拍成電視版，由凡妮莎・蕾葛瑞芙的小女兒裘莉・理查森（Joely Richardson）和演《魔戒》攝政王大兒子的比恩

（Sean Bean）（早年主演賈曼的電影《卡拉瓦喬》）主演。

❻ 這裡的法庭駁辯基本上取自《包法利夫人》被控「傷風敗俗」時，他的辯護律師所作的長篇累頁的答辯詞。

❼ 斯多葛哲學（Stoicism）於西元三百年前興起於雅典，創始人是芝諾（Zeno, B.C.340-265），他常在市集廊柱下講道，Stoic源自希臘文stao（門廊），故得斯多葛之名。該學說以倫理學爲中心，基本思想是理性統治世界，人應該克制私欲，順從命運，與自然一致地生活，才是美德，也唯有理智才能夠揭示宇宙秩序的恆常性與價值。到西元3世紀，斯多葛學派已不復存在，但仍然影響到羅馬的法學、基督教的神學和倫理學，以及近代自然權利和人類平等的主張，還有布魯諾、笛卡兒、史賓塞等人的哲學思想。

❽ 薩德伯爵（Marquis de Sade, 1704-1814），法國情色文學的先驅作家。作品常赤裸裸地呈現人性醜惡的一面，尤其是對於性變態的描寫，因此薩德的作品受到當時甚至現在社會的查禁，而性虐待（sadism）一詞即由他的名字衍生而來。他的作品深受藝術家與文學家所喜愛，波特萊爾、雨果、大仲馬、尼采等，都是他作品的擁護者。他的代表作包括有《索多瑪一百二十天》等。

❾ 華特・迪士尼（Walt Disney, 1901-1966），美國卡通影片大師，他是位偉大的夢想家，一手打造出迪士尼樂園的夢幻天地，他也是位成功的電影製作人，創立了迪士尼影業，拍攝出無數膾炙人口的電影電視作品。

❿ 樂高恩（Leghorn）是個位於義大利北部的海港，距離比薩斜塔二十公里，與法國的科西嘉島隔海相望，義大利名稱爲「利佛諾（Livorno）」，1742年與1771年曾經發生劇烈地震。

*

11 路易絲・柯蕊的說法

Louise Colet's Version

❶ 貝朗熱（Pierre-Jean de Béranger, 1780-1857），法國詩人。出身巴黎平民家庭，青少年時期在法國資產階級革命勝利後的環境度過，在所寫的詩歌裡面，充滿對信仰熱誠的國王和耶穌會教士極盡冷嘲熱諷之能事，也寫過喜劇、史詩和民俗歌謠。

❷ 維克多・庫申（Victor Cousin, 1792-1867），法國哲學家、美學家。主張美的領域比一切遼闊，也創造了折衷主義一詞，對老子思想也頗有研究。是路易絲・柯蕊的情人，路易絲爲他生下一女。在1839年法蘭西學院曾經頒詩獎給路易絲，諷刺刊物《胡蜂》藉路易絲當時的大肚子開玩笑，說她那是給「表哥」（cousin）螫了一下。路易絲氣到拿刀登門求見，想把開她玩笑的人砍了。雜誌的作者奪下刀來，把她趕了出去，把刀掛在牆上，下題著：承蒙柯蕊夫人背賜一刀。

❸ 阿弗列德・德・繆塞（Alfred de Musset, 1810-1857），法國詩人、劇作家。與大仲馬、維涅同屬浪漫主義代表作家，曾與大他6歲的喬治・桑有一段情，這段戀愛關係讓他寫出許多傳世的抒情詩。

❹ 維涅（Alfred de Vigny, 1797 -1863），法國詩人。貴族家庭出身，是思想悲觀的哲理詩人，生活在現代資本主義社會裡，眼見貴族階級日漸衰微，個人事業和愛情生活又頻遭挫折，因此對人生失望，他的詩作多半探索人生的孤獨。

❺ 尚弗勒里（Jules de Champfleury, 1821-1889），法國哲學家。由於他的熱心與大聲疾呼，現實主義得以誕生，是波特萊爾的好友。

❻ 阿西爾・福婁拜，即古斯塔夫的哥哥。

❼ 艾克斯（Aix）是位於法國南部的小城，比土魯斯、普瓦

提耶、波爾多、盧昂到巴黎的距離還要遠。

❽ 阿韋龍省的野童，是法國社會學家研究的案例之一，他在阿韋龍森林長大，十幾年來與社會隔絕，是無社會化的實例，社會學家也不知該將他分類為野獸還是人。法國導演楚孚（François Truffaut, 1932-1984）曾以此事件拍了電影《野孩子》（*L'Enfant sauvage*, 1969）。

❾ 法文中的grisette指的是女店員——誠實的工作階級，可為一般社會的標準所尊敬。不過小仲馬名作《茶花女》的女主角瑪格麗特，其描繪取材於羅絲普蕾西絲，她出生於諾曼地一個農民家庭，6歲就成為孤兒，並在14歲那年逃到巴黎。在巴黎，她住在親戚家，並在洗衣店與商店中擔任女店員，工作認真；而後卻由於她的美貌，變成依賴男人生活的女人。

❿ 夏多布里昂（François-René de Châteaubriand, 1768-1848），法國早期浪漫主義代表作家。曾站在王政主義的立場上，為波旁王朝搖旗吶喊，對西班牙的侵略戰爭即是他一手策畫。早年在美洲遊歷期間寫下《美國遊記》，在倫敦發表《革命論》，1800年回到法國發表抒情散文《基督教真諦》，後來波旁王朝垮台後，他便深居書齋，先後發表《歷史研究》、《墓外回憶錄》。

⓫ 馬志尼（Giuseppe Mazzini, 1802-1872），義大利燒炭黨成員，1830年參加暴動被捕入獄，出獄後遠走法國，1834年組「青年義大利黨」，以「愛義大利超過一切，並重建義大利為獨立國家」為宗旨，號召國人為國奮鬥。常身著黑衣，為義大利尚未統一致哀，是一個愛國主義者。

⓬ 居巧利伯爵夫人（Countess Teresa Guiccioli, 1801-1873），16歲嫁給60歲的義大利貴族居巧利，後來愛上拜倫，而結束婚姻，為拜倫生了一個女兒阿蕾格拉（Allegra），拜

倫爲她寫了三章唐璜詩，在拜倫死後27年嫁給法國的包瓦西伯爵。

⑬ 庫楚克・哈內姆（Kuchuk Hanem，在土耳其文中意爲：小公主或是舞后），在福婁拜的近東之旅寫給布依雷的信中裡經常提到她。在1850年3月13日的信中寫道：「在阿司那（Esneh）我一天之內打了五槍吸了三次，我說得直截了當，不拐彎抹角，而且讓我告訴你我很享受。庫楚克・哈內姆是一個聞名遐邇的高級妓女。當我到達她的房子時，她已經在等我們了；她的密友一早趕去市集，伴隨一隻全身鮮黃紅褐斑點的羊，鼻子上罩著黑色天鵝絨，乍看之下，像隻狗跟隨在她後頭。庫楚克正離開去沖澡。她戴著一頂巨大的土耳其帽，上頭別著金色別針，別針上裝著一點綠石，而鬆散的纓垂落在她肩膀上；她的前額編著細細髮辮盤到後頭綁起來；她的下半身隱藏在龐大的粉紅褲子裡；她的軀體在紫色的薄紗下幾近赤裸。她站在樓梯間的頂端，太陽就在她身後，截然的側影輪廓凸顯在環繞著她的天色的藍色背景。她就像帝王般的創造物，巨大的胸脯，新鮮肉感，狹長的鼻梁，大大的眼睛，以及華美的膝蓋；當她舞蹈時她肚腹呈現波浪的肌理。她開始時將玫瑰花露水灑在我們雙手薰香。她的胸懷散發著甜美松脂的氣味，她脖子上箍著三層金項鍊。樂師被喚來，她開始跳舞……當晚我們又去找她……到了該離開的時分，我沒走。庫楚克並不熱中留我們陪她過夜，原因是她怕盜賊會來，因爲知道有外國人在屋子裡。馬西姆一個人待在睡椅上，我和庫楚克下樓到她臥房裡……我狂熱的吸吮著她，她的身體都是汗，她跳完舞之後非常疲憊，她的身子很冷。我用長外套蓋住她，她沉沉睡去，她的手指纏著我的手指。至於我，我幾乎無法闔眼。我的夜晚如此漫長，強

烈的遐思漫無止境。望著這美人兒的睡姿（她打著鼾，頭靠在我的臂膀裡；我鬆開我的手指環繞在她的項圈下），我想起我在巴黎妓院的夜晚——一連串老舊的回憶席捲而來——我想著她，想著她的舞蹈，她的歌聲，那些爲我而唱而不曉其意義、甚至字句無可辨識的歌曲。這樣持續了整晚。」

到了6月2日他在寫給布依雷的信中寫道：「在阿司那我又去見庫楚克・哈內姆一面；情景讓人傷心。我發現她變了。她生過一場大病。我只發了一槍。那一天天色沉重昏暗；她阿比西尼亞僕人在地板上灑水，好讓屋子涼一點。我凝望著她長長久久，好讓我能在腦海裡留下她的身影。當我離去時，我們告訴她我們第二天會再來找她，但我們沒有。我爲所有這一切的辛酸感到強烈的不適；那對我相當重要，我深藏在我內裡深處。到了肯亞，我有個非常喜歡我的漂亮婊子，她用手勢告訴我我有雙惹人愛的眼睛，她的名字叫作Hosna et-Taouilah，意思是『高個兒』；旁邊還有一個，肥胖而淫蕩，在她們身體上面，我很快就忘我享樂，而她們聞起來就像酸奶的味道。」隨後布依雷將福婁拜寫給他的信寫成一首詩，就叫作庫楚克・哈內姆，並題獻給福婁拜。

到了1953年，路易絲・柯蕊強力要求福婁拜讓她閱讀他的旅遊手記，她對其中寫到庫楚克・哈內姆的部分非常吃味，於是福婁拜寫了一封信好安撫她，他在1953年3月27日致柯蕊的信中寫著：「至於庫楚克・哈內姆，啊！放寬你的心，同時改正你對東方的想法。你可以很肯定她對這一切一點也不在意：在情感上，我可以保證；甚至是肉體上，我都非常懷疑。她發現我們是一流的cawadjas（領主），因爲我們留給她一筆相當不錯的piastres（埃及貨幣），一切就這樣。布依雷的詩作寫得很棒，但那是詩，沒別的了。那個東方女人不過就是一具機器：對她來講這一個男人那一個男人沒啥差別。抽煙、去沖澡、畫眼影和喝咖啡——在這職業不斷反覆的循環中，她的存在非常局限。至於肉體享樂，她有的一定非常薄弱，她那個著名的按鈕、享樂的座位，早在她很小的年紀就已經被開動了。在一定程度上，讓這個女人充滿詩意的，就是她在自然狀態下再度墮落……你跟我說在你眼中是庫楚克的跳蚤在剝蝕著她；對我那是最讓人銷魂的探觸。它們令人作嘔的氣味纏繞著她肌膚的香氣，和檀香油一同滴落。我想要體驗一切事物辛酸的一面——它總在我們輝煌時訕笑；在我們歡欣時荒蕪……回頭說庫楚克。你和我正思索著她，而她鐵定想都沒想到我們。我們正用美學想像她，在其中這位特別而有趣的旅客，這位賦予她睡椅尊榮的旅客，已完完全全在她的記憶中淡忘，就像對待其他人。啊！旅程讓人謙遜：那人會發現自己在這個世界有多麼藐小。」

⓮ 泰巴瑞（Taburel），法國古龍水的品牌。

⓯《十一月》是福婁拜1842年寫的中篇小說，當時他約20歲，極力想證明自己可以成爲作家，約一百頁長度，只有兩個角色，一個年輕男孩和一個接近中年的女子，頗有自傳意味，相當浪漫的愛情。福婁拜生前並沒有發表，但經常朗誦給朋友聽，或是把部分手稿寄給朋友閱讀。1951年，福婁拜曾寄給路易絲・柯蕊三份手稿，柯蕊在日記上寫著：《十一月》：「……薄弱，平庸，除了戲劇性的角色，也就是那個女人的故事；我今天寫了12頁那麼長給他，談論有關這個故事。」《情感教育》（1843至1844年版本）：「有關藝術最叫人景仰的篇章，他眞是個藝術家。」《聖安東尼的誘惑》（最早的版本）：「我非常非常喜歡他

的《聖安東尼》，而且爲其所震驚。他眞是個天才。」

⑯ 藍絲襪團體是早期在沙龍出沒的女知識分子，多是「有學問的，對於文學、詩歌有強烈興趣的」中產階級女性，她們以集會時穿藍襪子著稱，這個團體其實是反對女權主義的，而且接受女人在文學世界中的二等公民角色，但是她們的存在本身及其在十八世紀中期以後的出版活動，表明了婦女的能力和新角色，意外成爲女權主義的先驅，不過後來「藍絲襪」一詞卻成爲略帶貶意的代名詞，指稱那些賣弄學識的女人。

⑰ 艾皮科蒂塔斯（Epictetus, 50-138），斯多葛學派哲學家，與辛內卡（Lucius Annaeus Seneca, B.C.3-65A.D.）、奧里略（Marcus Aurelius, 121-180A.D.在位）合稱羅馬帝國時期斯多葛派三哲。艾皮科蒂塔斯曾爲奴隸，著重內在修養爲善和四海一家的精神。

⑱ 福婁拜和路易絲．柯蕊眞正決裂於1855年3月，在這之前，兩人關係已進入最後階段，他曾寫信給路易絲．柯蕊，上面寫著：

「你索求愛，你抱怨我沒有送你花。花，眞是的！去找些家教良好的新鮮少年郎吧，很懂禮貌，心術又端正。我就像隻公虎，牠陰莖頂端的剛毛經常會割傷母虎。

「你告訴我色情的綺思困擾不了你。我能對你吐露同樣的信心：我坦承我已經不再有任何性衝動了，感謝上蒼。

「我一直試圖（但我認爲我失敗了）將你轉化成雄壯的兩性人。我要你到肚臍都是一個男人；底下，你親近我，你困擾著我——你的女性特質摧毀了一切。

「我就像埃及：爲了要存活下去，我必須——依循曆法——定期洪水氾濫。」

*

12 布萊茲懷特的慣語辭典

Braithwaite's Dictionary of Accepted Ideas

❶ 風信子，學名Hyacinthus orientalis L.，屬於百合科，春天開花時圓柱形的花莖上有無數小花，一陣風吹來，馨香隨之而至，好像風在作爲它的傳播者，在播種之前，外貌易與水仙混淆，全株植物都有毒性。

❷ 分身（Doppelgänger），德文字，有時又譯作鬼靈，在韋氏字典的定義爲：1)活人的鬼魅分身，酷似活人的幽靈。2)心腹；面貌極似的人。

❸ 普魯斯特（Marcel Proust, 1871-1922），法國意識流小說家。自幼患哮喘病，終身爲疾病所苦，少年和青年時代熱中出入交際場所，自1906年後哮喘病不時發作，只能閉門寫作。他的語句有如九曲十八彎的蜿蜒江河，豐富且流暢自然，令人回味無窮；而他最出名的作品是長達三千頁的巨作《追憶逝水年華》，完全改變了小說的傳統觀念，革新寫作技巧，超越時空的潛在意識才是眞正的主角。他曾寫道：「在我們這個所有事物都會凋零、所有事物都會化爲灰燼的世界中，有一樣東西比美還要更徹底的衰敗、幻滅成灰，所留下的僅是自身的一點殘留痕跡：這個東西的名字叫作哀傷。」拍攝《追憶逝水年華》的電影，則分別取自不同卷，例如德國導演雪朗道夫（Volker Schlöndorff）的版本出自第一卷的《史旺之愛》（*Un amour de Swann*, 1984），由劇場界兩大超級大老布魯克（Peter Brook）及卡里埃（Jean-Claude Carrière）編劇，成績卻依舊有限；另外則是取自最後卷的兩部不同風格的電影，一是智利導演羅爾・路易茲（Raoul Ruiz）版本，網羅幾乎法國所有最重要演員演出，台灣放映片名爲《追憶逝水年華》（*Le Temps retrouvé*, 1999），另一則是比利時女導演香妲・阿克曼（Chantal Akerman）模糊時間的版本 *La Captive*

(2000)。然而，最佳的普魯斯特影片則是《巴格達咖啡館》(*Bagdad Café*, 1988)、《甜蜜寶貝》(*Zuckerbaby*, 1985)，由德國導演帕西・阿德隆（Percy Adlon）改編自普魯斯特晚年女僕傳記的*Céleste*（1981）。底下的網站，收錄不少普魯斯特的資料：

http://www.yorktaylors.free-online.co.uk/

❹ 聖保里加布主教（Polycarpe, 69-156)，是聖若望宗徒的門徒，殉道者。履行主教牧職期間，極力維護教會信仰，駁斥異端。當時社會歧視基督信徒，86歲的保里加布主教被帶到競技場，總督勸他背棄信仰，否則要將他活活燒死，主教仍堅持自己是基督徒，他認爲火只能燃燒一小時，始終會熄滅的，但他對宗教的信心是永遠不會熄滅的。

❺ 庫魯蕭（Cruchard)，是福婁拜舞台劇《參選人》(*Le Candidat*）的人物，福婁拜的朋友常拿這個名字調侃他。在早期給喬治・桑的信中，他曾爲她寫了六頁的戲謔之作，稱之〈神父庫魯蕭的一生與著作，由耶穌教會的西佩神父所著，獻給巴何恩・茍德翁〉。這個叫作庫魯蕭神父的人物，具現福婁拜某些性格，是一個相當時髦的神職人員，特別喜歡聽漂亮的社交名女人的告解。在《參選人》演出後，他寫給喬治・桑的信上寫到演員：「……至於庫魯蕭，他很平穩，非常平穩。在演出前用膳相當自在，在演出後的晚宴表現更佳。餐點目錄：兩打的奧斯坦德（Ostend）生蠔、一瓶冰鎮香檳、三片紅燒牛肉、松露沙拉、咖啡以及利口甜酒。」

❻ 昆拉馮（Quarafon)，在福婁拜與馬西姆・杜康同行的近東之旅，在班蘇維夫附近的酋長曾稱他爲昆拉馮，福婁拜寫信告知母親這個高貴的名字。

❼ 塞萬提斯（Miguel de Cervantes, 1547-1616)，西班牙作家。

出生於馬德里近郊，自幼隨外科醫生父親到處遷徙，在義大利勒班圖海戰中喪失左手，又在回國途中，被海盜捕捉，五年後才被救出。回到西班牙後才開始文學生涯，其中兩度被捕入獄，在獄中完成不朽名作《唐吉訶德》。

❽ 都德（Alfonse Daudet, 1840-1897），法國小說家。出生於尼姆破產家庭，27歲到巴黎以後，開始文藝創作，發表《磨坊文札》（*Lettres de mon moulin*）和《小東西》（*Le Petit Chose*），有「法國的狄更斯」之譽；普法戰爭爆發後，他應徵入伍，之後也創作不少愛國主義的短篇。都德是位多產作家，他贊同左拉的自然主義創作論，他對資本主義現實也進行批判。他和福婁拜的友好關係始於1972年他寄給福婁拜他的小說*Tartarin de Tarascon*，都德雖爲後輩，福婁拜回信卻異常熱情，稱之爲「大師之作」，隨後幾年，他總和喬治・桑互相提及都德的小說新作，兩人總是多少給予好評。都德的作品曾經風行一時，現在較爲人所淡忘。本書的作者朱利安・拔恩斯在蒐尋資料寫小說《福婁拜的鸚鵡》時，開始留意到都德後半生的痛苦狀態，在2002年他出版了他所編輯、翻譯的都德文集英譯本*In the Land of Pain*。

❾ 木琴（Xylophone）是具有明確音高的鍵盤式敲擊樂器，其不同長短的硬木片是用線安置於一個水平的木架上。它們像鋼琴的黑白琴鍵那樣排成兩行，在每塊木片下，裝有開口的金屬共鳴器，藉以增強聲音的回響，使音量更大。木琴也是藉著敲棍擊打木片而發聲，它的音色較乾澀，其回聲亦不能持久。

❿ 聖桑（Charles Camille Saint-Saëns, 1835-1921），法國浪漫樂派音樂家。出生於巴黎，兩歲半開始學習彈琴，進入巴黎音樂院，屢屢獲獎，並與李斯特結爲好友，1886年完成的

《C小調第三號交響曲》就是爲了悼念李斯特，這首曲子運用鋼琴和管風琴，結構與傳統的交響曲不同，聖桑在器樂方面的表現一向突出創新，使他成爲著名作曲家。1871年與好友組織「國民音樂協會」，專門演奏法國作曲家的新作品，藉此振興法國新音樂。

⓫ 《骷髏之舞》（*Danse Macabre*, 1874）是聖桑四首交響詩中最著名的一首，描寫一群骷髏在墓場狂舞的情景。隨著深夜時鐘的聲響，雞鳴破曉時分又逃回墓中。以單純的手法來描繪繪畫的、詩的氣氛，其技巧，尤其是管弦樂法的成就是優異的。

⓬ 鐘琴（Glockenspiel）是德文字，原意是「一組鐘聲」。鐘琴最早是以按高音排列的迷你排鐘，藉著敲棍擊打鐵片出聲，音量雖小，卻極嘹喨清脆，後來爲了攜帶方便，就將小鐘改爲金屬鐵片，鐵琴往往用來加強由另一種樂器演奏的旋律，或用來凸顯樂曲中一個特殊的段落。和「木琴」同屬能調至明確音調的敲擊樂器。

⓭ 伊非多（Yvetot），諾曼地的一個城鎮，於二次世界大戰期間完全被摧毀。

*

13

單純的故事

Pure Story

❶ 小仲馬（Alexandre Dumas fils, 1824-1895），法國小說家。作家大仲馬的私生子，雖然大仲馬認其爲子，但拒絕娶其母爲妻，這種痛苦境遇對他產生深刻影響，作品主題也多探討社會道德問題，他最出名的小說作品是《茶花女》，並親自改編成同名話劇上演。

❷ 暹羅雙胞胎（Siamese Twins）又稱連體雙胞胎（Conjoined Twins），是十九世紀中葉在泰國黏在一起的胎兒——Chan與Eng，他們頭部相連的情況在當時引起世界矚目。

*

❶ 勞根・皮爾索・史密斯(Logan Pearsall Smith, 1865-1946),美國散文家。他也是文學評論家,寫出了許多安慰人心的佳句箴言,他曾在牛津大學任教,晚年的作品幾乎都是寫給學生的信件。

❷ 根據福婁拜的信件,這裡所指的應該不是施雷辛格夫人,而是讓他失身的福科夫人(Mme Foucaud)。在原信中,福婁拜倒是提到他一生的最愛,就是那個他15歲時在都維勒海邊看到的施雷辛格夫人,他在信中這樣寫道:「我只有一個眞正的戀情。我已經告訴過你了。那時我才15歲,那件事持續到我18歲爲止。幾年後當我再看到那個女人,我幾乎無法認出她來。有時我還會看到她,但機會不多,我看著她,所感到的驚訝程度就像移居外土的人(émigrés)回到他們荒廢的城堡(châteaux):『我以前怎麼可能會住在這裡?』你告訴自己,這裡不是一直都是廢墟,這個無人居住的家庭,暴露在雨和雪裡,以前曾是人們取暖的地方。裡頭一定會有動人的故事好寫,但我不是適當人選,沒有一個人適合,因爲太過不可思議了。現代人從7歲到20歲的故事。不管是誰完成這項任務,一定會和人心一樣永遠地存在。如果你想聽的話,我來告訴你這個我從自己和其他人身上所觀察到的不知名的戲劇。女人一定也有類似的經驗,不過我不太相信。我還沒碰過哪個女人願意向我坦露心裡的灰燼:她們要你相信裡面燃著熊熊火焰;甚至事實上連她們自己都相信……」

❸ 路易・菲力浦(Louis Philippe, 1773-1850),1830年大革命查理十世下台之後,登基做法國皇帝,卻因爲籠絡資本家,造成國會選舉資格問題,又引起法國人反抗,政治仍杌隉不安,各地暴亂不時發生,路易・菲力浦數度遭暗

殺，因恐反對者日多，他遂逐漸採取高壓政策，頒布各種限制自由的法令，重新走向專制途徑，使用各種賄賂方式操控國會，政府以武力干涉集會恐嚇，結果又造成法國歷史上1848年的2月革命。

❹ 拿破崙三世（Napoleon III, 1808-1873），是拿破崙的姪子，在1848年革命後數年，路易·拿破崙破壞共和，於1851年政變成功，隔年12月更登上王位，自稱爲拿破崙三世。雨果稱他是「矮了半截的拿破崙」。

❺《穿越海灘和平原》（*Par les champs et par les grèves-Over Strand and Field*），是福婁拜和杜康兩人在去東方旅行之前，在1847年在不列塔尼漫遊所寫的記事。兩人協議口袋裡都放著一本筆記本，原定福婁拜寫單數章，杜康寫雙數章，合起來出成一本書。但隨後福婁拜在雜誌刊載其中的內容，杜康的部分則很久很久以後才印行。

❻ 烏切涅·法洛蒙汀（Eugène Fromentin, 1820-1876），法國浪漫派畫家、作家。出生於拉荷歇爾，早年於巴黎從事法律工作，後來專心藝術創作，文學表現遠不及繪畫的成就，另外他也是名東方通，最出名的事蹟莫過於1869年伴隨拿破崙三世參觀埃及，他在1859年得到過十字勳章。

❼ 脾臟並非一無功能的器官，其實它有造血、儲血、毀血、內分泌等輔助功能，但是到了1970年促吞噬（tufrsin）的發現，才確定脾臟是有著強大抗感染和抗腫瘤的功能。

❽ 促吞噬素（tuftsin）是種天然生理素，爲Thr-Lys-Pro-Arg（蘇-賴-脯-精氨酸）分子結構組成，脾切除後就明顯減少，甚至消失，所以促吞噬被認定是脾臟特有的體液因子，具有強大的抗感染和抗腫瘤的免疫作用。促吞噬目前已可人工製造，主要功能點在於增強白血球的活性，提高淋巴細胞的吞噬功能。

❾ 阿方斯・卡爾（Alphonse Karr），法國報人。他的作品大量並定時的出現在報章雜誌上，他曾經擔任過《費加洛報》的主編，與雨果、拉馬汀、大仲馬、喬治・桑、戈蒂埃、巴爾札克都有私交。

❿ 艾蓮娜・馬克思（Eleanor Marx-Aveling, 1855-1898），是思想家馬克思最小的女兒，出生於英國，一生致力於英國勞工運動及發揚馬克思主義。

⓫ 馬奈（Edouard Manet, 1832-1883），法國畫家。在畫作裡面強烈展示對外光的描寫興趣，並挑戰性地建立自己的展室，來對抗官方的展覽，深受後來成爲印象畫派的年輕畫家所推崇，馬奈也成爲印象畫派的核心人物，被認爲是印象畫派的創始人，他最大的貢獻是搭起了庫爾貝爲代表的現實主義和莫內爲代表的印象主義畫派的橋梁。

⓬ 龐佳萊（Jule Henri Poincaré, 1854-1912），法國數學家。工作橫跨數學與科學多領域，其「自守函數」理論、「動力系統」與「渾沌」的主張、「天體力學」的成就，並催生「代數拓樸」，影響二十世紀數學甚巨，被譽爲史上最後一位數學通才。

⓭ 霍斯曼（Baron George-Eugene Haussmann, 1809-1891），法國都市計畫專家。是法國政府的行政官，於第二帝國時期，是拿破崙三世委任大規模改建巴黎，他的改建計畫改變了巴黎的衛生、公用事業、運輸設施和林蔭大道系統，將塞納河中的西提島改建成行政和宗教中心，並督建著名的巴黎歌劇院。

⓮ 梯也爾（Adolphe Thiers, 1797-1877），法國政治家，曾堅決反對拿破崙三世，拿破崙日後擔任法蘭西第三共和的首位總統。

⓯ 龍薩（Pierre de Ronsard, 1524-1585），法國詩人。貴族出

身，自小出入宮廷，作爲王太子的侍童，後因病失聰，決定寫詩，是法國最早用法文、而不是拉丁文寫作的桂冠詩人，他的詩歌在歐洲各國的宮廷傳誦一時，他作品很大的一部分是宮廷詩，但傳世的作品全都是情詩。

⑯ 安納托爾・法朗士（Anatole France, 1844-1924），法國小說家、評論家，原名爲安納托・帝波（Anatole Thibault），父親是舊書商，所以從小在書堆中長大。對古希臘文學有很深的修養，早期寫詩，後來寫小說，成名作是《希爾維斯特波納爾的罪行》（*Le crime de Sylvestre Bonnard*, 1881），其他知名作品還有《泰伊思》、《企鵝島》、《鵝掌女王烤肉店》（*La Rôtisserie de la reine pédauque*, 1897，桂冠有中譯本），1896年當選法蘭西斯院士，於1921年獲得諾貝爾文學獎，並於同年加入共產黨。他自己曾說：「我越想越覺得人類的生活應該以譏諷和憐憫來批判。譏諷與憐憫是兩個顧問：一個帶著微笑，使生命喜悅；一個垂著淚，給予人們一些神聖的意味。我所說的譏諷不帶絲毫殘酷，既不諷刺愛情，也不譏笑美麗，只是充滿溫柔和慈善。它能使怒氣平息，教我們取笑壞人和傻子，如果沒有它們，我們就會痛恨別人。」（見《鵝掌女王烤肉店》桂冠版前言）

⑰ 貝當（Pétain），是維琪政府領導人，貝當政府就是維琪政府，是二次世界大戰期間，德國占領法國，由納粹當局授權的僞政府。

⑱ 佛雷德里克・米斯特拉（Frédéric Mistral, 1830-1914），法國詩人。出生於普羅旺斯傳統家庭，原來攻讀法律，後來矢志寫詩，而且多以家鄉爲背景，無論是史詩還是抒情詩都同樣拿手，曾得過諾貝爾文學獎，並擔任法蘭西斯院士。

⑲ 斯丹達爾（Henri Beyle Stendhal, 1783-1843），法國小說

家。受完中學教育便投身軍旅，參加了幾次拿破崙戰役，到過義大利、俄羅斯等地。後來脫離了軍隊，投入了外交界，他視義大利爲精神祖國。剛開始只寫一些藝術傳記、文藝批評、旅行遊記等，稍後才寫小說，生前作品沒有引起重視。他的代表作《紅與黑》、《阿芒斯》、《巴馬修道院》對現代小說藝術做出重要貢獻，如今他在文學史上的重要地位已得到公認。

⑳ 聖—修伯里（Antoine de Saint-Exupéry, 1900-1944），法國小說家。出身里昂名門，自幼偏好文學，對飛行的極度熱愛，反映在他大多數作品裡面，處女作是《南方航線》，而代表作《小王子》是從飛行墜落沙漠的險境造就了書中無垠的場景。

㉑ 米歇萊（Jules Michelet, 1798-1874），法國史學家，出身勞工家庭，一邊工作一邊就學，21歲即得到博士學位，學術地位崇高，作爲權威的史學家，他在著作當中熱情歌頌人民大眾的革命，著有《法國史》、《法國革命史》，在第二帝國時期，他拒絕宣誓向拿破崙三世效忠，因而受到迫害。

㉒ 那華爾（Gérard de Naval, 1855-），法國象徵主義詩人，童年生活一直出現在他的詩作當中，常出現日常生活與超自然界對話的方式，創作全盛期精神嚴重失調，八次住進療養院，最後在巴黎路燈柱上自縊身亡。

㉓ 梅里美（Prosper Mérimée, 1803-1870），法國小說家。纖細敏感，受到斯丹達爾的影響，他屬於從啓蒙思想過渡到自由主義思潮的傳統，也接受了方興未艾的浪漫主義的薰陶，最能體現他的思想特點和藝術風格的兩篇著名小說是《科隆巴》、《卡門》，後者被音樂家比才改爲歌劇。

㉔《心城》（*Le Château des cœurs*）爲福婁拜在《薩朗波》和

《情感教育》兩本長篇當中所寫的一齣「夢幻劇」——混合了童話、奇思怪想等，法國劇場界稱之爲féerie，從1863年開始，跟布依雷及諾曼地一個慧黠的政治家Charles d'Osmoy一同創作，內容講述一對天眞的情侶，得到仙女的幫助打敗了惡魔。情節徘徊在寫實和幻想兩端，對話則介於天眞的警句以及沉重的俏皮之間。福婁拜自己也不甚滿意。原本是希望能賺些錢。但這個劇本福婁拜用心了一陣子，到了晚年依舊竭盡所能希望能夠演出，但從未能如願。只在雜誌上分期刊載，其中部分插畫由他的外甥女卡洛琳所繪製。

㉕ 蘇伊士運河是由法國人開鑿的，工程非常艱巨。英國人一直覬覦埃及的統治權，數度出兵埃及，在1882年占領埃及，控制了整個運河的航運權，其後埃及人民經過艱苦的鬥爭，終於在1954年10月19日迫使英國政府同意從埃及撤軍。

*

15

那麼鸚鵡……

And the Parrot......

〈譯後記〉

追溯福婁拜的腳蹤

——從英格蘭到法蘭西的跨時空紀行

楊南倩

英國小說家朱利安・拔恩斯與法國的淵源要從他的雙親說起，朱利安的父母皆是法語教師，自從十三歲的小朱利安跟著父母到法國外省地區遊歷了一趟以後，他就對法國的風土人情歷史文化產生相當濃厚的興趣，在學校裡開始選修法文課程，每逢假期就會抽空到法國旅行，身為牛津大學現代語言學系高材生的他，法國文學一直是他的強項，畢業後除了編纂牛津字典外，他也曾經在法國雷恩城（Rennes）教了一年的書。

《福婁拜的鸚鵡》（1984）是朱利安・拔恩斯的第三本「文學性」小說，繼《地鐵風情錄》（*Metroland*, 1980）和《她遇上我之前》（*Before She Met Me*, 1982）之後發表（他另外也以Dan Kavanagh的筆名寫作偵探小說），該書目前被公認是他最成功也最受推崇的作品。

學院出身的拔恩斯顯然對於修補歷史認同具備了某種狂熱，在《福婁拜的鸚鵡》書中，他透過虛構的牙醫角色——傑佛瑞・

布萊茲懷特——一個業餘的福婁拜學研究者，發現了福婁拜紀念館（原盧昂市立醫院，是福婁拜出生之地）與福婁拜之家（位於克羅瓦塞，福婁拜生前的居所），居然分別存放不同的綠羽毛鸚鵡，且各自宣稱其收藏爲眞跡，究竟哪隻才是眞正成爲福婁拜寫作《簡單的心》時候的臨摹對象呢？書中傑佛瑞展開了文學偵探式的探訪與檢視，除了「福婁拜之友協會」的盧西翁・安德歐先生以外，傑佛瑞遇到的角色幾乎全都是作者虛構出來的。

拔恩斯並非採取傳記式寫法來交代十九世紀法國現實主義泰斗福婁拜是何許人，他選擇福婁拜最出名的作品《包法利夫人》與虛構的小說人物進行了交錯對比，並引用了福婁拜學研究、生平書信簡、文學評論、文學紀傳體及小說故事的元素，加上零碎插曲交織拼貼出複雜的網絡，大量充斥著隱喻暗指、參閱符號及乖離事物的聚合，章節與章節之間跳躍性非常大，句與句之間會突然出現日常對話，對場景或心境的描繪跳脫古今，悠然轉換，更高超巧妙地揭示出福婁拜的作品與人生。

在拔恩斯所著的《十章半的歷史》（*A History of the World in 10 1/2 Chapters*, 1989）中，他曾經寫道：「歷史並不是發生的那回事，也絕非如歷史學家所言……作爲歷史的讀者與承受者，我們從模式中找出充滿希望的結果，爲了不過是要能夠繼續生活下去。我們往往將歷史視爲一系列的沙龍照，是可以推論別人生活的談話片段，還不如乾脆說，歷史根本是多媒體的拼貼……」

還多虧了福婁拜是個愛寫信的人（從九歲開始就透過信件與友人進行思想交流），拔恩斯於是採用福婁拜所書寫的大量書信與筆記來拼貼歷史還原眞實，這點與福婁拜重視觀察、分析、腳踏實地收集一切相關資料的作法不謀而合，福婁拜與拔恩斯都特別重視事物的關聯，不允許自己驟下結論，別忘了福婁拜那句名言：「作者要在自己的作品中隱形，既無處可見卻又無所不在」。

正像福婁拜藉著《包法利夫人》的通姦情事，來諷刺當時社會專求現代的不健全發展以及中產階級的虛僞貪婪，拔恩斯在小說裡面一貫以憤慨激昂又機智風趣的口吻來調侃歷史，揶揄地指出我們是多麼仰賴過去，作者也藉此提出質問，歷史的枴杖是否反而造成我們現在的殘障？對過去的信仰莫非僅僅是對巨大幻象的消費行爲？

對拔恩斯與福婁拜這兩位相差一個半世紀的小說家而言，小說的任務同樣首重「講述眞實」(tell the truth)，然而如何捕捉眞實？說過「包法利夫人就是我」的福婁拜，以寫實觀察的世態描寫搭出場景，以詳盡的心理分析來建構角色，用打造的幻象來道出事實的眞相，將外省風俗與人性墮落表現無遺。拔恩斯選擇透過講述那些精心建構的美麗謊言，去挖掘現實當中所隱藏的無可駁斥的眞實，他認爲就這方面來說，歷史的虛構面顯然比眾所周知「眞實的那一面」更成功。

所以拔恩斯創作的主題多半環繞在歷史、眞實以及眞相，作品當中也經常探討到愛情，在《福婁拜的鸚鵡》當中則是一種對於婚姻制度的省思，虛構主角布萊茲懷特試圖要從《包法利夫人》的啓示裡，推敲出妻子出軌的可能原因。有著文學評論背景的拔恩斯也藉著《福婁拜的鸚鵡》反將文學批評一軍，評論對待文學作品的謹愼苛求態度，活像是把包法利夫人的器官截鋸開來做分析，又像是將福婁拜從墳墓挖出來鞭屍，究竟眞能從過去的不完整裡面得到什麼推論與憑據，這樣一個問題也貫穿了整本書，究竟鸚鵡的眞僞、眼珠的顏色、消失的信函、作家的私生活難道眞有那麼重要，重要到可以取代創作本身的價值？

向來被歸類爲英國後現代諷刺文學的拔恩斯，相當善於跳脫文類限制以及揉合文體，有意識地打破作品中的時空邏輯順序，故意顚倒並且錯亂時間，將似是而非的歷史辯證與荒謬現實任意交錯，以這種方式來體現思維的眞實性。他可以用福婁拜專擅的譏諷寫出布萊茲懷特的故事；可以用「簡單的心」寫出「單純的故事」，卻一點也不單純；可以用文學批評的挑剔態度檢視鸚鵡；如果福婁拜寫出套語辭典，那麼拔恩斯也可以創造出慣語辭典；還能夠假想出路易絲・柯蕊對情人福婁拜的抱怨撒嬌。俯拾皆是的淘氣玩笑與精闢洞察力，正是閱讀《福婁拜的鸚鵡》的最大樂趣，聰明機巧的拔恩斯爲讀者提供了有趣的智力遊戲。

2003年6月

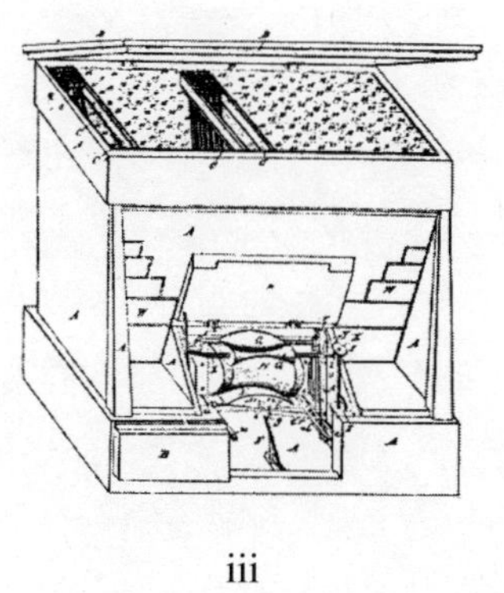

iii

〈附錄〉

自畫像

路易絲・柯蕊

巴黎，週六，1845年6月14日

我爲何要在今日才開始寫日記，而不是十年前，當時我才剛到巴黎——我還充滿熱情，我想見識一切，對於偉人，對於情感和名氣都還有幻想的時候？

現在我三十五歲，不多，也不少。我胖了一些，身材不再纖細，不過仍然優雅，凹凸有致。我的胸部、脖子、肩膀和手臂都非常美麗。人們還是因爲我喉部和下巴平滑的曲線而愛慕我：也許太過平滑了，因此我的輪廓不深，臉也不夠長，看起來太圓。我以髮型來彌補這項缺陷——我有很長的髮鬈垂到太陽穴，然後到我的肩膀，遮住我部分的臉頰。經常有人稱讚我的頭髮（非常淡的栗色：在我小的時候是很亮的金色）：一位男理髮師每日幫我小心打理。然而頭髮是打擊我虛榮心的原因之一：它開始變白了（說是說「開始」，其實我也該提到，十年前我就找到白頭髮了）。我兩鬢的頭髮幾乎全白。我把長一點的頭髮梳到前面，用膠水貼好。每個週六我讓人把其他的白頭髮拔掉。「提醒我快死了」（Memento mori）[1]，在那種時候我總是開玩笑的說，或者該說是「提醒我要活著」。三年來我都這麼做，我的頭髮那麼多，少一些根本看不出來。當理髮師在整理我的頭髮時，我看書或寫作，因此不會浪費時間。因爲我小心的照料，隱藏得這麼好，當我說自己有白頭髮時沒人相信我……我的額頭很高，形狀很美，富有表情；我有濃眉，呈現優雅的彎曲角度；我的眼睛是深藍色，大眼，當我聽到新奇的想法或概念時，眼睛一亮，非常美麗，不過通常因爲工作過度或是眼淚而黯淡下來。我的鼻子很有魅力，小巧而有特色，非常特別。我有張小嘴，鮮豔欲滴，不過形狀並不特別出色。我的笑容尤其可人——和藹，天眞，別人是這麼告訴我的：我沒有看過自己的笑容。我的牙齒很美，狀況良好，每一顆都在，除了一顆臼齒因爲不堪疼痛而拔掉。我的腿很完美，足踝纖細；我的腳很小，腳趾均勻，和我高大強壯的身體呈令人歆羨的對比。我的手也是，纖細、白皙、美好。這個自我寫照還眞長！我根本不必這麼大費周章：改天我會簡潔一點。至於我的道德寫照，就留給接下來的頁數。

1 *Memento mori*，爲拉丁文，意思是：死亡的象徵。像是頭蓋骨等，通常用以召喚亡靈。英國導演克里斯多福・諾蘭（Christopher Nolan）根據他哥哥強納生（Jonathan）的短篇 "*Memento mori*" 拍了記憶錯亂的影片《記憶拼圖》（*Memento*, 2000）。

朱利安・拔恩斯（Julian Barnes）年譜

製作／小宋

1946　1月19日生於英國小鎮Leicester，英格蘭中部的心臟小城，爲次子，父親Albert Leonard Barnes，母親Kaye皆爲法文老師，哥哥Jonathan隨後成爲哲學家，住在法國。出生六個禮拜遷居Acton，十歲時舉家搬到倫敦郊區小鎮Northwood。

1957-64　就讀City of London School，開始以地下鐵通學，車程約45分鐘，他在火車上做完功課，數沿路的車站，「就像是玫瑰經的小念珠」。從倫敦出發的大都會幹線這一段區域過去稱之爲Metroland，隨後成爲他第一本小說的書名。在說到他中產階級的郊區童年時，他提及他所仰慕的作家如齊福（John Cheever），「我就在一個看起來很穩定的社區長大，但事實上那裡充滿了無所寄託的人群。你擁有這種心靈上的無所寄託，而那就是我們的特徵。」

1964-68　就讀牛津大學Magdalen學院。畢業後找到查稅員的工作，卻去當《牛津英語字典》（*OED*）的編纂員，爲期三年，他稱之爲「運動和髒話大全部門」。

1977　開始爲《泰晤士報文學週刊》（*Times Literary Supplement*）寫書評，以及《新評論》（*New Review*）的撰稿編輯。

1977-81　爲*The New Statesman*雜誌的文學版協助編輯以及電視評論員。

1980-82　爲*Sunday Times*的文學版副主編。

1982-86　爲《觀察家日報》（*The Observer*）電視評論員。這些年的記者文字大多以筆名發表，筆名包括有PC49, Fat Jeff, Edward Pygge, Basil Seal等。

1990-95　爲《紐約客》（*New Yorker*）撰寫有關法國文化的專欄，1995年結集出版*Letters from Lomdon 1990-95*。

★

1980　出版第一本長篇*Metroland*，共寫了12年之久。獲得1981年的毛姆（Somerest Maugham）文學獎。1997年改編爲電影，Philip Saville導演，由《太陽帝國》裡那個小男孩長大了的克利斯汀・貝爾（Christian Bale）、《破浪而出》的女主角艾蜜莉・華特森（Emily Watson），以及法國女演員愛麗莎・辛伯斯坦（Elsa Zylberstein）主演。請參看網站：http://www.geocities.com/Hollywood/Set/8187/

以Dan Kavanagh筆名出版偵探小說*Duffy*。

◆Dan Kavanagh根據書上的作者介紹：「青少年時專事閒

蕩、好喜漁色和竊盜。十七歲離家，受雇於自由號油船的甲板水手……」。拔恩斯以其名寫了四本*Duffy*偵探小說。主角Duffy是一個雙性戀的前警察局長，每本將深入倫敦不同區域的地下社會。其姓氏來自朱利安·拔恩斯的老婆Pat Kavanagh，英國出名的出版經紀人。

1981 以Dan Kavanagh筆名出版偵探小說*Fiddle City*。

1982 出版長篇*Before She Met Me*。描寫愛的執迷和嫉妒。

1984 出版長篇《福婁拜的鸚鵡》(*Flaubert's Parrot*)，進入布克獎的決選名單。隨後獲得1985年的Geoffery Faber紀念獎、1986年法國的梅蒂西（Médicis）文學獎、1988年義大利的Grinzane Cavour獎。以虛構的業餘福婁拜研究專家爲角色，撰寫一系列福婁拜生命的點點滴滴的小細節，包含大量非傳統小說的敘事篇章：年表、中世紀動物寓言、測驗卷、文學批評……虛構人物和眞實事件極具紙牌遊戲之樂趣地編織在一起。

◆「很顯而易見的，這是一本關於過往的善變、事實的不確定性和難以實證的書，而進一步來說，這是一本書，一本有關福婁拜的小說，然後更進一步說來，這是一本有關於愛的小說：藝術之愛和人類之愛如何相互比較——而我認爲在這一切背後，這是一本有關悲慟的小說，一本小說有關一個男人無能於表達他的悲慟、而其所愛已移轉（我肯定心理學上有個術語——或許替代就是一個），已移置成一股執迷的慾望要向你——讀者——詳盡細數他所知道和已被尋獲有關古斯塔夫・福婁拜的所有一切，這份執迷之愛遠比他和（妻子）愛倫曾有過的愛要來的可靠而堅固。」

◆在《福婁拜的鸚鵡》當中，拔恩斯寫到：「爲何作品會讓我們去追逐作家？爲何我們不能讓兩者單獨分開來？難道光是書本身是不夠的？」在接受讀者EMAIL的詢問，他回答——「在理想國度裡，一個小說家——例如說，我——會寫一本書，讀者會藉由口耳相傳知道那本書，而且，讀完後，他們透過私密的地址送給作者一點小回饋，這些小回饋多到可以讓作家繼續活下去。沒有出版商，沒有書評，沒有作者資料，就只是作品和讀者最純粹的默契，而且完全忽略作者爲誰。也許所有的書都應該匿名出版：我喜歡凝望那些中世紀畫作，然後發現側標寫著它是由『某大師或者誰』所作，或是資料寫著義大利『無名』（Ignoto）藝術家。只有作品才算數。

「不管怎麼說，這個理想國度實在過於理想，而且作家也不能端靠小回饋賴以爲生：總有商業的需求，而且總會碰上出版商溫柔的要求。讀者充滿了好奇心（而作家則愛慕虛榮）。而且，當然囉，當我是一個讀者跟當我是一個作家時有所差別：作爲一個讀者，我就跟任何人一樣好奇那些我所『景仰』的作家『到底是』怎樣的一個人。

「你看見一座精美的鐘，你的直覺就是會翻過鐘面打開來端詳它如何運轉的。除了作家不是金屬作的之外。報紙雜誌可能會多管閒事，傳記會有破壞性。作家（不是聖人）經常跟這些過程有所勾結，秀他們的生活和個人性格好賣書。但他們的書總是他們身上最好的部份。」

◆在被問到足球迷常用到的詞語 'sick as parrot'，爲何《福婁拜的鸚鵡》裡沒有玩弄足球典故時，拔恩斯提到一個相關笑話：「'sick as parrot' 自然而然的被用到漫畫裡，當時小說正進入布克獎的決選名單；畫裡有兩個足球員，他們中間有一顆球，而其中一個對另外一個說：『要是他贏了他鐵定會飛上天；要是輸了，他必定 'sick as parrot'。』」

1985　以Dan Kavanagh筆名出版偵探小說*Putting the Boot In*。

1986　出版長篇*Staring at the Sun*。以一個沒受過教育的女子的角度書寫，從二次大戰橫跨到21世紀的前二十年。書名來自一個飛機領航員曾經告訴小孩Jean他有次看到太陽升起兩次，這個影像終生纏繞著她。

獲美國E. M. Forster文學獎（American Academy and Institute of Arts and Letters）。

1987　以Dan Kavanagh筆名出版偵探小說*Going to the Dogs*。

◆「我發覺很難去談論Dan Kavanagh，因爲幾乎所有的時候我就是我，唯有每隔好幾年過後的幾個月他會跳出來。他來自腦子不同的部位。//在每隔兩三年以我自己的本名寫小說之後，寫Kavanagh小說有點像是釋放。我非常享受它們但我不會重讀它們。//在北倫敦常發生的下流車禍可能就會把Dan Kavanagh解決掉。傳統裡總是作者宰掉他的主角，但我實在看不出來為何一個作者不該被同等的宰掉。//可憐的Dan。他病的很重，他很多年都沒有寫什麼東西了。他非常嫉妒我的功成名就。」

獲法國Gutenberg獎。

1988　獲法國的Chevalier de l'Ordre des Arts et des Lettres。

1989　出版長篇*A History of the World in 10 1/2 Chapters*。從諾亞方舟始，以半章的天堂收尾，10 1/2 個篇章連結宗教、愛，每個段落縮顯人類的世界歷史，每個段落都有船難和殘存者的影像貫穿。

◆「我想當我在寫《福婁拜的鸚鵡》時很顯然的，將它當成非正式、不拘禮數、非因襲慣例的小說——一本上下顛倒的小說，一本有小說的下部結構和很強的非小說要素的小說，有時整章除了排列井然的事實之外就沒別的了。這是一項挑戰，就是連強而有力證據確鑿的你都能用來當作小說的敘述語法，而你並沒有捏造出任何東西，這幾乎就是對我自己的挑戰，好了解如何以眾多不同的材料當作小說的敘述語。我想倘若要和福婁拜類比的話，我可能選的也許會是《簡單的心》裡菲莉絲黛的房間，你們回想一下，福婁拜形容的就好像是禮拜堂和雜貨市場的混合【「房間裡面同時充滿禮拜堂和雜貨市場的氣味」】。而你們可以說我的小說是半致敬半雜貨店。要是*A History of the World in 10 1/2 Chapters*裡有相似的上下顛倒，說是小說—歷史（novel-history）的不拘禮數之作，那麼《福婁拜的鸚鵡》的上下顛倒，就是小說—傳記（novel-biography）的不拘禮數之作。」

1991　出版長篇*Talking It Over*，獲法國費米娜文學獎（Prix Fémina Etranger）。《夏日之戀》的當今版，完全由角色的獨白所組成（彷如聲音劇場），描寫兩個最好的朋友和一個他們都深愛的女人之間，愛情、友情、背叛和嫉妒種種盤盤交錯。

小說1996年由法國女導演Marion Vernoux拍成電影，由塞吉・甘斯柏和珍・寶金的女兒夏洛蒂・甘斯柏（Charlotte Gainsbourg）、她隨後的丈夫猶太籍演員Yvan Attal，以及重要演員Charles Berling主演，主角的名字被改動，上映的片名則改為*Love, etc*，正好跟九年後拔恩斯的續集小說同名。

◆「我對書轉化成電影的看法如下：1. 影片是完全不同的媒體，若要成就一部眞正的電影，那麼書就應該被摧毀並且重新創造。在*Talking It Over*的改編電影完成後我遇見導演Marion Vernoux，我對她說的第一件事是：『我希望你已經背叛了我。』當下她回答我：『當然囉。』我一聽就知道那眞的有可能會是一部好電影。我們對彼此所說的其實並不是我們眞正的意思，但我們懂得彼此所說的到底是什麼。2. 沒有比一個作家從電影那裡拿了錢、然後卻大肆不爽其成果更沒有禮貌的了。葛雷安・葛林抱怨所有根據他的書所拍的電影，除了那些他直接親自參預的例外。我認爲在電影*Metroland*裡，艾蜜莉・華特森和愛麗莎・辛伯斯坦眞的很精彩。」

1992　出版長篇*The Porcupine*。爲政治小說，鬆散的取材保加利亞當時的政治狀況，他當時正在此地爲書作宣傳，當地的人民協助他這本小說的完成，描寫對前共產黨主席所作的政治審判。

1993　獲德國漢堡的莎士比亞文學獎（Alfred Toepfer Foundation）

1995　出版在《紐約客》上的專欄文章*Letters from Lomdon 1990-95*。

獲法國Officier de l'Ordre des Arts et des Lettres。

1996　出版短篇小說合集*Cross Channel*。

1997　South Carolina University Press所出版的*Understanding Contemporary British Literature*系列書，出版由Merrit Moseley所撰寫的*Understanding Julian Barnes*，爲第一本研究他作品的專書。

◆書評家對這本專書的說法是：「所有你需要知道的就在他的小說裡，所以還不如把你買這本精裝本的錢拿去買兩本拔恩斯的平裝小說。」

1998　出版長篇*England, England*，進入布克獎最後決選名單。

2000　出版長篇*Love, etc*，爲*Talking it Over*的續集。

◆「這本小說和*Talking it Over*最有趣的一個就是【讀者的立即反應】，因爲沒有作者在那裡說項，因爲沒有第三人稱的敘事者在引介Oliver，將他當成是其中的一個角色，讀者對書中人物的反應會更立即。因為隔在讀者和小說人物之間的距離是如此細微，要是它行的通的話，就好像遇見眞實的人。……通常我一完成一本書就會完全結束並且遠離。而這也是我完成那本書（*Talking it Over*）時內心的感受。它並不邀約續集。多年來很多人不斷提了又提，而且他們對書裡所寫的不表贊同。……我發現自己在爭論那些我沒想到的種種情事，縱使書中所寫的的確不夠，我想回到我身上的是使用這種作者沒在那裡作梗的形式樂趣和刺激，雖明顯的在運作整本書，卻沒有明顯的中介強力。我認為自己可以比第一本所完成的更遊刃有餘。我也想到更推進一步、更細微和更前進的各種方法，讓讀者和小說人物之間更沒有距離。」

2002　出版論文集*Something to Declare: French Essays*。

出版翻譯編輯（並撰寫長篇記事）的都德（Alphonse Daudet, 1840-1897）晚年日記*In the Land of Pain*。

◆拔斯恩發現這個文本（法文原題*La Doulou*，於1930年出版）在他寫《福婁拜的鸚鵡》之時，為了搜尋有關十九世紀梅毒文獻，例如波特萊爾、福婁拜、龔固爾兄弟、左拉、莫伯桑都得過，而龔固爾弟弟和莫伯桑，跟都德一樣，最後都死於三期梅毒所併發的疾病，都德在寫這部日記時說到——唯有一切過去了、當事物平靜下來時，字句才會到來。在訪談中，拔恩斯說道：「死亡一直是佔據我心上的一個主題。自從我大概十五歲以來，每一天我總在思考死亡。我想是因為都德對它的態度吸引了我：沈靜而鎮定的凝視急性的苦痛，以及死亡的必然。……它遵循著福婁拜式的信仰，就是要掌握生命之恐怖的唯一途徑就是以無憫的目光去徹底視察它。福婁拜曾經說過：『唯有往我們足下的黑洞直視，才能讓我們保持鎮定。』……他（都德）的心在受苦，但他的神智依舊深深地活躍著，而他的文學意識不曾遠離。他是一個一直堅持到最後的作家，而那緊連著我。我也將在我的病床上寫下潦草筆記。它們必然雜亂無序，不過我會把它們寫下來。」

2003　從3月1日起在英國《衛報》每週撰寫專欄——食譜的閱讀與使用，於11月集結出版，同專欄名*The Pedant in the Kitchen*。連結個人經驗、旁徵博引歷史上關乎食譜的種種八卦文獻，讀食譜像小說家在思考如何用字等等，風趣開胃，一流的好笑話。書封寫著：「空談者的野心很簡單。他想煮味道好、有營養的食物；他想不毒死朋友；他想，緩慢且充滿喜悅的，擴大他廚房的演奏節目。……」

◆在開章文章 'The Virtues of Precision' 中，拔恩斯寫著：「……要是有錢人有什麼不同之處，那是因為（正如海明威眉批費茲傑羅）他們有比較多的錢，所以和我們照著食譜來的廚師有什麼不同之處，那是因為他們不再需要我們急切渴求的諮詢意見。作為一個偉大的廚師是一回事；作為一個合宜的食譜作家則是另一碼子事，其所依據的——拿寫小說來說吧——是充滿想像的同理心以及準確的敘述力量。相對於多愁善感的信念，大多數的人們不會心懷一本小說；大多數的大廚也不會揣著一本食譜。//『藝術家應該讓他們的舌頭被割掉。』馬蒂斯曾經這樣說過，同樣地——若以更隱喻性的方式——也應該對那些大廚師如法炮製。他們應該被鏈在他們的爐灶旁，僅僅容許他們透過半門扉把我們所點的食物遞過來。//……讓那些能的人，煮；那些不能的人，洗盤子。這一系列的文章關乎食譜的閱讀，且運用它們，且和它們爭執，且犯錯，且只是空談。……問題是，爲何一本食譜應該不比一本手術手冊來的準確？……爲何食譜裡的某個字不比小說的某個字來的重要？一者能導致身體消化不良，一者能導致心靈難安。……」

2004　出版短篇小說合集 *The Lemon Table*。

★

◆曾經是拔恩斯最好的朋友的小說家馬丁·愛迷思（Martin Amis）說：「他眞正棒的是透過多重主題和眾多概念創造出懸而不決的氣息，這眞的很稀有。（在 *Talking It Over*）那是一種角度的人生，當他直截切入時，他沒有玩弄他的強度。《福婁拜的鸚鵡》有點像這樣，往鑲嵌玻璃的片片段段凝望，看見事物的種種倒影和反射。作爲一個作家他就是以這種方式捕捉他創作的火焰。」

◆拔恩斯所寫的自白：「作家應該要有至高的抱負：不只是爲了他們自己，更爲了他們努力工作中的風格形式。福婁拜曾經責備路易絲・柯蕊有藝術的愛，卻缺乏『藝術的宗教』：她虛構它的儀式，法衣和香料，但最終卻不相信它所顯露的眞理。我是一個爲一堆次要理由——對語言的熱愛、對死亡的恐懼、對盛名的冀望、因創造而愉悅、厭惡打卡上班——而寫的作家，然而最最主要的原因是：我相信最棒的藝術說出了關乎生命的眞實。聽那些與之相對的謊言：政治簡陋的修辭、宗教不實的承諾、電視和報章雜誌四處污染的聲浪。反之，小說說出了美麗、形狀優美的謊言，其捉住艱困、絲毫不差的眞實。這正是它的吊詭、它的偉大，以及它充滿誘惑的危險性。當下兩大著名的『之死』，三不五時就有人在宣告：上帝之死以及小說之死。兩者皆言過其實。而且自從上帝是最早也最優質的被虛構出來的產物之一，我將請求小說——不管其景象如何幻化——都要比上帝活更久。」

【圖說】

i Williams打字機圖形素描，1895。所有打字機的歷史，請參考極為豐富有趣的打字機歷史網站，http://xavier.xu.edu/~polt/typewriters.html

ii Schade打字機圖形素描，1896。

iii Fairband打字機圖形素描，1870，共有48個分離的鍵盤。

iv Simplex打字機圖形素描，約1892。

1. 福婁拜位居盧昂市的雕像。
2. 福婁拜的出生地，盧昂市立醫院。
3. 福婁拜青少年時期的畫像。
4. 福婁拜的外甥女卡洛琳照片。
5. 波特萊爾照片，納達爾攝影，1856-58。
6. 雷摩特所畫的諷刺畫，1869。
7. 阿弗列德・勒・波提凡畫像。
8. 福婁拜克羅瓦塞的住家，由他外甥女卡洛琳手繪。
9. 《布法與貝丘雪》初版書封。
10. 福婁拜1880年親手繪製的宴會邀請單，菜單上全是他作品裡的人物名。
11. 路易絲・柯蕊畫像。
12. 喬治・桑照片，納達爾攝影，1877。
13. 納達爾自拍照，1865。
14. 年輕的莫伯桑照片，E. Renouard攝影。
15. 印有福婁拜的信封和郵票。

---

around 007

福婁拜的鸚鵡 *Flaubert's Parrot*

作　　者　朱利安·拔恩斯 Julian Barnes
譯　　者　楊南倩，李佳純
書信翻譯　李佳純
註　　解　楊南倩，林則良
封　　面　王政宏
譯 後 記　追溯福婁拜的腳蹤Copyright © 楊南倩，2003
年　　譜　小宋
特約主編　林則良
特約編輯　林秀梅，呂佳貞

發 行 人　凃玉雲
出　　版　麥田出版
台北市信義路二段213號11樓
電話：（02）2351-7776　傳真：（02）2351-9179
發　　行　城邦文化事業股份有限公司
台北市民生東路二段141號2樓
電話：（02）2500-0888　傳真：（02）2500-1941
郵撥帳號　18966004　城邦文化事業股份有限公司
網址　www.cite.com.tw
電子信箱　service@cite.com.tw
香港發行所　城邦（香港）出版集團有限公司
香港北角英皇道310號雲華大廈4F 504室
電話：25086231　傳真：25789337
新馬發行所　城邦（新、馬）出版集團
Cité(M)Sdn.Bhd.(458372U)
11, Jalan 30 D/146, Desa Tasik, Sungai Besi,
57000 Kuala Lumpur, Malaysia
電話：（603）90563833　傳真：（603）90562833
印　　刷　中原造像股份有限公司

初版一刷　2004年2月
版權代理　大蘋果版權代理有限公司
ISBN 986-7537-34-3
售價：450元

國家圖書館出版品預行編目資料

福婁拜的鸚鵡／朱利安・拔恩斯（Julian Barnes）作；楊南倩，李佳純譯. -- 初版. -- 臺北市：麥田出版：城邦文化發行，2004〔民93〕
面；　公分. --（around；7）
譯自：Flaubert's Parrot

ISBN 986-7537-34-3（平裝）

873.57　　92023927